KB262500

가면의 기사

김형신 퓨전 판타지 소설
FUSION FANTASTIC STORY

The Knight of Mask

가면의 기사 4

김형신 퓨전 판타지 소설

초판 1쇄 찍은 날 § 2007년 10월 13일
초판 1쇄 펴낸 날 § 2007년 10월 23일

지은이 § 김형신
펴낸이 § 서경석

편집장 § 문혜영
편집책임 § 최하나
편집 § 장상수

펴낸곳 § 도서출판 청어람
등록번호 § 제1081-1-89호
등록일자 § 1999. 5. 31
어람번호 § 제1-0896호

주소 § 경기도 부천시 원미구 심곡1동 350-1 남성B/D 3F (우) 420-011
전화 § 032-656-4452 팩스 § 032-656-4453
http://www.chungeoram.com
E-mail § eoram99@chollian.net

ISBN 978-89-251-0961-9 04810
ISBN 978-89-251-0826-1 (세트)

처
어
람

도서출판

4

[지옥]

FUSION FANTASTIC STORY

The Knight of Mask

가면의 기사

김형신
전 판타지 소설

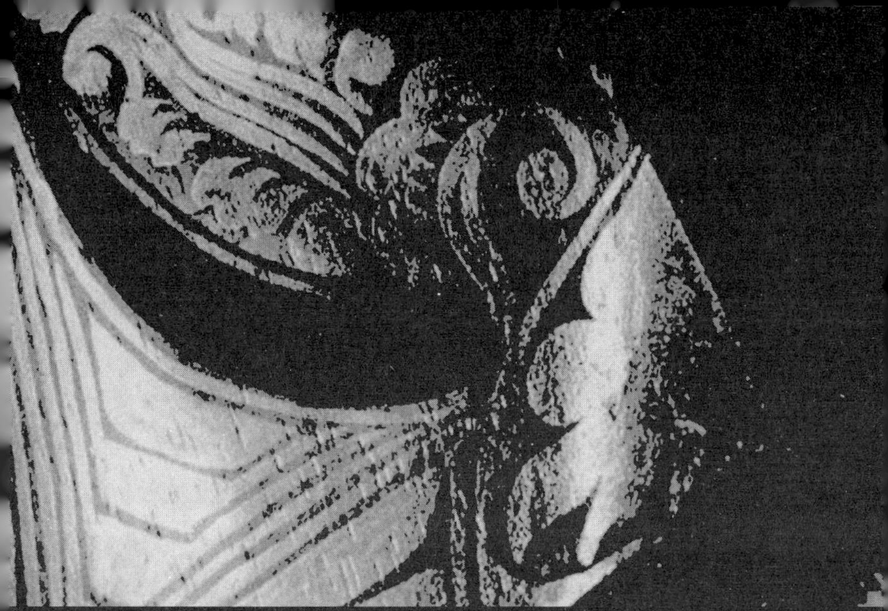

Contents

Part 1
다가오는 위험

“오랜만이군.”

눈류는 한 자, 한 자 힘주어 말했다.

얼마나 만나고 싶어 했던가? 그때의 그 패배를, 그때의 그 치욕을, 그때의 그 아픔을 갚아주기 위해서 말이다! 그런데 이런 곳에서 다시 만나게 되다니… 어쩌면 다시는 얻기 힘들 천운이었고, 또 다른 면에서는 불운이었다.

화염의 섬에서 만났을 때보다 비교할 수 없을 만큼 강해졌고, 기사의 아이템들이 몇 있었다. 문제는 월하 역시 그동안 놀지만은 않았을 것이며, 아직 레벨 차이도 컸다. 그리고 가장 큰 문제는 3차 전직을 하기 전에 만났다는 것이다.

‘가면을 쓰고 오기를 잘했군.’

월하를 차갑게 노려보던 눈류의 시선이 주변을 둘러본다. 20명이나 되는 카오들이 신기해하거나 놀라거나, 킥킥 웃으며 쳐다보고 있었다.

위급한 상황이었기에 전투에 대비해 가면을 쓰고 온 것이었는데, 예상이 정확했다. 만약 가면을 쓰지 않았더라면 월하와의 전투는 더욱 불리했을 것이고, 뒤늦게 착용했다가는 성형한 얼굴을 알려주고 말았을 것이다.

"강해졌구나. 크큭."

월하의 소름 끼치는 웃음소리에 눈류는 애써 여유로운 미소를 지으며 검을 쥔 손에 힘을 줬다. 그와 동시에 길드원들을 압박하고 있는 인마 길드의 유저들을 턱으로 가리키며 말했다.

"네 목적은 어차피 나 같은데 저놈들은 그만 치워주지? 치료를 해야 될 것 같아서 말이야."

"저놈들? 이 자식이!"

"감히 우리더러 놈이라 한 거냐?"

눈류의 발언에 인마 길드원 중 몇이 상한 기분을 대놓고 드러냈다.

하지만 월하는 신경 쓰지 않으며 고개를 끄덕였다. 어차피 자신의 목적은 눈류 하나뿐. 나머지는 관심 없었다.

"월하!"

말도 안 된다는 표정으로 소리치는 크로우.

그러나 월하가 인상을 찌푸리자 무엇인가 더 말을 하려고 입술을 움찔거리다가 한숨과 함께 물러섰다. 월하가 한번 결정을 하면 바꾸지 않는다는 것을 잘 알고 있었다. 그리고 그 뜻에 반대할 경우 어떻게 되는지도 말이다.

"이제 됐나?"

월하가 자신의 주 무기인 끝에 창이 달린 지팡이를 꺼내 들자 눈류는 만족한 표정으로 라일라를 향해 고개를 끄덕였다.

라일라는 황급히 레전드 길드원들에게 달려가 한 명, 한 명에게 힐과 치료를 해주었다. 가장 부상이 심한 아린에게는 마나의 삼분의 일을 쏟아 부었다.

"이제 시작해 볼까?"

기대 어린 월하의 말에 눈류는 PK신청을 받아들였다.

세라처럼 배짱으로 맞설 수 있는 상대가 아니었다. 능력도 능력이지만, 만약 거절한다면 길드원들 모두가 죽음을 맞이할 것이기 때문이다.

'마나가 문제군.'

눈류의 얼굴이 살짝 찌푸려졌다.

스텟 마나의 힘이 있지만 상대는 레전드 월하였다. 보통 이 정도 레벨이면 평타보다는 스킬로 승부가 갈리게 되는데… 문제가 많았다.

일단 직업 자체가 자신은 기사, 월하는 마법사이기에 마나의 양에서 차이가 많이 난다. 그런데다 자신의 스킬은 모두 마나를 잡아먹는 귀신이었다. 한 방, 한 방 데미지가 뛰어나지만 그만큼 마나의 소비가 컸다.

'아직 3차 상태인가?

눈류는 월하를 주시하며 상황을 판단하기 위해 노력했다.

3차, 4차는 그 위력의 차이가 절대적이다. 전직하면서 얻게 되는 무시무시한 능력들. 만약 월하가 자신의 예상을 뛰어넘어 4차에 올라섰다면 필패라는 확신이 들었지만, 아직 3차라 생각하고 있었다. 장비가 화염의 섬과 비교했을 때 조금도 달라지지 않았기 때문이다.

물론 3차 때의 최고급 장비가 4차 때의 최하급 장비보다 성능이 높을 수는 있겠지만, 대부분 그 정도 레벨이면 4차 중급 혹은 하급 장비는 맞출 수 있었다. 그래서 눈류는 아직 월하가 3차라 판단했다.

'하긴, 3차만 해도 힘들겠지만.'

눈류의 이마에 식은땀이 맺혀 구슬처럼 굴러 떨어졌다.

스스로에게 '상대는 강하다. 하지만 꼭 이겨야 한다!' 라는 생각을 주입시키며, 월하의 전신을 관통할 듯 노려보았다.

스파앗!

드디어 월하가 움직였다. 그녀의 표정은 소풍을 가는 아이처럼 밝았다.

호승심! 강자와의 끝없는 전투를 원하는 마음이 월하의 기분을 들뜨게 만들었다. 눈앞의 상대가 라스트 월드 스토리에서 가장 강한 가면의 기사라는 것도 큰 기대를 가지게 만들었다.

'즐겨라. 그리고 나를 즐겁게 만들어라. 그렇다면 살려보내

주마!'

빠른 속도로 월하의 지팡이에 마나가 응축되기 시작했다.

그러자 눈류는 다크 쉐도우를 발휘해 순식간에 접근했다.

보통 기사와 마법사의 대결에서 중요한 것은 거리다.

조금 더 가까이 접근하려는 기사와 최대한 떨어져서 싸우려는 마법사. 누가 더 거리를 잘 조율하느냐에 따라 승패가 갈리는 것이다. 하지만 이 둘의 상황은 달랐다.

파지지징!

"크윽!"

"전보다 많이 강해졌군!"

지팡이와 눈류의 검이 부딪친 순간, 눈류는 아연실색하며 뒤로 물러섰다.

세상에, 자신이 누구인가? 레전드이자 수많은 노가다와 시련으로 인해 스텟은 동 레벨과 비교할 수 없을 정도이고, 더군다나 모든 스텟을 근력 포인트에 올인했다. 그런 자신과 물리력으로 부딪쳤는데 밀리지 않다니? 그것도 모자라 자신의 손목이 짜릿할 정도였다.

아무리 3차 전직을 한 고레벨의 레전드라 할지라도 마법사에 대한 고정 상식이 깨지는 순간이었다.

'역시 혼돈의 군주구나.'

혼돈의 군주! 마법으로 잘 알려졌지만, 대단한 무투 실력까지 갖추었다고 알려진 레전드.

눈류는 입술을 살짝 깨물며 마나를 끌어올렸다.

언제나 이래왔다. 항상 강한 상대와 싸워왔으며, 성공 확률이 낮은 퀘스트만 접해야 했다. 그런 모든 것들이 자신을 강하게 만들었고, 끝없는 도전욕을 심어줌과 동시에 포기를 모르게 해주었다.

'나는 지지 않는다. 지지 않아!'

검에 어둠의 마나가 맺히기 시작했다.

그러자 월하는 허공으로 높이 솟구치더니 마법을 난사하였다. 이미 마나를 모아둔 상태였기에 마법들은 순식간에 발휘되었다. 레전드가 되면서 얻게 된 월하의 특권이었다.

"데이즈! 플래시! 프레임 볼트!"

"젠장!"

눈류는 이를 악물었다.

월하의 외침과 함께 몸이 움직이지 않았으며, 강렬한 섬광으로 인해 두 눈이 일시적으로 제 역할을 할 수 없게 되었다. 그리고 느껴지는 뜨겁고 강렬한 화염 계열의 마법!

데구르르르!

공격을 당하자 몸이 풀린 눈류는 황급히 바닥을 구르며 불꽃을 껐다.

"마, 말도 안 돼……."

그 광경을 지켜보던 라일라는 입을 벌린 채 놀란 토끼눈이 되어 자신도 모르게 중얼거렸다.

동시에 마법을 발휘하는 것은 있을 수 없는 일이었다. 자신역시 여러 가지 마법을 발휘하지만 아주 잠깐의 시간차는 존재했다. 그런데 월하는 모든 마법이 한 번에 이루어졌다.

"다른 마법사들이 본다면 경악하겠어……."

옆에서 그 모습을 함께 바라보던 아린 역시 놀라움을 감추지 않았다.

모두의 걱정은 부풀어 오르는 풍선처럼 커졌다. 아무리 눈류가 강하다 할지라도 저 믿을 수 없는 능력의 월하를 이길 수 있을까? 불가능이란 단어가 머릿속에 떠올랐지만 다들 고개를 저었다. 자신들이 할 수 있는 것은 오로지 눈류를 믿는 일뿐이기에.

"다크 소울!"

쐐애애액!

눈류는 얼음의 창을 피한 후 황급히 다크 소울을 발휘했다. 그러자 검은 마나가 반월 형태를 갖추며 월하를 잡아먹을 듯 달려들었다.

월하는 그 위력을 간파하며 황급히 블링크를 사용하여 피했다.

아무리 자신이라도 다크 소울과 맞붙는다면 위험했다.

스팟!

"허억!"

바로 뒤에서 소름 끼치는 느낌이 오자 눈류는 뒤도 돌아보지 않으며 다크 쉐도우를 발휘해 거리를 벌렸다. 만약 이런 순간 당황해 뒤돌아봤다가는 방어할 기회도 없이 당한다는 사실을 경험이 풍부한 눈류가 모를 리 없었다.

일정 거리를 벌렸다고 생각한 그는 몸을 돌리며 다크 소울을 시전했다.

눈류는 어느새 두 눈을 감고 있었다. 마법으로 움직이는 상대를 눈으로 쫓는 건 어리석은 일이었다. 온몸의 감각에게 질문해야 한다. 그리고 본능의 대답을 믿어야 한다.

타타타탁!

다크 소울을 피하지 않고 마법으로 맞선 월하는 미소를 지우지 않으며 눈류를 향해 달려들었다.

'거리를 벌려라! 거리를 좁혀라! 그 어떤 선택을 해도 너는 죽는다!'

그것이 월하의 생각이었다.

눈류는 검을 사선으로 베며 월하의 신형을 움직이게 하였다.

'상대의 계산에서 놀면 필패다!'

어떻게 해서든 월하의 움직임을 자신이 예측할 수 있도록 해야 했다.

사악!

눈류의 공격을 빠르게 피한 월하는 블러드 밤을 비롯한 눈류의 스킬들을 수시로 떠올리며 마법을 준비했다. 성격상 접근전을 즐기지만, 그래도 가장 뛰어난 위력은 마법에서 나왔다.

"프리즈 랑스!"

쩌저저적! 바닥을 뚫고 올라오는 얼음 기둥들!

‘커헉!’

눈류의 표정이 급격하게 일그러졌다. 피하려고 했지만, 얼음 기둥 하나가 엉덩이에 박힌 것이다!

‘뭐, 이런……’

주르르륵.

큰 통증에도 불구하고 무안함에 아무렇지도 않은 척하는 눈류였다. 그러나 엉덩이에서 흐르는 피는 어쩔 수 없었다.

그 모습에 인마 길드원들은 배를 잡고 웃었다.

“크크큭, 엉덩이에 불 났네? 아하하!”

“월하의 말만 아니면 스샷을 찍고 싶을 정도야. 하하! 가면의 기사의 엉덩이에서 흐르는 피라?”

“아, 어쩜 좋니? 치질에 걸리겠다.”

눈류의 가면 속 얼굴이 붉게 달아올랐다.

월하 역시 예상하지 못한 상황이라 웃음을 참기 위해 노력하는 모습이었다.

그것은 레전드 길드원들도 마찬가지였다. 그중 한 명은 예외였으니, 바로 술에 취한 박하다였다.

“으하하! 내 아들이지만 참으로 부끄럽구나! 크크큭!”

‘아버지가 더 부끄럽거든요!’

아직 술이 덜 깨 대놓고 비웃는 박하다의 모습에 눈류는 한숨을 내쉬며 월하를 바라보았다.

이제 웃음을 참을 수 있는지 월하는 어느새 정색한 표정이었고, 다시 마나가 지팡이로 급속하게 몰려들었다.

콰콰콰쾅!

눈류와 월하의 대결은 영화를 보는 것처럼 시선을 돌리지 못할 만큼 화려했으며 긴박감이 넘쳤다. 하늘에서는 번개가 내리쳤고, 땅에서는 불기둥이 솟아올랐다. 바람은 칼날이 되었으며, 어둠의 마나가 모든 것을 베어버렸다.

스팟! 스팟!

이후 눈으로 따라가기도 힘들 정도의 속도로 움직이는 둘이었다.

공격 한 번, 한 번에 어마어마한 위력이 담겨 있었고, 그 여파가 얼마나 대단한지 주변에 있던 모두가 뒤로 물러나야 할 정도였다.

"하하! 대단하군!"

월하의 웃음이 짜랑짜랑 울렸다.

그녀는 정말 이 싸움을 즐기고 있었다. 그동안 많은 이들과 싸우고 죽였지만, 이 정도로 자신을 흥분하게 만든 유저는 몇 없었다. 그것도 한참이나 레벨이 낮음에도 말이다. 만약 눈류가 자신과 동급 레벨이 된다면? 승패는 장담할 수 없을 것이다.

파지지직!

"크아아악!"

터어엉!

풀썩.

백중세!

응원하는 모든 이들의 손에 땀을 쥐게 할 만큼 긴박하게 돌아가는 둘의 싸움은 쉽게 승부를 점치기 어려웠다.

하지만 순식간에 양상이 뒤집어졌으니… 월하가 자신의 모든 힘을 발휘한 것이다.

주르르륵.

이빨을 악문 눈류의 입에서 피가 새어 나왔다. 게다가 옆구리 살의 일부분이 바람의 칼날에 먹혔으며, 한쪽 다리는 불에 타 움직이기 불편했다.

'블러드 밤도 먹히지 않아.'

조금 전 자신의 최대 스킬 중 하나인 블러드 밤까지 사용했지만, 월하는 이미 다 알고 있다는 듯 피가 묻자마자 물의 마법으로 피를 씻어버렸다.

어쩌면 이길 수 있을지도 모른다는 한 가닥의 희망조차 얼마 남지 않은 생명과 마나를 확인하는 순간 절망으로 바뀌었다.

'역시 아직 내 레벨로는 무리였나.'

눈류는 비틀거리면서 힘겹게 일어섰다.

패배를 직감했지만 눈빛만은 살아 있었다. 포기하지 못하겠다는 듯 검에 마나를 끌어올렸다. 자신이 지쳤다면 월하도 지쳤을 것이다. 물론 자신처럼 생명이 간당간당하지는 않겠지만, 그녀 역시 몇 번의 공격에 당해 출혈이 있는 상태였다.

'예상할 수 없는 공격!'

눈류의 신형이 천천히 움직였다. 월하는 자신의 모든 스킬을 알고 있는 상태였다. 그렇다면 기습이란 있을 수 없으며, 현재의 능력으로는 절대 이길 수 없었다. 그렇다고 월하가 자만을 하거나 방심을 하는 타입도 아니니 이기기 위해서는 모험을 하는 방법이 유일한 길이었다. 어떻게든 월하가 예측할 수 없는 공격을 해야 했다. 그래서 치명타를 입혀야만 했다.

"이제 그만 죽어라."

월하의 나지막한 음성에 눈류는 온몸의 털이 바짝 서는 것을 느꼈다.

순간 바람의 움직임이 한순간에 바뀌었다.

스파앗!

"크으윽!"

마치 다크 스톰 같은 바람의 폭풍! 대지가 들썩거릴 정도였다. 갑옷으로 보호되지 않는 눈류의 육체가 조금씩 찢기며 피가 흩날렸다. 그와 함께 생명력이 급속히 줄어들었다. 마법 방어력이 높음에도 불구하고 월하의 능력 앞에서는 속수무책이었다!

'어떻게……'

그 속에서도 눈류는 정신을 잃지 않은 채 기습할 방법을 구상하고 있었다. 아픔은 참으면 되고, 생명은 죽지만 않으면 된다. 단 한 번의 공격! 그걸로 모든 것을 끝낼 생각이었다.

'그래!'

그때 눈류의 눈이 반짝였다. 한 가지 방법이 떠오른 것이다. 비록 자신 역시 죽을 것이고, 월하가 생각대로 움직일 것이란 확신은 없지만 그것이 가장 가능성이 높았다.

1,000도 남지 않은 생명을 확인한 눈류는 폭풍이 잠잠해지려는 순간에 신형을 뒤틈과 동시에 다크 쉐도우를 발휘하였다.

털썩!

빠른 속도로 바닥에 떨어진 눈류는 후들거리는 두 다리에애써 힘을 넣으며 자리에서 벌떡 일어나 마나를 끌어올렸다. 스텟 마나로 인해 마나가 일정량 찼기에 가능한 발상이었다!

"다크 소울!"

스파아아앗!

반월형의 검은 마나가 멀리 서 있는 월하를 향해 빠르게 발출했다. 그러자 월하의 입가에 미소가 어리는 걸 보면서 눈류는 이를 악물며 검을 치켜세웠다.

도, 아니면 모!

추측에 모든 것을 건 자신의 계획!

그러나 눈류는 망설이지 않았다. 이것 외에는 방법이 없다는 것을 잘 알기 때문이었다.

푸우우욱!

"커허어억!"

"오, 오빠!"

"눈류님!"

그 광경을 지켜보던 라일라와 루크를 비롯한 모두의 입에서경악에 가까운 외침과 신음이 흘러나왔다. 전혀 예상하지 못한 상황이 눈앞에 벌어진 때문이었다.

"크큭… 역시 내 예상이 맞았어."

눈류는 불에 지지는 것 같은 통증을 느끼며 웃었다.

눈류가 바람의 폭풍 속에서 떠올린 것은 바로, 월하의 블링크였다.

그녀는 자신의 다크 소울이나 소드를 정면으로 부딪치려고 하지 않았다. 그렇기에 정말 위급하지만 않으면 블링크를 사용해서 피했고, 그럴 경우엔 항상 뒤에서 나타났다. 접근전을 좋아하는 특유의 성격 때문일 것이라는 생각이 들었으며, 눈류는 바로 그 점을 노린 것이다.

다크 소울을 사용함과 동시에 검을 추켜올린 눈류는 자신의 배에다 힘껏 꽂아버렸다. 그러자 이미 블링크를 사용해 눈류의 뒤로 나타난 월하는 바로 눈앞에서 눈류의 배를 뚫고 튀어나온 다크 소울을 미처 피하지도, 방어하지도 못한 채 당할 수밖에 없었다. 결국 배꼽 윗부분이 두 동강나며 바닥에 떨어졌다.

"오, 오빠!"

"월하!"

둘이 동시에 생명이 끊어지자 인마와 레전드 길드원들은 황급히 달려갔다.

당황스러웠다.

그것은 승리를 확신했던 인마 길드도, 패배를 예감했던 레전드 길드원들도 마찬가지였다.

세상에! 스스로 목숨을 버려가면서까지 상대를 죽이다니……

미련한 방법이었다.

눈류는 다크 소울을 시전하자마자 자신의 생각을 행동으로 옮겼다. 만약 월하가 실드 혹은 마법으로 막아버리거나 피하기라도 했다면 혼자서 파멸하는 정말 어리석은 계획이었다.

'바보, 바보!'

라일라의 눈가가 촉촉해졌다. 눈류가 눈앞에서 죽음을 택했는데도 자신은 아무것도 할 수 없었다는 사실에 화가 났고, 슬픔을 참기 힘들었다.

그렇다고 눈류를 부활시킬 수도 없었다. 자신에게 부활 스킬이 있기는 하지만, 그것은 신성력을 절정으로 끌어내야 가능하다. 더군다나 성향이 어둠인 눈류에게는 사용할 수도 없었다.

"뭐 해? 빨리 살려!"

크로우가 초조한 표정으로 자신의 길드원들을 향해 소리쳤다. 그러자 한 여자 길드원이 앞으로 나서며 무엇인가를 꺼냈는데, 바로 부활 주문서였다.

부활 주문서!

그 가격이 만만치 않아 대부분의 유저는 사용할 생각도 못하는 주문서로, 레전드 길드원들은 그것을 단 한 장도 가지고 있지 않았다. 부활 주문서에 큰돈을 쓰는 것보다 죽더라도 마법진을 타고 사냥터로 다시 오는 것이 낫기 때문이었다.

비록 부활 주문서를 사용하면 죽으면서 잃게 되는 경험치를 모두 복구할 수 있어서 레벨 300대 유저들이 자주 이용하기는 하지만, 200대에서는 흔하게 볼 수 없는 아이템이었다.

위이이잉!

부활 주문서를 사용하자 허리 윗부분이 두 동강난 월하의 몸에서 빛의 기둥이 솟구쳤다.

순간적으로 월하의 신형이 보이지 않을 만큼 환하고 짙은 빛의 기둥!

잠시 후 빛이 바람에 날려 사라지자 월하의 모습이 보였다. 어느새 상처가 다 아문 채 말이다.

"눈류는?"

자신의 몸을 바라보던 월하가 크로우를 향해 물었다. 자신이 부활해 주려 했는데 눈류의 시체가 사라졌기 때문이다.

"죽어서 마을로 갔나 보지."

"그렇군."

그들의 예상처럼 눈류는 죽자마자 마을로 이동하여 마법진을 타고 다시 달려오고 있는 중이었다.

월하는 인벤토리를 열어 장비창을 확인했다.

역시나 로브의 내구력이 상당히 줄어 있었다. 눈류의 마나에 잘려 버렸기 때문이다. 하지만 잘린다고 해서 장비가 파괴되어 사라지는 것은 아니기에, 그 점에 안심했다.

인벤토리를 닫고 레전드 길드원들을 쳐다보니 무엇이 그렇게 분하고 화가 나는지 자신을 죽일 듯이 노려보고 있었다.

문득 실소가 입에서 흘러나왔다.

그러고 보니 자신을 만나는 유저들은 모두 저런 표정을 지었다. 어떻게 하다가 이렇게 되었는지 모르겠다. 그렇다고 아쉽거나 후회되지는 않았다.

"가자."

"뭐?"

월하의 말에 크로우는 당황하며 반문했다.

가자니? 저 레전드 길드원들을 살려둔 채?

"이봐, 월하!"

처억!

월하의 날카로운 창끝이 크로우의 목에 닿았다.

삐질!

크로우는 등골이 오싹한 것을 느끼며 식은땀을 흘렸다.

"내가 언제 가만히 있는 상대를 죽인 적이 있나?"

월하의 말에 황급히 고개를 젓는 크로우.

월하는 단 한 번도 아무런 이유없이 상대를 죽인 적이 없다.

처음 카오가 된 것도 비매너 유저가 자꾸 신경을 거슬리게 하여 죽여 버린 것이었고, 그 후로는 카오란 이유로 유저들이 덤벼들었기에 다 죽여 버렸다. 그리고 눈류의 경우는 자신의 목적을 방해했기 때문에 죽였으며, 그 외에 강한 상대가 나타나면 PK신청을 하고 전투를 한 것뿐이었다.

그런데도 악명이 자자한 이유는 필요 이상의 잔인성과 상대를 죽여도 무덤덤한 모습, 그리고 해명을 하는 것이 귀찮아 오해를 풀지 않았기 때문이다.

더군다나 크로우의 설득으로 인해 카오들로 이루어진 인마 길드까지 만들었으며, 길드 마스터이면서도 길드원들이 어떤 악행을 저지르고 다녀도 상관하지 않는 무심함이 있었기에 이제는 해명을 한다 해도 유저들을 납득시킬 수 없는 상황이었다.

그런 월하를 잘 아는 크로우는 어색하게 웃으며 진땀을 흘렸다. 만약 여기서 자신의 주장을 더 펼쳤다가는 살아남지 못한다는 것을 알기 때문이었다.

월하는 그런 크로우의 태도에 창을 내려놓으며 뒤돌아섰다.

'큭!'

월하는 쓴웃음이 흘러나왔다.

비록 자신은 가만히 있는 유저를 죽이지 않는다 할지라도 길드원들이 원하면 상관하지 않았다. 그럼에도 레전드 길드원들을 살리려는 이유는, 눈류가 자신을 이긴 것에 대한 보답이었다.

'나를 이겼어, 나를⋯⋯.'

정확히 말하면 무승부였지만, 월하는 자신의 패배라는 사실을 인정하고 있었다. 극복할 수 없는 레벨의 차이, 그리고 자신은 눈류의 스킬을 모두 알고 있었다. 그럼에도 비겼다는 것은 패배나 다름없었다.

'다음에는 처음부터 전력을 다해주지.'

월하는 자신이 사용할 수 있는 최대의 마법인 헬 파이어를 사용하지 않았다. 마지막에 블링크를 마치고 헬 파이어로 끝내려 했는데, 순식간에 당해 버렸던 것이다.

'재미있어, 정말…….'

가슴이 들떴다. 지금은 일이 바빠서 자주 접속하지 못하는 편이지만, 오랜만에 게임이 즐거워지기 시작했다. 자신보다 강한 상대를 만나 피를 흘리며 싸우는 것은 현실에서 언제나 가식적으로 웃으며 내숭을 떨어야 하는 월하에게 있어서 최대의 기쁨이자 즐거움이었다.

스파아앗!

곧 월하를 선두로 인마 길드원들 모두가 빛에 휘감기며 사라졌다.

레전드 길드원들 역시 서로를 한 번 바라보더니 귀환 주문서를 사용했다. 눈류가 마을에서 기다리고 있을 거라는 생각 때문이었다.

만약 음성 채팅이나 길드 채팅으로 한 번이라도 물어봤다면 눈류가 지금 달려오고 있다는 사실을 알 수 있었겠지만, 너무나 힘겨운 상황을 겪었고 몬스터들도 리젠 되어서 그럴 여유가 없었다.

결국 레전드 길드원들 역시 빛에 휩싸이며 사라졌다.

그 순간, 눈류는 헐떡거리는 숨을 진정시키며 모습을 드러냈고, 막 귀환되기 직전에 빛에 휘감긴 길드원들과 눈이 마주치게 되자 가자미 눈동자가 되었다.

“……”

결국 눈류를 반긴 것은 레벨 300대 중반의 몬스터들뿐이었
다.

바람이 머무는 곳.

술과 대화, 자유가 존재하는 이곳.

힘들어서 혹은 화가 나서, 아니면 즐거워서 찾는 이 떠들썩
한 주점의 구석진 자리에는 침묵이 감돌고 있었다. 그들은 바
로 인마 길드와 전투를 치른 레전드 길드원들이었고, 길이 어
긋나 뒤늦게 참석한 눈류까지 총 11명이었다.

“크흠.”

팔짱을 끼고 심각한 표정으로 신음을 흘리는 박하다의 모습
은 평소 술에 취해 살던 그가 아니었다.

“내 잘못이 크다.”

한참의 고민 끝에 말문을 여는 박하다.

모두는 아니라고 하지만, 마음속으로는 열심히 맞다고 소리
쳤다.

“오늘 일을 계기로 난 깨닫게 되었다. 내가 약하면 동료가
그만큼 더 고생해야 한다는 것을.”

그 말을 하며 박하다는 눈류를 쳐다봤다.

그러자 모두의 시선도 함께 움직였다. 그들이 생각하기에
오늘 가장 고생을 한 이가 바로 눈류였기 때문이다.

막 고기 한 점을 입에 넣으려던 눈류는 무거운 분위기와 집

중된 시선으로 인해 어쩔 수 없이 고기를 내려놓았다.

"이제 모두 레벨 업에 열중하자! 다시는 오늘 같은 수치를 겪지 않도록 말이다!"

박하다의 말에 길드원 모두는 하나 된 마음으로 파이팅을 외쳤다.

'속이 많이 상하셨나 보군.'

웃음을 짓는 눈류.

사실 그동안 만취 길드로 인해 골머리가 아팠었다. 술에 취한 것까지는 좋지만, 간혹 그로 인해 다른 유저들과 마찰도 생겼고, 그 일로 게시판에도 몇 번 들락거렸기 때문이다.

눈류는 그런 것을 보지 않지만, 라일라가 사냥을 하면서 엠탐 등 지루한 시간을 보내야 할 때면 게시판을 자주 봤고, 그 사실들을 알려준 것이다.

그리고 레벨 업이 느린 것도 문제였다.

비록 진은이나, 월하 등은 자신과 악연이지만 그들에게는 길드라는 또 다른 힘이 존재했다. 그렇다는 것은 자신 역시 길드의 힘이 필요할지도 모른다는 것인데, 다들 술만 먹고 놀기만 하니 답답한 것은 어쩔 수 없었다.

하지만 이제야 모든 일들이 원만하게 풀리려 하고 있다. 오늘 일로 아버지는 자존심에 상처를 많이 받은 것 같았고, 길드원들 역시 전의를 불태우고 있었다.

이곳은 라스트 월드.

현실에서 아무리 강하고 잘나봐야 통하지 않는 세상이었다.

이곳에서 중요한 것은 오로지 캐릭터의 능력과 아이템이었으며, 그것이 라스트 월드를 지배했다.

"나도 이제 게임에 몰두해야겠어."

그동안 카르마와 연애하기 바쁘던 샤인마저 길드 마스터로서의 의지를 다지자 눈류는 아주 만족했고, 곧 자리에서 일어섰다.

더 같이 즐기고 싶었지만 자신은 빨리 3차 전직을 해야 했다.

사실 오늘 월하와의 대결에서 이긴 것도 정말 운이 좋아서이지, 실력으로만 따지면 자신의 패배였다.

"어? 오빠, 어디 가려고?"

그러자 샤인이 의아한 표정으로 물어왔다.

"전직."

눈류의 짧은 대답.

하지만 그것만으로도 모두는 고개를 끄덕였다.

눈류뿐 아니라 모든 유저들이 전직을 앞두었을 때는 흥분한다. 전직 후 얻게 될 능력 때문이었다. 그러니 진은으로 인해 강함에 집착하는 눈류는 얼마나 마음이 급할까?

잠시 후, 눈류는 모두에게 인사를 한 다음 밖으로 빠져나왔고, 라일라에게서 도와주고 싶다는 음성 채팅이 들어왔지만 거절하였다. 다른 퀘스트라면 몰라도 경험상 전직 퀘스트는 혼자서 해야 한다는 것을 잘 알기 때문이었다.

"이번에는 또 얼마나 노가다를 시킬까?"

이전 전직들을 떠올리다 실소를 흘린 눈류는 항구로 향했다.

"모두 준비됐나?"

"네!"

푸른색 중갑을 걸친 30대 남자의 말에 모두가 우렁찬 목소리로 대답하며 고개를 끄덕였다. 그 기세가 마치 전쟁을 치르기 직전의 모습 같았다.

그들을 지휘하는 듯한 남자에게 두 남녀가 다가갔다. 그들은 바로 진은과 은진이었다.

"라이트 형, 이제 들어가자."

진은의 말에 라이트는 고개를 끄덕였다.

마족 라베카.

라스트 월드 스토리상 현재 레이드 몬스터 중 두 번째로 강한 존재였으며, 혼자의 힘으로 대륙을 위험하게 만든 마계의 전사였다.

이들이 모인 이유 역시 라베카 레이드를 위함! 그로 인해 대부분의 멤버가 집합한 상태였다. 10명씩 풀 파티로, 총 250명. 온갖 화려한 갑옷과 무기를 든 중·고레벨 250명이 모여 있는 것만으로도 보기 드문 장관이었다.

라이트는 모두를 향해 검을 들며 큰 목소리로 외쳤다.

"들어간다!"

레이드 몬스터를 상대하기 위해서는 엄청난 준비와 지도가 필요했다.

만약 명령을 내리는 이가 자질이 부족하면, 레이드를 성공하기 어려웠고 아무리 인원이 많아도 전멸하는 경우가 대부분이었다.

현재 지배자의 파티 구성은 몸빵을 맡는 탱과 힐러들로 이루어진 탱조, 화력을 맡게 되는 격수들과 공격형 마법사, 궁수 등으로 이루어진 데미지 딜러조, 그리고 버프를 중심으로 하는 버프조와 힐과 마나를 채워주는 리차를 맡은 힐러조, 마지막으로 특수 직업의 차별화된 버프와 능력의 보조들로 이루어져 있었다.

그렇게 모든 구성을 마친 길드 지배자의 길드원들은 라이트의 외침과 함께 줄을 맞춰 이동하였고, 가장 선두는 당연히 탱조였다.

키에에에에!

1차 관문에 도착하자 석화 마법이 대단한 몬스터가 모습을 드러냈다.

온통 돌로 이루어진 놈은 인간의 몸을 가졌으며, 공룡의 얼굴과 날개를 가진 가고일과 흡사한 형태였다.

놈은 탱들이 몹을 끌어오는 마법을 사용하자 바로 석화를 걸었다. 그러자 마법사들과 힐러들은 자신들의 능력을 살려 탱들을 보조하였고, 그 뒤로 격수들이 공격을 했다. 그러자 곧 수십의 몬스터들이 재가 되어 사라졌다.

2차 관문에 도착하자 땅속에서 수많은 마계의 몬스터들이 뛰쳐나왔다. 각자 다양한 모습과 능력을 갖춘 그놈들의 까다로운 점은 바로 뒤에서 힐을 하는 주술사들 때문이었다.

라이트의 명령에 탱을 비롯한 일부가 몬스터들을 유인하는 동안 다른 일부가 주술사들을 해치우기 위해 빠졌으며, 주술사들이 사라지자 2차 관문 역시 어렵지 않게 통과할 수 있었다.

크크크크큭!

키키키키키!

넓고 넓어 250명 모두를 수용할 수 있을 만큼 큰 동굴 안 전체가 흔들리기 시작하더니, 소름 끼치는 한기가 느껴졌다. 그와 동시에 사방에서 마족들의 비웃음 소리가 들렸다. 그 웃음소리는 단순한 웃음이 아닌 듯 모두에게 능력치 저하를 선사하였다.

드드드드드!

곧 중앙에 새겨진 수십 미터는 될 법한 마법진에서 한 거인이 빛과 함께 천천히 솟아올랐다. 10m는 되어 보이는 거대한 키와 두터운 근육, 붉은 양팔의 팔꿈치에는 창과 같은 날이 삐져 나와 있었다. 검은 두 날개와 머리카락이 없는 머리에 솟아 있는 세 개의 뿔, 그리고 턱까지 내려오는 날카롭고 큼직한 이빨!

바로 레이드 보스인 라베카였다.

그것도 모자라 주변에서 형성되는 100여 명의 마족들…….

라이트, 진은, 은진은 물론 모두가 긴장하며 자신의 역할에 따라 움직이기 시작했다.

가장 먼저 탱을 맡은 이들 중 일부가 100여 명의 마족들을 몰기 위해 움직였다. 그 뒤를 부활을 맡은 이들이, 그리고 리차를 맡은 이들 역시 바쁘게 움직였다.

마족들의 경우 한 마리라도 처치하면 다시 리젠이 되고, 라베카의 곁에 있으면 안 그래도 방어력이 뛰어난 라베카에게 무한 힐을 난사하기에 이렇게 따로 몰아야 했다.

그렇게 마족들을 한곳으로 몰자, 라이트의 외침과 함께 남은 탱을 비롯해 데미지조들이 움직였다. 그들이 하나로 뭉치자 화력은 말할 필요가 없을 정도였지만, 라베카는 쉬운 보스 몬스터가 아니었기에 사상자는 불가피했다.

쿠아아앙!

"크아악!"

"으윽!"

"얼마 안 남았다! 모두 힘을 내라!"

라베카와 100여 명의 마족들에게서 뿜어져 나오는 거대한 마기들, 그와 함께 맞부딪치는 수많은 마법들과 빛의 화살, 스킬들. 동굴 안은 대낮처럼 환하게 밝혀졌으며, 여러 갈래의 빛들이 끊이지 않고 번쩍였다.

그와 비례하여 시간이 가면 갈수록 라베카의 생명도 확연하게 줄어들었지만, 그 힘을 이기지 못하고 시체로 돌변한 길드원들의 수도 늘어만 갔다.

쿠쿠쿠쿠쿠쿠쿵!

라베카와 접전을 치른 지 30분 후, 드디어 라베카의 거대한 신형이 유저들의 힘을 이기지 못하고 무너졌다.

"우와와와!"

"우리가 해냈다!"

"지배자 만세!"

그러자 길드원들은 모두 큰 함성을 지르며 환호했고, 라이트 역시 만족스럽지만 피곤이 가득한 얼굴로 진득한 땀을 닦아내며 웃음을 터뜨렸다.

"힘들었어."

"그래."

진은의 말에 고개를 끄덕이는 라이트. 최소 레벨 250, 300이 넘는 유저들도 적지 않았으며, 대부분 장비도 좋은 편이었다. 그럼에도 반 이상이 죽음을 맞이했고, 오랜 시간이 걸렸다.

"두 번째라는 것이 아쉽군."

라이트는 진정 씁쓸한 듯 말했다. 레이드 몬스터 중 가장 강력한 놈은 아직 잡을 수 없다. 그리고 두 번째로 강하다고 알려진 라베카의 경우는 이미 맞수가 성공을 한 레이드였다. 바로 소울 브레이커 라스트가 있는 천상 길드였다.

"괜찮아. 다음에는 우리가 첫 번째로 하면 되잖아."

진은의 위로에 라이트는 미소를 짓다가 궁금한 표정으로 묻는다.

"그런데 키스는 아직도 전직 중인가?"

"아, 그럴 걸. 음성 채팅 불가 지역이라 뜨더군. 그런데 까페에 남긴 글을 보니 거의 다 끝나가나 봐."

“그렇군.”
“아마, 조만간 형의 도움이 필요할 것 같다던데?”
“어? 아, 그렇지.”
라스트는 진은의 말에 잊고 있던 키스의 부탁을 떠올렸다. 대마법사의 3차 전직 퀘스트. 그중 하나가 바로 가면의 기사의 죽음이라는 사실을…….

Part 2

지하 미로

The Knight of Mask

"으랏차."

배를 타자마자 로그아웃을 하고 한숨을 잔 뒤 다시 접속한 눈류는 가뿐한 몸놀림으로 배에서 뛰어내렸다.

망혼의 섬.

기사의 건틀렛 퀘스트로 인해 이미 한 번 와본 적이 있는 곳이었기에 찾아가는 것은 어렵지 않았다.

눈류는 주변 유저들을 둘러보았다.

인기와 함께 나날이 유저들의 수가 증가하는 라스트 월드. 각 사냥터에는 언제나 수많은 사람들로 인해 북적거렸고, 망혼의 섬 역시 다르지 않았다. 아니, 오히려 더 정신이 혼란스럽고, 귀가 아플 정도로 많은 유저들이 존재했다. 각 왕국에 존재

하는 4개의 섬은 여러 레벨 대의 유저들이 이용할 수 있고, 드
랍율도 좋아 언제나 인기 사냥터였다.

'들어가야 하나?'

아직까지는 망혼의 섬이란 것을 제외하고는 다른 정보가 없
었다. 하지만 이전의 경험들로 인해 어떻게 해야 퀘스트가 진
행되는지 잘 알고 있던 눈류는 인벤토리를 열어 가득 찬 포션
과 음식, 물 등을 확인한 뒤 곧장 망혼의 섬으로 들어가는 마법
진 위에 올라섰다.

그러자 자신의 예상처럼 퀘스트 알림말이 떴다.

[가면의 기사 3차 전직 퀘스트, 1차.]

레이첼 황녀는 지하 미로에 갇혀 있다.

한 치 앞도 알 수 없으며, 수많은 위험이 도사린 미로를 건너
레이첼 황녀를 만나라.

지이이이잉.

눈류는 눈을 반짝이며 자신의 발밑에 생긴 블랙홀 같은 검
은 구멍을 바라봤다.

지하 미로.

분명 망혼의 섬에서 알려지지 않은 공간이었다. 그 말은 퀘
스트를 위한 장소라는 뜻이었다.

이전처럼 쉽지 않을 것이라는 생각이 머릿속을 스쳤다. 하
지만 그 어떤 것도 두렵지 않았다.

눈류는 블랙홀과 같은 구멍 속으로 몸을 날렸다.

샤아아아악!

"크윽!"

입에서 신음이 흘러나오는 눈류.

아무것도 보이지 않는 공간에서 알 수 있는 것은 단 하나뿐이었다.

추락! 나는 지금 추락하고 있다!

'언제까지 떨어지는 것이냐?

눈류는 검을 뽑아 들었다. 이미 느낌상 몇십 초가 지났지만 아직도 지면은 나오지도 않았고, 하염없이 떨어지기만 하였다. 만약 이러다가 갑작스럽게 지면이 나타난다면 추락 데미지를 무시할 수 없을 것이다.

콰콰콰콱!

떨어지면서 주변에 손을 휘둘러 본 눈류는 손이 닿는 거리에서 딱딱한 감촉이 느껴지자 그곳을 향해 검을 꽂았다. 그러나 강렬한 마찰음과 함께 한참이나 더 내려간 뒤에서야 추락이 멈췄다.

검 손잡이를 꽉 부여잡은 채 허공에 대롱대롱 매달린 눈류는 이마에서 흐르는 식은땀을 닦으며 반동을 이용해 검을 뽑았다. 그러자 꽤 깊숙이 박혀 있던 검은 어렵지 않게 뽑혔다.

라스트 월드이기에 가능한 일!

눈류는 그렇게 동굴 내부라 추측되는 벽에 검을 꽂고 뽑기를 반복하며 아래로 내려갔다. 이렇게 할 경우, 갑작스럽게 지면이 나오더라도 큰 충격을 받지 않을 수 있기 때문이었다.

"빛?"

그렇게 얼마나 내려갔을까?

눈류는 아래에서 노란색의 환한 빛이 뿜어져 나오는 것을 확인하며 안도의 미소를 지었다. 서서히 팔도 저려오던 와중에 드디어 도착한 것이다.

몇 번 더 꽂고 뽑기를 반복하자 마침내 바닥에 도착할 수 있었다.

"역시."

바닥에 내려온 눈류는 자신의 예상이 맞았다는 것을 확인하며 주변을 둘러보았다.

아무것도 존재하지 않는 넓은 동굴. 벽들은 살짝 검은색을 풍기는 돌로 이루어져 있었으며, 허공에 노란 빛을 뿜어내는 빛의 볼이 10개가 떠 있었다. 그리고 동굴 끝 모서리에는 4개의 마법진이 존재했는데, 눈류는 이것이 미로의 시작이라는 것을 알 수 있었다.

'어떤 힌트도 없다. 무조건 돌파하라는 것이군.'

몇 번이나 몸을 돌리며 4개의 마법진을 주시하던 눈류. 쉽게 결정을 내리지 못하며 생각에 잠겼다. 어떤 것은 쉽게 레이첼한테 갈 수 있는 것이겠지만, 또 어떤 것은 고생이란 고생은 다 시킬 것이 분명했다. 그렇기에 결정을 내리는 데에 신중을 기하는 것이었다.

한참이나 생각하던 눈류.

드디어 감았던 두 눈을 번쩍 떴다. 그 눈빛에는 흔들리지 않는 의지가 담겨 있었다.

결정을 내린 것이다!

"카악, 퉤! 저기다!"

십여 분의 생각 끝에 내린 결정! 그것은 바로 침 뱉기였다.

눈류는 동북쪽에 위치한 마법진에 침이 튀는 것을 확인한 뒤, 만족스런 얼굴로 달려갔다.

해답이 나오지 않을 때는 운에 맡긴다!

박하다와 다를 것이 없는 눈류였다.

질주의 굴.

"질주의 굴? 달리라는 것인가?"

마법진으로 이동하자 눈앞에 커다란 글귀가 나타났다 사라졌다.

눈류는 의이한 표정으로 고개를 갸웃거렸다. 조금 전 대기실과 다를 게 없는 장소인 이곳에서 어떻게 달리라는 건지.

생각에 생각이 꼬리를 물 때쯤, 뒤에서 인기척이 느껴지자 눈류는 황급히 돌아보았다.

"키키키… 인간이다."

눈류는 긴장을 유지하며 갑자기 나타난 몬스터를 주시했다.

180㎝ 정도 되는 키의 해골. 등에는 뼈로 이루어진 박쥐의 날개가 달려 있었고, 꼬리도 존재했다. 드라큘라처럼 송곳니

가 삐죽하게 튀어나왔으며, 이마에는 뿔이 달려 있었다. 한 손에는 날카로워 보이는 붉은색 검, 다른 한 손에는 붉은색 사각 방패를 들고 있었는데 처음 보는 몬스터였다.

"정보."

눈류의 인상이 찌푸려졌다. 정보가 확인되지 않기 때문이었다.

"말까지 하는 몬스터라… 레벨이 높겠군."

아직까지 말을 하는 몬스터를 경험해 보지 못한 눈류는 검을 힘주어 잡으며 마나를 끌어올렸다. 느껴지는 기운으로 보아 약한 몬스터는 아닐 것이라 판단되었다.

그렇다면 자신의 최대 기술로 단번에 부딪친다!

타타타타탁!

"다크 소드!"

몬스터와의 거리가 그렇게 멀지 않았기에 빠르게 뛰어 접근한 눈류는 검은 마나를 발출시키며 다크 소드를 시전하였다.

그러자 몬스터는 황급히 방패를 들어 올려 막으려고 하였고…….

챙강! 후드드득.

"엥?"

눈류는 예상과 전혀 다른 결과에 기가 찬 표정으로 몬스터를 쳐다봤다.

단칼에 방패는 물론 몸까지 베어지더니, 뼈들이 각기 분리되며 바닥에 떨어지는 것이 아닌가?

비록 다크 소드가 강하다 할지라도 너무나 허무하게 몬스터를 해치웠다.

오히려 얼이 빠질 것 같았고, 조금 전까지 긴장하던 자신의 모습에 실소를 흘리고 말았다. 하지만 곧 무언가를 발견한 뒤 진지한 표정으로 외쳤다.

"경험치!"

들어왔다. 경험치가 들어왔다! 비록 미약했지만 분명 경험치였다!

"크흑… 드디어."

감격일까? 아니면 서러움일까?

그동안 여러 퀘스트를 하면서 경험치를 거의 먹지 못한 눈류였기에 눈물이 앞을 가릴 정도였다. 얼마나 퀘스트 경험치에 한이 맺혔으면 시체에서 또 시체가 되어버린 해골한테 닭뼈와 소개팅을 시켜주고 싶을 정도였다!

"좋아!"

비록 리르크는 들어오지 않았지만 경험치 하나로 인해 부쩍 힘이 솟은 눈류는 밝은 표정으로 돌아섰다. 이제 질주의 방이라는 의미를 알아내야 할 차례였다. 분명 방의 이름과 이곳을 빠져나가는 것이 관계있을 것이다.

트트트특.

그때 기이한 소리와 함께 눈류는 인상을 찌푸리며 뒤를 돌아봤다. 그리고 놀라운 광경을 두 눈으로 확인할 수 있었다.

몬스터가 죽으며 바닥에 떨어져 있던 뼈에서 뼈들이 솟구쳐 나오기 시작했고, 얼마 지나지 않아 조금 전 상대했던 몬스터가 수십이 되어 눈류에게 접근했다.

'서, 설마…….'

눈류는 자신의 불안한 상상에 표정이 굳으며 검을 쥐었다.

정말 베어도 베어도 무한으로 늘어나는 몬스터라면?

끝이 없을 것이고, 결과는 자신의 최후였다.

그때 머릿속으로 번개같이 스쳐 가는 알림.

질주의 굴!

'젠장, 무조건 도망치라는 것인가?'

눈류는 이를 악물었다. 이미 몬스터들은 지척까지 다가온 상태.

피하거나 맞서거나 둘 중 하나!

현실적으로는 도망을 쳐야 맞지만, 저런 약한 몬스터들한테서 도망치자니 자존심이 상했다.

사내가 부딪치기도 전에 도망을 칠 수는 없지 않은가!

결국 눈류는 결심과 함께 마나를 끌어올리며 외친다.

"다크 쉐도우!"

눈류의 신형이 빠르게 몬스터들을… 피해 멀리 달아나기 시작했다.

똥은 무서워서가 아니라 더러워서 피하는 것이라 굳게 믿으며!

타타타타타탁!

눈류는 빵을 오물거리며 뒤를 쳐다보다가 한숨을 내쉬었다. 그런 와중에도 달리기를 멈추지 않았다. 그야말로 사람이 죽기 직전에 몰리면 얼마나 강인해지는지를 잘 보여주고 있었다.

'독한 것들.'

자신이 더 독하다는 사실을 외면한 채 눈동자를 살짝 위로 올려 시간을 바라보는 눈류.

처음 달리기를 시작하고 5분 정도가 지났다고 느꼈을 때, 눈앞에 붉은색으로 시간이 나타났다. 그 시간은 정확히 눈류가 달린 시간을 측정하고 있었으며, 현재 9시간이 지난 상태였다.

9시간!

말이 9시간이지, 아무리 체력이 좋고 음식으로 회복된다 할지라도 사람이 9시간을 한 번도 멈추지 않고 달린다는 것은 거의 불가능한 일!

뒤를 쫓는 몬스터들마저 눈류가 인간인지 아닌지 달리면서 내기를 할 정도였다.

'좋은 방법이 없을까?'

한참 후, 쉬고 싶다는 생각을 간절히 느끼는 눈류.

뒤를 다시 돌아봤다가 아파오는 이마를 매만진다. 달리기를 시작한 지 1시간 정도가 지났을 때, 참다 참다가 결국 폭발하여 몬스터들에게 다크 스톰, 다크 소울 등을 난사해 모두 쓰러뜨렸다.

그러자 경험치들이 우수수 들어왔지만 그 행복도 잠시, 몬스터들은 더욱 걷잡을 수 없이 불어나 달려들기 시작했고, 눈류는 이젠 건드릴 엄두조차 내지 못했다.

만약 한두 번이라도 더 건드렸다가는 이 넓은 방이 가득 찰지도 모르는 일. 다행스럽게도 저 몬스터는 말은 할 줄 알지만 생각은 단순한지 나눠서 잡을 생각을 못하고 있었다.

그로 인해 둥근 동굴 안을 눈류는 뱅뱅이 돌며 도망치고 있었고, 몬스터들 역시 그 뒤를 술래잡기하는 아이들처럼 뱅뱅 돌며 따라가고 있었다.

"키에! 거기… 크윽! 시, 심장이!"

눈류는 갑자기 뒤에서 들린 소리에 의아한 표정으로 돌아봤다. 물론 돌아보면서도 달리기는 멈추지 않았다. 그러자 너무나 황당하고 어이없는 광경이 눈앞에 펼쳐졌다.

선두에서 달리던 한 해골이 외치다 말고 호흡 곤란이 왔는지 병에 걸린 사람처럼 가슴을 부여잡고 쓰러졌고, 순식간에 다른 해골들에게 밟히며 부스러졌다. 그러더니 또 수십의 해골들이 새로 나타났다.

'젠장.'

지들에게도 체력이 있어 호흡곤란을 겪든 심장도 없으면서 있는 척을 하든 눈류에게는 아무런 상관이 없었다. 하지만 그 결과물로 수십 마리가 다시 생성된다면 상당히 곤란했다.

만약 다른 몬스터들도 달리다 말고 지쳐 쓰러져 죽는다면 또 수십이 더 늘어날 것이 아닌가? 그렇다면 동굴 안은 눈류가 몬스터들을 해치지 않았음에도 불구하고 해골들로 가득 찰 것이다.

"언제 끝나는 거야!"

이마에서 흐르는 땀을 닦으며 눈류는 큰 목소리로 외쳤다.

동굴 안이 넓어서 이렇게나마 버티는 것이지, 만약 좁기라도 했다면 힘든 것은 둘째치고 어지러움도 아주 심했을 것이다.

띠띠띠. 지이이잉!

그때였다. 체력을 느끼며 막 빵을 꺼내려던 눈류의 귀로 들리는 음향이 있었다.

고개를 들어 시간을 쳐다봤다. 정확히 달리기를 시작한 지 어느덧 10시간이 흐른 상태였고, 시간은 10시간에서 딱 멈춰 있었다.

그리고 드디어 마법진이 형성되었다.

눈류가 밖으로 나가지 못한 채 한없이 달리기만 한 것도, 출입구는 고사하고 마법진이 어디에도 없었기 때문이다.

'4개.'

빠르게 동굴 안을 달리며 개수를 확인하는 눈류.

붉은 마법진은 처음 눈류가 도착한 동굴처럼 동서남북에 나타났다.

'어디냐, 도대체 어디야!'

한 몬스터가 쓰러진 이후 다른 몬스터들도 우르르 쓰러지기 시작했고, 해골들의 수는 감당할 수 없을 만큼 늘어나고 있는 판국이었다. 조금이라도 시간을 더 지체했다가는 도망칠 공간

자체도 없어질 것이다.

눈류는 입술을 악물었다.

어떤 마법진으로 이동해야 좋을지 알 수는 없지만, 자신에게는 남은 시간이 존재하지 않았다.

눈류는 북쪽 마법진이 늘어난 몬스터들로 인해 아예 막힌 것을 확인하고는 결국 동쪽 마법진 위에 올라섰다. 판단의 여지가 없었다. 일단 이곳을 빠져나가는 것이 급선무였다.

지이이이잉.

눈류의 신형이 마법진 위에서 사라졌다.

인내의 굴.

"인내라……."

눈류는 새로 들어간 동굴 안을 둘러보다가 자신도 모르게 중얼거렸다.

알림말에서부터 이곳도 절대 쉽지 않다는 것을 확실히 알 수 있었다.

그때 아무것도 없던 동굴 바닥에서 마법진이 형성되었다. 어딘가로 이동할 때처럼 붉은 것이 아닌 푸른색 별 모양의 마법진.

그 속에서 무엇인가가 점점 올라오기 시작하자 눈류는 자신도 모르게 움찔거리며 한 발 뒤로 물러섰다. 그리고 곧 마법진에서 솟아오른 존재를 정확히 볼 수 있었다.

3m는 되어 보이는 커다란 키, 터질 듯한 근육, 배에는 자갈돌을 박은 것 같았고, 이빨이 입술을 비집고 나와 있었다. 그런데…….

샤방샤방!

눈류는 몬스터와 눈이 마주치자 다급히 고개를 돌렸다.

그런데 그 순간, 들어오자마자 움직이기 시작했던 시간이 0으로 리셋되었다.

'시, 시선을 피하지 말라는 것인가!'

왜 이곳이 인내의 굴인지를 이해한 눈류. 숨을 길게 한 번 내쉬더니 용기를 내어 재차 몬스터와 눈을 마주쳤다.

샤방샤방!

'컥! 이, 인내!'

눈류는 심각한 정신적 데미지를 입으며 비틀거렸지만, 여기서 물러설 수 없었다. 비록 눈이 피로해진다 할지라도 하염없이 달려야 했던 질주의 방보다는 한결 수월했다.

몬스터의 외형은 흔히들 알고 있는 오우거와 비슷했다. 하지만 다른 점이 존재했다. 바로 피부가 녹색이 아닌 색칠이라도 한 듯 밝은 분홍색이었고, 가슴이 유달리 강조되어 있었다. 일반 오우거의 단단해 보이는 근육이라기보단… 해파리를 자주 섭취했는지 흐물거렸으며… 그리고 마지막으로는…….

'저 눈!'

샤방샤방!

또다시 반짝이는 만화 같은 눈동자.

정말 순정만화에서 나오는 얼굴 반 크기의 눈동자였다. 거기다가 광이라도 냈는지 놀라울 만큼 반짝거렸다.

눈류는 이젠 괴로움을 넘어 헛구역질이 나오려고 했지만 애써 참았다.

분명 저 눈에 무엇인가가 있었다!

그렇지 않고서야 이렇게 괴로울 리가 없기 때문이었다.

눈류의 예상처럼 오우거의 눈동자에는 정면으로 마주치기 힘든 정신계 마법이 걸려 있었지만, 마법 방어력이 높은 눈류이기에 이 정도로 견디는 것이다.

발그레.

인정하고 싶지는 않지만 여성으로 판단되는 오우거는 눈류의 시선이 수줍기라도 한 듯 얼굴을 붉히다 손으로 볼을 가린다. 그리고 몸을 살짝 틀어 윙크를 날려주는 센스!

'커억!'

눈류는 주먹을 불끈 쥐었다.

거부하기 힘든 살인 충동!

하지만 인내의 굴인만큼 참아야 했다.

참고, 참고, 또 참고, 이겨낸다! 자신의 주특기!

'차라리 질주의 굴이 낫군.'

뒤로 돌아 나름 섹시하게 엉덩이춤을 추는 오우거를 보며 눈류는 해골들을 그리워했다.

"으하암!"

30대 중반으로 보이는 한 남자가 하품을 길게 하더니 침대에서 몸을 일으켰다. 키는 175㎝ 정도로 보였으며, 얼굴은 옆집 아저씨처럼 푸근한 인상이었다. 살짝 살집이 올랐지만 뚱뚱해 보이지는 않는 체격이었다. 눈 밑에 가득 낀 다크써클과 턱, 코 주변에 무성하게 자라난 털들이 무슨 일을 하는지 궁금하게 만드는 남자였다.

그가 침대에서 일어나 머리를 긁으며 욕실로 들어갔다.

샤아아아악.

오랜만에 씻는지 시원한 물줄기에 소원을 이룬 아이처럼 행복한 표정을 짓던 남자는, 면도에 비누칠까지 하며 구석구석 깨끗하게 씻었다.

잠시 후, 조금 전과 달리 깔끔해진 모습으로 밖으로 나왔다. 그는 잠시 전신 거울 앞에 서서 모델처럼 이런저런 포즈를 취했는데, 무엇이 불만인지 얼굴이 뚱해졌다.

"왜… 도대체 왜! 크흐윽!"

거울을 바라보며 미소를 짓던 남자는 갑자기 미친 사람처럼 바닥에 주저앉아 흐느낀다.

불만스러웠다. 아니, 이해가 되지 않았다.

도대체 무엇이 부족하기에 자신은 언제나 솔로로 지내야 한다는 말인가?

생긴 것도 그렇게 부족하지 않았고, 직업도 남부끄럽지 않았다.

작가!

비록 돈과는 거리가 먼 직업일 수도 있지만, 자신의 경우 먹고 사는 것에는 지장이 없었고, 여자가 생긴다면 평소에는 가격이 두려워서 가지 못했던 고급 레스토랑도 갈 수 있었다!

그런데 왜, 도대체 왜!

'내가 너무 착하게 살아서 그런가. 모든 것을 갖게 되면 다른 이들이 질투를 할 테니?'

남자는 슬픔을 이기다 못해 정신분열증까지 보이고 있었다.

그가 바로 레전드 길드의 루크! 영만이었다.

"하아, 신의 시기가 두렵군."

영만은 헛소리를 하며 자리에서 일어섰다.

그 모습으로 인해 박하나 진하와 오랜 시간 함께할 경우, 인간이 위험하게 변할 수 있다는 학설을 입증시켰다.

가볍게 계란 프라이와 오렌지 쥬스로 배를 채운 영만은 컴퓨터를 켠 뒤 인터넷에 접속했다.

오늘은 오랜만에 시간적 여유가 있었다. 밤새 글을 적어 이번 달 마감을 마쳤기 때문이었다.

그로 인해 게임에 접속하기 전 인터넷을 둘러보려는 것이다.

'음, 무슨 정보가 있나.'

라스트 월드 홈페이지.

매일 수십만 명이 방문하였으며, 일억 유저에 가까워지는 라스트 월드의 위력을 알 수 있는 곳이었다. 그곳에는 작은 정보부터 시작해서 비밀스러운 팁과 기행문, 자신의 게시판, 매매 장터, 동영상 등등 정말 방대한 자료가 넘쳤다.

영만은 호기심이 가는 것부터 클릭하며 정보들을 확인했다.

게임에서 알아내는 것도 좋지만 이렇게 유저들이 먼저 알아낸 정보를 게임하기 전에 알아두면 큰 도움이 되기 때문이었다.

유저들의 팁과 노하우 게시판을 둘러본 다음, 장터를 클릭했다. 매일 시세를 확인하는 것은 필수였다. 그래야지 자신이 팔거나 사려는 아이템을 손해보지 않고 다른 유저에게 넘기거나 받을 수 있었다. 그 외 각종 재료 템이나 퀘스트 템 등의 시세도 알아두면 도움이 되었다.

"오! 가격이 좀 올랐네?"

영만은 만족스런 표정을 짓는다.

얼마 전 사냥을 하다 먹은 아이템이 한창 주가가 오르는 것이어서 창고에 넣어두었는데 가격이 올랐기 때문이다.

이렇게 인기 아이템과 비인기 아이템을 알고 있다는 것도 라스트 월드 플레이에 적지 않은 힘이 되었다.

가상현실인 라스트 월드는 물론 이전 온라인 게임들 역시 아는 것이 힘이었으며, 지식은 곧 빠른 렙업 혹은 게임 머니가 되어 돌아왔다.

그 둘은 게임에서 가장 중요한 부분!

영만은 들뜬 기분으로 수십 개의 게시판들을 시간 가는 줄도 모르고 구경을 하다가 마지막으로 자유게시판에 들렀다.

그리고 혹시나 싶어 가면의 기사를 검색어에 적은 뒤 제목, 내용 항목에 체크를 하고 엔터를 누르자 수많은 게시물들이 눈앞에 나타났다.

'으아! 역시 눈류님은.'

새삼 눈류… 즉 가면의 기사라는 레전드 직업의 인기를 깨달으며 하나 하나 재미난 표정으로 읽는 영만.

─으아! 저 가면의 기사 봤어요! 정말 짱짱 멋져요!

─가면의 기사랑 PK를 떴다. 레전드 직업이라길래 얼마나 강한지 궁금했는데, 별것 아니더구만.

─가면의 기사랑 저 사겨요!

─가면의 기사가 이유없이 저를 죽였어요! 아, 짜증나!

─현재 가면의 기사, 거인의 숲에서 사냥 중.

─가면의 기사가 저한테 사기쳤어요! 어떻게 하죠?

─제 가면 멋진가요?

─가면의 기사에 대해서 밝혀진 사실이 있나요?

─가면…….

가면에 관한 수많은 게시물에는 눈류에 대한 것이 많았는데, 악의적인 글도 꽤 많은 비중을 차지하고 있었다.

영만은 실소를 흘렸다. 이 중 사실이 있을 수도 있겠지만 대부분 가짜라고 확신했다. 자신이 아는 눈류는 절대 사기를 치거나 이유 없이 상대를 공격하고 PK를 뜨는 그런 사람이 아니기 때문이었다.

"이제 들어가 볼까?"

자리에서 일어나 몸을 풀기 시작하는 영만.

라스트 월드를 하기 전에는 항상 하는 행동이었다. 잠시 준비운동을 마친 뒤, 캡슐에 들어가기 전 다시 타자를 친다.

'없겠지? 설마. 하…….'

만취라는 키워드를 입력하면서 웃음을 터뜨리던 영만의 표정이 심각하게 굳어진다.

만취에 관한 게시물들은 그렇게 많지 않았으며, 일부는 자신들의 술 얘기이거나 만취한 경험담이었다.

그런데 몇몇 게시물이 눈에 확 들어왔으니…….

─만취 길드! 분명 그 아저씨가 자신들은 만취 길드라 했어요. 몹 잡는 데 스틸이나 하고, 뭐라 따지려고 하니까 여러 명이서 살기를 뿜어내는데… 정말 무섭더라고요. 아저씨들도 있고, 젊은 여자들도 있었어요. 혹시 이 길드 아시는 분?

─아, 짜증나. 오늘 자신이 만취 길드라고 말하던 이상한 아저씨를 봤는데, 술에 취해서 뭐가 매너인지도 모르더군요. 술 취하면 사냥 못하게 합시다!

영만은 쓴 미소를 짓는다.

자신이야 아는 사람들이니 넘어간다 치지만, 친분이 없는 유저들은 달랐다. 술에 만취해 몬스터와 같은 광기를 풀풀 날

리며 눈에 보이는 몬스터는 다 잡고 다니는 만취 길드! 다른 유
저들의 입장에서는 충분히 비매너로 보일 수도 있었다.

'분명 박하다님이군.'

머리속으로 볼과 코가 붉어진 박하다의 모습이 떠오르는 영
만.

만취 길드를 자랑스럽게 말하고 다닌 이가 누구인지 안 봐
도 비디오였다. 그래도 레전드 길드라고 말하지 않은 점에 위
안을 찾았다.

'이제는 술도 안 마시니.'

길드 인마와의 전투 후, 게임에서 술을 안 마시도록 노력하
며 열렙을 하겠다고 외치던 박하다를 생각하며 영만은 곧 캡
슐에 접속했다.

그 시각, 막 몬스터를 잡고 흐르는 땀을 닦으며 물통을 열어
목을 축이던 박하다가 귀를 후볐다.

"어떤 놈이 나를 씹나?"

하루, 이틀, 삼 일, 로그아웃, 접속, 하루, 이틀, 삼 일…….

일주일이라는 시간은 빠르게 지나갔다.

그동안 눈류는 정말 자서전을 적어도 될 만큼의 온갖 고통
과 치욕을 겪어야 했으며, 지금도 마찬가지였다.

자칭 여자 오우거와의 광란의 10시간, 그 후 마법진을 탔다
가 처음 보는 몬스터들과 쉬지 않고 싸워야 했으며, 배가 터질
것 같다고 느낄 때까지 맛없는 음식을 먹기도 하였다. 또한 질

주의 굴을 재차 방문했고, 정말 미로란 말처럼 돌고, 돌고, 또 돌았다.

그리고 이제는 콧구멍을 제외한 전신이 벌레들에게 희롱당하고 있었다.

샤르륵, 샤르륵.

벌레들이 괴이한 소리를 내며 빠르게 기어 다녔다. 마치 바퀴벌레와 같은 형상.

처음에는 무척 소름 끼치고 괴로웠지만, 이제는 무감각해진 눈류.

눈마저 뒤덮였기에 시간이 얼마 남았는지조차 확인하지 못하며 칠흑 같은 어둠 속에서 생각에 잠겨 있었다.

'일단 장비를 팔고…….'

현재 눈류가 소유한 라르크와 아이템의 총 가격은 박하다에게 옵션을 달아달라고 부탁했던 멸망의 마법 방어력 세트를 포함해 5,000만 라르크가 조금 못 되는 수준이었다.

이제 레벨 200인데 5,000만 라르크를 벌었다?

다른 이들이 들으면 기겁할 수준이겠지만, 대회의 우승과 메이의 퀘스트가 있었기에 가능한 것이었다.

눈류는 벌레들에게 장악당한 입이 아닌, 마음속으로 흐뭇하게 웃었다.

망토 혹은 날개를 포함한 B급의 고급 세트는 총 6,000만.

최상급은 그 이상이지만, 고급 세트를 찬 사람도 적은 판국에 최상급을 찬 이는 현질을 하지 않는 이상 존재하지 않았다.

이제 1,000만만 더 모아 더욱 강한 장비를 찰 생각을 하니 춤이
라도 추고 싶은 심정이다.

물론 1,000만이란 액수가 절대 쉽게 모이는 액수는 아니지
만, 안 되면 빌릴 생각까지 하고 있었다.

'야야, 거기는 안 돼!'

그때 아랫부분에서 강렬히 느껴지는 벌레들의 움직임에 눈
류는 속으로 다급히 외치다 한숨을 내쉰다. 벌써부터 다음 미
션이 걱정되는 것이다.

띠띠띠. 지이이잉.

'끝났다!'

남자의 목숨과도 같은 곳마저 처절하게 희롱당함에 심히
괴로워하던 눈류는 알림 소리와 함께 밝은 표정으로 눈을 뜬
다.

아무리 익숙해져서 나중에는 무감각해졌다 하지만 벌레가
전신을 기어다니는 데 기분이 좋을 리 없었다.

마법진을 찾아 고개를 두리번거리다 고개를 갸웃거린다.

지금까지는 항상 4개의 마법진이 형성되었다. 그럼 그중에
하나를 선택해서 전진하는 형식이었다. 그런데 지금은 단 하
나밖에 없었다.

'설마!'

눈류의 얼굴에 이채가 떠오른다.

그것은 바로 희망!

'드디어 끝난 것인가?'

눈류는 두근거리며 설레는 가슴을 느꼈고, 단 하나밖에 형성되지 않은 마법진 위에 올라서며 두 눈을 꼬옥 감았다.

제발 눈을 떴을 때 레이첼 황녀가 있기를 기원하며.

Part 3

검은빛의 파편

사아아아.

은은한 푸른빛이 맴도는 동굴 안, 그 가운데에 레이첼 황녀가 지금까지와 마찬가지로 얼음 같은 결계에 갇힌 채 두 눈을 감고 있었다.

눈류는 드디어 만나게 된 레이첼 황녀로 인해 환하게 미소 짓는다.

그렇게 바라고, 바라던 만남. 이제 3차 전직이 멀지 않았다는 것을 느낄 수 있었고, 흡족한 얼굴로 가까이 다가간다.

"황녀님."

눈류가 황녀를 불렀다.

레이첼 황녀는 깊은 생각에 잠겨 있는지, 아니면 눈류의 인기척을 느끼지 못한 것인지 두 눈을 뜨지 않았다.

"황녀님."

눈류가 의아한 표정으로 다시 불렀다. 아무런 대답이 없는 레이첼 황녀 때문이었다. 비록 결계에 갇혀 있더라도 움직이지 못할 뿐, 눈을 뜨고 말을 하며 잠까지 자던 레이첼 황녀가 아닌가?

'설마!'

몇 번 더 불러보던 눈류는 문득 불안한 생각이 머리속을 스쳐 지나갔다. 아닐 것이라 애써 믿으며 결계 바로 가까이 귀를 갖다 댄다.

이전에 레이첼 황녀의 목소리가 들렸던 만큼, 분명 자신이 집중한다면 숨소리를 들을 수 있을 것이란 판단!

드르렁, 드르렁.

"……."

가자미처럼 변하는 눈류의 눈동자.

문득 레이첼 황녀를 깨우는 것이 또 다른 관문이 아닐까 하는 의문도 생겼다. 전에도 자기가 열심히 얼음을 깨는 동안 어색한 거짓말과 함께 잠을 자더니… 정말 잠꾸러기도 이런 잠꾸러기가 없었다.

'뭐, 어쩌면 살아남기 위한 방법인지도 모르지.'

눈류는 한숨과 함께 바닥에 주저앉으며 쓰게 웃었다.

아무리 게임 시스템이라 할지라도 그들은 사람들과 마찬가지로 하나의 인격이다. 그리고 자신의 삶을 살아간다고 믿고 있다. 그런데 수백 년이란 시간 동안 결계에 갇혀 있는다면?

견디기 힘든 시간일 것, 그래서 오히려 더 잠에 집착하는 것인지도 모른다.

그래야 지옥 같은 시간이 1분이라도 빨리 줄어들 테니.

'하지만 언제까지 기다려야 하는가.'

10분, 20분, 30분…….

시간이 흐르고 흘러도 레이첼 황녀는 깨어나지 않았다. 이제는 오른쪽 입술 옆으로 침까지 흘리고 있었다.

결국 눈류는 자리에서 벌떡 일어나 몇 번 더 큰 목소리로 레이첼 황녀를 불렀다. 그러다 결계까지 손으로 '펑펑' 노크를 하듯이 쳤다. 하지만 황녀는 누가 업어 가도 모를 정도로 깊은 잠에 빠져 있었다.

머리가 아파오는 눈류.

'참 생긴 것과 다르게 노네.'

이전에도 들었던 생각이다.

시선을 떼기 힘들 정도의 미모, 바다 빛 머리카락과 조각 같은 얼굴과 몸매. 하지만 하는 행동은 푼수!

쾅쾅!

"황녀님!"

눈류의 손이 재차 결계를 두드렸다.

쾅쾅!

"이봐요!"

시간이 흐를수록 말투도 변해갔다. 성질이 나기 시작한 것이다.

쾅쾅쾅!

"이 계집애야!"

결국 해선 안 될 말까지 해버리며 자리에 털썩 주저앉는 눈류.

도대체 어떻게 깨워야 할지 난감했다. 어쩌면 레이첼 황녀가 깨어날 동안 퀘스트 진행이 힘들지도 모른다는 생각이 들자, 운영자 카르미엔이 떠올랐다. 혹시 지금의 사태가 버그일지도 모른다는 생각 때문이다.

'일단 카르미엔에게 얘기를 해본 다음, 로그아웃을 해서 잠이나 자고 오자.'

한동안 레이첼이 깨지 않을 것이라 생각한 눈류는 결국 결심을 했고, 막 운영자 카르미엔에게 음성 채팅을 시도하려는 순간이었다.

바로 뒤에서 축복을 머금은 듯한 아름답고 낭랑한 목소리가 들렸다.

"계집애라뇨?"

'컥!'

눈류는 두근거리는 가슴을 애써 진정시키며 조심스럽게 천천히 고개를 돌린다.

왜, 왜 하필 그때 깨어났단 말인가?

새침한 표정의 레이첼 황녀가 눈에 들어오자 눈류는 어색하게 웃으며 머릿속으로 빠르게 변명을 생각했다.

계집애!

절대 좋은 발언이 아니었다. 그것도 상대가 누군가? 명색이 제국의 황녀였던 레이첼이었다.

'젠장. 퀘스트 진행이 힘들어지는 것 아냐?'

눈류의 이마에서 식은땀이 삐죽 흐른다.

언제나 NPC들에게 조심하지 않았던가? 조금이라도 나은 혜택을 받기 위해서! 그런데 가장 중요한 NPC 중 하나인 레이첼에게 미움을 받게 된다면? 생각만 해도 끔찍했다.

"그, 그게 말입니다."

벌벌벌 떨리는 입술! 너무나 경직된 미소!

누가 봐도 이놈, 죄 지었구나 하고 알 수 있는 어색한 시선 처리!

"괜찮아요. 눈류님은 저의 은인이시니… 뭐, 어때요? 계집애한테 계집애라 하는 것이 잘못도 아니고요."

생글생글 웃고 있는 레이첼 황녀.

다른 이들이 봤다면 너무나 귀여워서 한입 콱 깨물어 버리고 싶을 모습이었지만, 눈류의 입장에서는 달랐다.

'결국 은인이 아니었다면 넌 뒤졌어'라는 것인가?'

아니, 어쩌면 눈치가 빠른 것인지도 몰랐다. 그녀는 움직일 수도 없으며, 만약 움직일 수 있다 해도 더 이상 레이첼은 제국의 황녀가 아니었고, 아무런 권력도 힘도 존재하지 않았으니.

그런 와중에 강력한 무력으로 자신을 구해주는 눈류를 혼내고 싶어도 참을 수밖에 없는 것인지도 모른다.

“그러나 한 번만 더 그러시면 기사님에게 이를 테니 그러지 마요.”

짓궂은 표정으로 웃음과 함께 말하는 레이첼 황녀.

눈류는 자신도 모르게 고개를 빠르게 끄덕였다. 그러고 보니 깜빡 잊고 있었다. 아직까지도 그녀를 위해 존재하는 막강한 권력과 무력을 소유한 존재들!

바로 가면의 기사와 카르엔 공작이었다.

‘만약 그 둘에게 미움을 받게 된다면?

레이첼 황녀에게 최선을 다하며 살아가자고 다짐하는 눈류였다.

[가면의 기사 3차 전직 퀘스트 2차]

또 다른 하늘, 또 다른 달, 또 다른 태양.

레이첼 황녀와 함께 새로운 세상으로 나가 검은빛의 파편을 얻어라.

레이첼 황녀와 잠깐 수다를 떠는 그 사이, 눈류는 퀘스트 알림을 받자마자 표정이 굳어지며 레이첼 황녀를 쳐다봤다.

함께 새로운 세상으로 나가 찾으라니? 그녀의 결계가 풀린다는 뜻인가?

의미를 제대로 파악하기 힘든 퀘스트 알림.

그때 레이첼 황녀의 결계에서 눈을 뜨기 힘든 밝은 빛이 뿜어져 나왔다.

그러자 레이첼 황녀마저 놀란 표정을 지을 수밖에 없었고, 너무나 강렬해서 한 치 앞도 보이지 않는 빛 속에서 레이첼 황녀는 자신도 모르게 손을 앞으로 내뻗었다. 결계 밖으로 나갈 수 없다는 사실을 알면서도 알 수 없는 현상에 두려움을 느끼며 무의식적으로 한 행동이었다.

'헉! 뭐지?'

눈류는 깜짝 놀랐다. 팔뚝에서 다른 이의 감촉이 느껴졌다. 하지만 빛으로 인해 도저히 눈을 뜰 수 없었다.

이런 상황에서 두 눈을 번쩍 뜬다면 실명을 하게 될지도 모를 정도였다.

트트트특.

눈류는 다급히 자신의 팔뚝을 만진 이의 손을 잡았다. 따스하기보다는 차가운 감촉이 느껴졌다. 바로 결계 속에서 오랜 시간 갇혀 있던 레이첼 황녀의 손이었다.

트트트트특!

빛 무리와 함께 시작된 동굴의 흔들림이 시간이 지날수록 점점 심해졌다.

눈류는 겁에 질려 자신의 품에 안긴 레이첼 황녀의 등에 조심스럽게 손을 가져다 댄다. 그녀의 몸이 심하게 떨렸기 때문이다.

"누, 눈류님!"

아이처럼 겁에 질려 울먹거리는 목소리.

눈류는 그녀를 꽈악 안아주는 것으로 대답을 대신했다. 자신 역시 어찌 된 상황인지 알 수 없기에 뭐라 말을 할 수 없었다.

지이이잉!

그때 눈류와 레이첼 황녀의 발밑에서 붉은빛이 마법진을 형성하기 시작하더니 곧 둘을 데리고 순식간에 사라졌다.

퀘스트 2차의 시작을 알리는 것이었다.

“…….”

“…….”

화르르륵!

불꽃이 타올랐다. 절대 폭죽놀이나 불을 붙인 것은 아니다.

바로 레이첼 황녀와 눈류, 둘의 얼굴이 동시에 불이라도 난 듯 붉게 달아오른 것이다.

“죄, 죄송해요.”

“아뇨. 제, 제가 죄송합니다!”

레이첼 황녀와 눈류는 누가 먼저라 할 것 없이 서로의 품에서 떨어졌다. 그때까지도 둘은 사랑하는 연인처럼 껴안고 있었기 때문이다.

‘어, 어떡해.’

두근, 두근.

자신의 의지와는 다르게 터질 것 같은 심장을 느끼며 고개를 푸욱 숙인 레이첼 황녀.

가면의 기사를 제외하고는 다른 이의 품에 안겨본 적이 없었다.

더군다나 300년이 넘는 시간 동안 홀로 결계 속에 갇혀 있지 않았던가? 그런 와중에 느낀 사람의 체온, 남자의 향기는 레이첼 황녀가 아무리 가면의 기사만 생각한다 할지라도 잠깐이나마 떨림을 선사하였다.

눈류는 그와 다른 이유로 당황하고 있었다. 그 역시 레이첼 황녀처럼 매력적인 여자를 안았다는 것이 나름 떨리는 것도 사실이었다. 은근히 이런 쪽으로는 쑥맥이었으니까.

하지만 그보다 먼저 머리속을 지배하는 것은 바로 가면의 기사였다. 계집애 발언이 있은 지 얼마나 지났다고 이제는 포옹까지! 아무리 상황이 위험했다고는 하지만, 이 일들을 모두 가면의 기사가 알기라도 한다면?

레이첼 황녀의 푼수끼를 생각하면 충분히 가능한 일!

'아, 아냐. 가면의 기사는 대범해!'

사랑을 하게 되면 그 어떤 남자도 질투의 화신이 된다고 하지만, 억지로 가면의 기사를 성인군자로 생각하며 안심하는 눈류였다.

"그런데 여기가 어디죠? 아니, 저는 어떻게 결계 속에서 나온 것이죠?"

겨우 진정을 한 레이첼 황녀가 주변과 자신의 몸을 바라보다 궁금한 표정으로 눈류에게 물었다.

그러자 그때까지도 가면의 기사는 착하고, 대범하며, 절대 질투를 하지 않을 것이라고 혼자 중얼거리던 눈류는 정신을 차리며 주변을 둘러보았다.

초록빛 풀과 나무들이 무성한, 자연이 살아 있다고 느껴지는 숲속이었다. 벌레 소리와 동물들의 울음이 간간이 귀에 들어왔고, 아름다운 꽃들도 자신의 자태를 뽐내고 있었다.

하늘은 맑았으며, 하얀색의 새 떼들이 우아한 곡선을 그리며 하늘을 수놓는다.

'분명히 퀘스트로 인한 세상이다. 퀘스트를 완료한다면 레이첼은 다시 결계에 갇히겠지.'

마음으로 깊은 한숨을 내쉬는 눈류.

비록 레이첼의 기대를 깨버리는 것이 안타깝지만 어쩔 수 없었다.

현실은 현실. 차라리 지금 알아두는 것이 영문도 모른 채 다시 갇히는 것보다는 나을 것이란 판단을 내렸다.

진지한 표정으로 레이첼 황녀에게 사실을 말…….

'컥!'

눈류의 얼굴이 급속도록 굳으며 한 발 뒤로 물러섰다.

오랜만에 자유를 얻고 마음껏 몸을 움직일 수 있게 되어서 행복한 탓일까?

하염없이 녹색의 숲을 이리저리 뛰어다니며 자신이 움직인다는 것을 느끼는 레이첼 황녀.

얼굴에는 여신과 같은 환한 웃음이 가득했다. 게다가 믿기지 않는지 자신의 팔을 깨물기까지 하였다. 그러다가 풀숲에 주저앉아 한참을 웃더니, 양손으로 얼굴을 가리고 흐느끼기까지 한다.

저기에다 꽃 하나만 머리카락에 꽂으면 딱 미친년!

"제가 결계에서 빠져나왔어요! 제가!"

그때서야 겁에 질린 시선으로 자신을 쳐다보는 눈류를 발견한 레이첼 황녀는 신난 표정과 함께 눈류를 향해 뛰기 시작했다.

터억, 철퍼덕!

데구르르르!

"……."

약간 경사진 곳에서 풀줄기에 다리가 걸려 넘어지더니 공처럼 구르며 추락하고 말아버린 레이첼 황녀.

너무나 갑작스런 상황에 붙잡지도 못한 눈류는 황급히 아래로 뛰어내렸다.

사실 레이첼 황녀가 다쳐도 자신과는 별 상관이 없는 문제였다. 하지만 퀘스트는 다르다. 레이첼 황녀와 함께하라고 했으니 나치세 될 경우 행동에 제약이 생긴다. 그것은 안 그래도 무거운 짐이 더 무거워진다는 것이다.

더불어 계집애 발언 이후 바짝 조심스러워진 눈류였기에 혹시 다쳤다고 이르지는 않을까 하는 조바심도 들었다.

물론 그때쯤이면 자신은 레벨 300이 되어 4차 전직을 마친 상황이겠지만. 분명 5차 전직도 업데이트 될 것이고, 게임을 계속할 때까지는 가면의 기사와 한 배를 타야 했다. 아니, 더 이상 볼 일이 없다 할지라도 가면의 기사에게 미움을 받아서 좋을 일은 없었다.

그는 누가 뭐라 해도 라스트 월드의 가장 강한 존재 중 하나이니까.

'NPC와 적이 되는 것은 유저의 책임.'

눈류는 예전에 라스트 월드 홈피에서 본 적이 있던 말이었다. 유저가 잘하면 그 이상의 이익을 보는 것이고, 유저가 못하면 불이익을 보게 되는 것이라고. 그러니, NPC와 마찰로 인해 불편이 생기더라도 그것은 유저의 책임이지 라스트 월드에서는 책임을 지지 않는다는 글.

어떻게 보면 유저의 입장에서는 불만이 생길 수 있는 규칙이지만, 또 다른 세상인 라스트 월드, 이곳은 인간관계가 중요하다는 것은 유저들 모두 알고 있는 사실이기에 많은 이들이 수긍을 하였다. 만약 저것이 불만이라면, NPC에게 잘해 이득을 보는 것 역시 바뀌어야 할 테니 말이다.

"화, 황녀님, 괜찮으십니까?"

시체처럼 대자로 엎어진 레이첼 황녀의 어깨를 조심스럽게 흔드는 눈류.

"괘, 괜찮아요……."

레이첼 황녀의 목소리가 들리자 그때서야 눈류는 안심했다.

"죄송해요."

"네? 뭐가요?"

막 레이첼 황녀를 일으키던 눈류는 갑작스런 사과에 영문을 모르겠다는 표정으로 반문했다.

"너무 기뻐서 그랬어요. 몸을 움직일 수 있게 되어서, 마음 껏 뛸 수 있게 되고, 자연의 공기와 살아 있는 숲의 냄새를 맡을 수 있어서… 너무 기뻐서 그랬어요."

'똥 냄새도 나는데……'

숲에서는 좋은 냄새만 나는 것이 아니다. 싱그러운 향기가 있는 반면, 이곳은 똥 냄새도 살짝 나고 있었다.

하나 눈류는 그 말을 애써 속으로 삼켰다. 황녀가 말한 의도를 알기 때문이었다.

"그리고 이제는… 기사님도 찾아갈 수 있으니까……"

그 말과 함께 고개를 들어 시선을 마주치는 레이첼 황녀.

눈류는 그 애절한 마음을 절실히 느끼며 고개를 끄덕이다 진지한 표정으로 재차 물었다.

"정말 괜찮으십니까?"

"네, 괜찮아요. 이것 봐요! 튼튼하잖아요. 헤헤."

자신의 푼수짓으로 눈류가 걱정을 하는 것이 미안해서인지, 레이첼 황녀는 몸을 이리저리 흔들며 괜찮다는 사실을 확인시켜 주기 위해 노력했다.

그러나 눈류의 시선에는 레이첼 황녀가 미처 확인하지 못한 것도 보였으니.

'제발 피를 철철 흘리면서 웃지 마!'

이마에서 주르륵 흐르는 피!

구르면서 상처가 생긴 것이다.

"잠시만요."

눈류는 그 말과 함께 다급히 인벤토리 창을 연다.

'뭐, 뭐냐.'

하지만 열리지 않는 인벤토리.

붕대와 포션을 꺼내려던 눈류는 급격하게 당황스러웠다. 설마하는 심정에 정보창을 확인했다. 그러나 정보창 역시 묵묵부답이었다.

그때서야 자신의 옷차림을 확인하는 눈류.

평소 입던 갑옷은 사라지고 없었다. 간편한 여행복 스타일의 바지와 낡은 티셔츠 하나만 입고 있는 상태였다. 액세서리는 물론 기사의 가면과 팔찌 등등도 사라진 상태.

'완전 현실과 같아졌군.'

고개를 들어 생명과 마나 역시 보이지 않는 것을 확인한 눈류는 걱정이 앞섰다. 만약 게임의 시스템이기라도 했다면 포션 등으로 생명을 회복하고 음식으로 피로도도 걱정없었다. 하지만 이제는 그런 것 모두가 소용없어진 것이다.

다치면 상처 회복은커녕 살기 위해 발버둥 쳐야 할 테고, 피곤이 밀려와도 회복할 방법은 존재하지 않는다.

찌이이익.

눈류는 일단 자신의 낡은 티를 벗어서는 일부를 찢어 레이첼 황녀의 이마 부위에 가져다 댔다.

눈류가 옷을 벗자 '설마, 짐승이 된 것은 아닌가!' 하는 생각에 기겁하며 도망칠 준비를 하던 레이첼 황녀는 그때서야 자신의 이마에서 피가 난다는 것을 알게 되었다.

자신의 미모가 너무 뛰어났으며, 아무도 없는 곳이었기에 이상한 생각을 했던 레이첼 황녀는 미안한 마음과 함께 눈치를 살폈다.

하지만 눈류는 전혀 신경 쓰지 못했다. 그에게는 현재 이 상황을 어떻게 해야 할지가 우선이었다.

'마나, 마나는 있나?'

옷이 낡은 것일 수도 있겠지만 조금 전 티를 찢을 때 너무나 쉽게 찢어졌었다. 그 말인즉 게임 시스템만 사라진 것이지 능력은 그대로라는 뜻.

눈류는 다급히 단전 속 마나를 확인한다.

현실에서는 가지고 있는 기가 너무 적어 확인은 고사하고 느끼지도 못하지만, 다행스럽게도 충만한 마나가 느껴졌다.

'역시 내 예상이 맞았다.'

게임 시스템이 사라졌다.

하지만 자신에게는 게임의 능력이 그대로 있었다.

마나가 존재하고 게임 속에서 스킬을 모두 머리속으로 이해하며 배운 상태이기에 기술도 사용할 수 있었다. 결국 눈으로 보이는 게임 시스템만 사라진 것이었다. 불행 중 다행이라 할 수 있었다.

눈류는 그제야 안도하며 레이첼 황녀를 쳐다본다. 심한 상처가 아니었기에 출혈이 머지않아 멈추겠지만 걱정이 되는 것은 어쩔 수 없었다.

'에?'

그런데 레이첼 황녀의 모습이 이상했다.

힐끔힐끔거리다 얼굴이 새빨개지더니 고개를 돌리고, 다시 힐끔거리다 익은 벼처럼 고개를 푸욱 숙인다.

'왜 저래?'

레이첼 황녀의 이상한 태도에 눈류의 시선 역시 자연스럽게 같은 곳으로 향했다. 그곳에는 조각 같은 근육이 자리 잡고 있었다.

'아… 옷을 벗었지.'

당연한 사실을 뒤늦게 깨달은 눈류.

황급히 양 젖꼭지를 가리려다가 무안한 표정으로 손을 내린다. 여자가 되었을 때 몇 번 노출을 하다 보니 자신도 모르게 한 행동이었다.

"크, 크흠. 일단 가죠."

눈류는 앞장서서 경사진 곳으로 올라갔다.

바스락, 바스락.

풀잎이 밟히는 소리를 내며 걷던 눈류는 곧 몸을 돌려 손을 내민다. 레이첼 황녀의 불편을 조금이라도 줄여주기 위함이었다.

그러자 레이첼 황녀 역시 고개를 숙이며 고마움을 표시했고, 둘은 곧 발걸음을 재촉했다. 일단 이 숲을 빠져나가야 했다.

스파아악! 끼잇!

멧돼지와 소를 섞은 듯한 동물을 단칼에 베어버린 눈류는 이마에 흐르는 땀을 닦았다.

어느덧 산을 걷기 시작한 지 6시간이 지난 상태. 자신도 피곤했지만 문제는 레이첼 황녀가 너무 힘들어한다는 것이다.

그녀는 300년 만에 처음 걷는 것이었기에 20분을 채 걷지 못했다. 이것도 게임 속 현실이기에 이런 것이지, 정말 현실이었다면 아예 걷는 것 자체가 불가능했을 것이다.

'그래도 검이 있어서 다행이군.'

눈류는 손에 들린 날이 잘 선 검을 보며 미소를 지었다.

처음 마법진을 통해 도착한 곳에 레이첼 황녀와 올라가 보니, 그곳에는 검이 있었다. 검은색 바탕에 금빛으로 드래곤이 새겨진 검집, 그 속에는 닿기만 해도 베일 것 같은 좋은 검이 들어 있었다. 덕분에 해낼 수 있다는 희망이 피어올랐다.

사실 지금까지의 퀘스트들을 보면, 좋은 장비와 포션 등이 있어도 힘든 난이도가 많았다. 그래서 아직도 불안함이 존재했지만 현재의 상태에 만족했다. 마나와 검이 있는 것만으로도 천군만마를 얻은 느낌.

"빨리 돌아가자."

눈류는 성인 어른만한 동물을 한 손으로 번쩍 들어 올렸다. 무한한 힘이 존재했기에 가능한 일이었다.

곧 마나를 끌어올린 다음 다크 쉐도우를 시전한다. 게임의 기능일 때와 다른 점은 크게 없었다. 단지 게임이라 생각할 수 있는 기능이 없어진 것뿐이고, 이미 다 배웠고 수없이 사용한 기술들이기에 자연스럽게 발휘되었다.

하지만 뱃속에서 쉬지 않고 줄어드는 마나의 기분이 영 찝찝했다. 게임의 기능일 때는 이런 찝찝한 기분은 들지 않았는데 말이다.

쿠웅.

"꺄악!"

근처 냇가에 앉아 물을 마시고 있던 레이첼 황녀는 갑작스런 소리에 뒤돌아봤다가 자신도 모르게 비명을 질렀다.

상처는 찾기 힘들 정도로 멀쩡한 상태의 동물!

눈류의 검술 실력을 확인할 수 있었다.

"일단 배를 채워야 하니 참으세요."

레이첼 황녀는 제국 황제의 딸.

분명 이런 생활을 해보지 않았을 것이기에, 눈류는 위로의 말을 건넸다. 그러다 자신도 모르게 피식 웃는다.

'누가 보면 난 이런 생활이 익숙한 것 같군.'

눈류 역시 산에서 동물을 사냥하며 지낸 적은 없지만 적어도 지식이란 것이 있었다. TV를 보면 이런 생활에 관련된 것들이 간혹 나왔기에 간접 경험을 할 수 있었다. 더불어 라스트 월드를 플레이하면서부터 현실과는 비교도 안 되는 능력에 몬스터를 쉴 새 없이 죽였기에 죽인다는 것에 무감각해져 아무렇지도 않았다.

물론 동물이고, 이것이 다 게임의 일부라는 사실을 알기 때문이지, 현실에서도 죽음이란 것을 가볍게 생각하는 것은 아니다.

“황녀님.”

짐승의 시체가 익숙하지 않은지 고운 미간을 찌푸리며 고개를 끄덕이는 레이첼 황녀.

“절대 움직이지 말고 뭔 일이 생기면 크게 비명을 질러요.”

눈류는 말한 뒤 발걸음을 돌렸다.

“어, 어디 가시게요?”

레이첼 황녀는 혼자 남는 것이 불안한 듯 떨리는 목소리로 눈류를 불렀다.

“모닥불을 지펴야죠.”

이제는 불이 필요했다. 자신과 레이첼 황녀가 날것을 먹을 수 있는 것도 아니고, 마법을 사용할 수도 없기에 어쩔 수 없었다. 그리고 아직 마나의 사용도 초보와 다를 것이 없어서 이미 배운 스킬로만 사용할 수 있지 불을 붙이는 등의 응용은 할 줄 몰랐다.

그로 인해 원시적인 방법이지만 나무의 마찰을 통해 불을 붙이려는 것이다.

“걱정 마시고 기다리세요. 비명이 들린다면 바로 달려올 테니.”

눈류의 입장에서는 레이첼 황녀를 데리고 이동할 수 없었다. 업거나 안은 채 다크 쉐도우를 발휘하면 가능하겠지만 그것 역시 한계가 존재했다. 한국이 아닌 게임 속 대륙의 세상이니 언제 어디서 무슨 일이 일어날지 몰랐다. 항상 마나를 아껴야 했다. 지금은 피로도를 회복할 수도 없는 상황이기에 더욱 그랬다.

레이첼 황녀는 멀어지는 눈류의 넓은 등을 보며 고개를 끄덕였다. 몇백 년이란 시간이 지난 다음 자신의 앞에 나타난 기사의 후예. 기사처럼 자신만을 걱정해 주고 생각하는 사람.

무슨 일이 생긴다면, 분명 달려올 것이다. 자신이 다치더라도 나를 구해줄 것이다. 저 사람은 기사님 같은 사람이니까, 그분의 후예이니까.

레이첼 황녀의 표정이 조금은 밝아졌다.

물론 그 모든 것이 눈류가 자신의 이득을 위해 착한 척한다는 것을 모르기에 가능한 생각이었지만.

타타타탁!

숲에서 마른 나무를 찾는 것은 어렵지 않았다. 그래서 생각보다 일찍 마른 나무를 구한 눈류는 다크 쉐도우를 발휘하여 빠르게 돌아갔다. 아무리 자신의 감각이 뛰어나다 해도 걱정이 사라지지 않기 때문이었다.

그 후, TV에서 본 것처럼 따라했다.

일단 검을 이용해 나무를 긁어 부스러기를 만든 다음, 빠르게 마찰시켰다. 엉성한 실력 탓에 실패를 많이 했지만 곧 감을 잡을 수 있었다. 잠시 후 불꽃이 튀기 시작하고 불씨가 생기자 부스러기를 이용해 불을 만들 수 있었다.

눈류가 이렇게 빨리 성공을 한 것은 현실의 진하가 아닌 강력한 힘과 인간으로는 믿기 힘든 스피드를 보유하고 있는 눈류였기에 가능한 것이었다.

불이 붙자 나무를 토막낸 뒤 불 속에 넣었다.

옆에서 레이첼 황녀가 '우와! 우와!' 거리며 연신 감탄의 탄성을 내뱉고 있었다. 존경의 감정을 가득 담아 반짝반짝 빛나는 눈으로 눈류를 쳐다보고 있었다.

하지만 눈류의 시선은 죽은 짐승에게서 떨어지지 않았다.

'하아… 내가 해야 하나?'

눈류가 다시 레이첼 황녀를 쳐다보았다.

레이첼 황녀는 눈류의 시선을 따라 짐승의 사체를 본 뒤였는지 이마를 부여잡는다.

"으윽… 저, 저주가!"

'뭐, 저런…….'

난감한 상황에 빠지자 또다시 저주 핑계를 대며 자는 척하는 레이첼 황녀.

눈류는 실소를 흘리며 검을 집었다. 힘든 일을 많이 겪었지만 곱게 자라면 자랐다고 할 수 있는 레이첼 황녀가 동물의 가죽을 벗기는 일은 할 수 없을 것이다.

서걱, 서걱.

눈류는 고대의 산에서 동물의 시체를 두고 작업하던 나니아의 모습을 떠올리며 열심히 검을 움직였다.

그러나 절로 일어나는 안쓰러운 마음은 어쩔 수 없었다.

'검아, 지켜주지 못해서 미안해…….'

딱 보기에도 명검! 그런데 이런 일에 사용하다니!

그러면서도 너무나 검날이 잘 들자 앞으로 자주 이용해야겠다고 다짐하는 눈류였다.

　루크는 홀로 침묵의 던전을 찾아 사냥을 하고 있었다. 인벤토리에는 포션과 음식이 가득 담겨 있었다. 일주일 동안 열렙 모드에 들어가자고 마음을 먹은 것이다.
　퍼퍼퍼펑!
　키에에에엑!
　사마귀를 닮은 몬스터가 녹색의 피를 뿌리며 바닥에 쓰러지자 루크는 잠시 휴식을 위해 자리에 앉았다.
　'파티라도 할까나.'
　현재 레전드 길드원들 대다수가 열렙 모드에 들어간 상태이기에 접속률이 좋았다. 하지만 루크는 솔플이 더 빠를 것이라는 생각에 홀로 하는 중이었다.
　루크가 그런 생각을 하게 된 것은 바로 눈류 때문이었다.
　파티보다는 솔플 위주로 사냥을 하는 눈류. 퀘스트로 인해 레벨이 낮은 편이지만, 실상 업 속도는 놀라울 정도였다.
　하지만 루크가 간과하고 있는 점이 있으니, 바로 눈류의 레벨에 비해 놀라운 능력과 무한 포션이었다.
　한참 뒤에야 그 사실을 깨달은 루크는 한숨을 내쉰다.
　파티보다 업은 조금 더 빠르지만 포션이 생각 이상으로 많이 들었다. 그로 인해 지금은 위급할 때가 아니면 포션을 사용하지 않고 있었다. 그러자 업 속도가 처지기 시작했다.
　만약 득템이라도 하게 된다면 솔로 플레이가 훨씬 좋겠지만, 그럴 확률은 극히 미미했다.

루크는 자리에서 일어나 던전 입구를 향해 돌아갔다.

눈류처럼 라르크를 배제한 채 사냥을 할 수 없는 입장이었기에, 결국 파티를 선택하기로 한 것이다.

"저기요."

"네!"

파티 매칭에 글을 올린 뒤, 입구 근처에서 한 마리씩 사냥을 하고 있던 루크는 음성 채팅이 들어오자 반갑게 수락하며 대답했다.

"레벨 200을 갓 넘었는데, 괜찮아요?"

루크는 생각할 필요도 없이 괜찮다고 대답하였다.

딱 좋은 레벨! 자신과 별 차이가 나지 않았으며, 더군다나 낮았으니 뭘 더 바라겠는가.

파티를 할 경우 레벨이 높은 사람에게 경험치가 조금 더 가기에 루크의 입장에서는 이보다 좋을 수 없었다.

더군다나 여자다!

"그럼 지금 입구로 갈게요!"

여자의 상냥한 말투에 루크는 흡족한 표정으로 음성 채팅을 종료하였다. 솔직히 남자에게서 파티하자는 말이 들어오면 어쩌나 내심 걱정을 했던 것도 사실이었다.

비록, '커플 타도! 커플 저주!'를 외치는 루크이지만 그 역시 여자는 좋아했기 때문이다.

타타탁.

입구 앞에 존재하는 마법진에서 한 여자가 모습을 드러내더니 곧 루크를 발견하곤 종종걸음으로 뛰어왔다.

그 모습에 루크는 '귀엽다!' 라는 생각을 하면서 자세히 살펴봤다.

머리카락과 눈동자는 붉었으며 귀엽게 생긴 미인이었다. 그리고 로브는 머리카락, 눈동자와 같은 붉은색을 입고 있었고 등에는 날개가 달려 있었다. 키는 160㎝ 정도, 나이는 20대 초반으로 추측할 수 있었다.

'아구!'

라스트 월드 여자 유저들이 대부분 자신을 예쁘게 꾸며서 별로 특별한 점은 없었지만 루크는 속으로 흥분하며 들떠 있었다.

주로 페르탄, 일리아, 혹은 길드원들과 함께했기에 모르는 여자와 파티를 하는 것이 처음이기 때문이었다.

그런 루크의 모습에 다가오던 여자가 흠칫하며 한 발 물러섰다.

'눈은 흐물흐물거리고 침을 흘려!'

누구나 알 수 있는 변태적인 포스!

두려움에 질린 여자의 표정을 느낀 루크는 그때서야 정신을 차리며 정색한 얼굴로 최대한 목소리를 깐다.

"크, 크흠. 우, 웃으시라고 재미있는 표정을 지어봤는데 아닌가 보군요."

"아, 그런 거였어요?"

그때서야 여자는 안도의 한숨을 쉬며 가까이 다가왔다.

"저는 루크라고 합니다. 레벨은 203이고, 파이터입니다."

"저는 리야라고 해요. 레벨은 200이고 버프, 힐 전문 법사예요."

"아, 그러시군요. 그런데 제가 일주일 정도 열렙을 생각 중인데 함께 가능하겠어요?"

루크는 조심스럽게 물었다.

파티에 있어서 중요한 점 중 하나였다. 잠깐 하고 파티를 새로 구해야 한다면 사실상 안 하는 것이 더 나았다. 특히 던전 깊숙이 들어갈 생각이었기에, 왔다 갔다 하는 데에 걸리는 시간도 만만치 않았다.

루크의 질문에 리야는 잠시 고민을 하다가 곧 밝게 웃으며 고개를 끄덕인다.

"네. 저도 요즘 열렙하고 있어서 괜찮아요. 히히, 루크님이 괴로우실걸요? 잠을 못 잘 테니."

"아, 그래요? 그럼 들어가죠."

루크는 포션과 식량을 많이 준비했기에 걱정없는 얼굴로 리야와 함께 던전 안으로 들어갔다.

그러면서 조금 전 자신의 짐승 모드를 떠올리며 다짐한다.

'눈류, 박하님과 오래 같이 있다 보니 순수한 내가 타락해 가는구나. 조심해야겠어.'

자신의 순수함을 강조하며 눈류와 박하다의 탓을 하는 루크. 이미 그 모습에서 눈류, 박하다와 동일화되었다는 점을 스스로 부정하고 있었다.

지이이익! 홀짝, 홀짝.

노릇노릇하게 잘 구워진 토끼의 뒷다리를 한입 맛있게 베어 먹은 뒤, 손가락에 묻은 기름까지 핥는 레이첼 황녀의 모습을 보면서 눈류는 부드러운 미소를 지었다.

산을 걷기 시작한 지 어느덧 5일이 지난 상황이었다.

레이첼 황녀는 그동안 많이 변해 있었다. 조금 더 오랜 시간을 쉬지 않고 걸을 수 있었고, 음식을 먹게 되었다.

첫째 날에는 짐승의 시체를 봐서인지 배가 고픔에도 물로 배를 채우며 고기를 먹지 않았다. 하지만 이틀이 지나자 레이첼 황녀는 고기를 향한 탐욕에 물들었고, 결국 오늘은 허겁지겁 음식을 먹어 치우기 시작한 것이다. 그러면서 왜 그동안 안 먹었는지 모르겠다며 웃고 있었다.

꿀꺽, 꿀꺽.

토끼 세 마리를 앉은 자리에서 다 해치운 뒤, 눈류는 레이첼 황녀를 안고 다크 쉐도우를 발휘해 좀 떨어진 냇가로 가 목을 적셨다. 레이첼 황녀마저 물을 다 마시자 재차 품에 안고 다크 쉐도우를 발휘한다.

이전까지는 언제 무슨 일이 있을지 모르기에 항상 마나를 아껴뒀었다. 게임 시스템이 없어 마나를 정확하게 확인할 수는 없었지만, 어느 정도 몸으로 느낄 수 있었기에 가능한 행동이었다.

그러나 이제는 달랐다. 그 이유는 바로 잠 때문이었다. 잠이 많은 레이첼 황녀가 잠든 사이에 로그아웃을 할 수도 있겠지만, 그러자니 위험 부담이 너무 컸다. 분명 레이첼 황녀가 죽으면 퀘스트를 다시 해야 될 것이다. 그것은 이래저래 시간 손해를 보는 일이었다.

눈류는 고민하다가 레이첼 황녀가 잠에 빠지자 숲 주변을 점검한 뒤 로그아웃을 했다.

은하에게 부탁해 이틀짜리 잠 안 오는 약을 구해달라고 했다. 은하가 약을 사러 갔다 오는 사이 다시 로그인을 했던 눈류는 호출이 들리자 재빠르게 로그아웃을 하여 약을 복용한 후, 현재 접속을 한 상태였다.

그래서 지금은 잠이 안 오는 쌩쌩한 상태였지만, 문제는 퀘스트가 얼마나 걸릴지 알 수 없다는 점이었다. 강제적으로 잠을 재우지 않는 약이기에, 아무리 과학 기술이 발달한 지금이라 할지라도 인체에 좋은 점이 없었다.

그런 이유들로 인해 눈류는 일단 빠르게 움직이자고 결심했다. 다크 쉐도우를 사용하면 그냥 걷는 것보다 더욱 피곤했지만, 그래도 이동 거리는 훨씬 길기 때문이다.

싸아! 싸아!

레이첼 황녀는 눈류의 품에 안겨서 빠르게 지나가는 숲을 바라본다. 이미 여러 번 겪어봤기에 그리 놀라지는 않았지만, 눈류를 바라보는 시선에는 부러움이 가득했다.

황녀로 태어나 많은 기사들과 마법사들을 보며 자란 레이첼이었다. 그들의 능력은 말로 표현하기도 힘들 만큼 대단했다. 배우고 싶은 욕심이 있었지만 그 누구도 가르쳐 주지 않았다.

그것은 그런 이들 가운데 가장 독보적인 실력을 갖췄고, 가장 가까웠던 가면의 기사도 마찬가지였다.

힘, 누구나 부러워하는 힘. 누구나 얻고 싶어 하는 힘.

하지만 그 힘을 얻게 되는 순간, 그 사람의 인생은 원하지 않아도 피로 물든다는 사실을 가면의 기사는 너무나 잘 알고 있었다. 만약 위급한 일이 생겼을 때, 레이첼 황녀가 자신의 무력함에 가슴이 아프더라도 도망쳐서 살아남기를 바라지, 힘을 얻어서 맞서 싸우기를 원치 않았다.

결국 레이첼 황녀는 언제나 동경을 가슴에 품은 채 황녀로서 필요한 것만을 배우며 자라야 했다.

'그가 가르쳐 준 것일까?

눈류의 품에 안겨 시원한 바람과 속도를 만끽하던 레이첼 황녀는 문득 가면의 기사를 떠올렸다. 눈류를 생각하면 빼놓을 수 없는 인물이었고, 자신이 가장 그리워하는 존재. 가장 사랑하는 존재. 가장 고마우며, 미안한 존재…….

'잘 계시죠?

마음의 펜으로 편지를 적던 레이첼 황녀는 귓불을 빠르게 스쳐 가는 바람에 편지를 날려 보낸다.

Part 4
위기란 이름의 기회

"마을이 보입니다."

푸른 초목이 자라고 있는 언덕 위에서 눈류가 밝은 표정으로 말했다.

마나가 채워지면 다크 쉐도우를 발휘하면서 전진한 지 5시간이 흘러서야 드디어 마을을 찾을 수 있었다.

레이첼 황녀는 보이지 않는지 눈에 힘까지 주며 고개를 앞으로 주욱 내미는 시늉을 취했다.

그 모습에 눈류는 실소를 흘리며 설명한다.

"제 시력이 유독 좋습니다."

눈류는 심안으로 인해 오감 역시 뛰어난 상태였으며, 마나가 차는 속도도 빠른 편이었다.

“일단 이곳에서 잠시 기다리세요.”

“네? 왜요?”

또다시 홀로 남겨진다는 사실에 서운함이 가득한 레이첼 황녀의 목소리였다.

“정보를 알아내기 위해서도 그렇지만 음식을 사거나 잠을 잘 방을 얻을 때도 돈이 필요합니다. 하지만 저희는 한 푼도 가지고 있지 않지요. 그래서 짐승이라도 몇 마리 잡으러 가는 겁니다. 여기도 고기를 사는 가게가 있을 테니 그것을 팔면 돈을 얻을 수 있겠지요. 더불어 저희들 옷도 좀 사고요.”

눈류는 말을 마치며 미소를 지었다.

그때서야 자신과 눈류의 차림을 살핀 레이첼 황녀의 얼굴이 붉게 물든다.

며칠 동안의 산속 체험기!

그로 인해 얻은 것은 더럽고 남루해진 옷이었다. 남자인 눈류도 신경이 쓰이는 부분인데, 여자이자 황녀로 자라온, 더군다나 하얀색 원피스 차림이라 유독 더러움이 돋보이는 레이첼은 얼마나 민망할까.

그래서 눈류는 옷까지 살 생각을 하고 있었다.

레이첼 황녀는 황급히 고개를 끄덕인다.

“그럼, 꼼짝 말고 기다리세요. 뭔 일이 생기면 소리치시고요.”

눈류는 레이첼 황녀에게 매번 하는 부탁을 한 뒤, 다크 쉐도우를 이용해 빠르게 숲으로 내달렸다.

사사사사삭.

빠른 속도는 물론 발소리조차 크지 않은 놀라운 능력!

이곳을 지나가면서 짐승들이 어디에 있는지 기억하고 있던 눈류는 얼마 지나지 않아 몇 마리를 잡아들였다.

며칠 동안의 경험으로 어떤 놈이 고기로 구웠을 때 맛있고, 가죽이 부드러우며, 사냥이 어려운지 잘 알고 있었다. 그리고 그런 놈들이 비쌀 것이라 추측했다.

그 결과 눈류의 오른쪽 손에는 크기는 토끼처럼 작지만 고기의 맛이 환상적이고 털이 부드러우면서도 너무나 재빨라 자신마저 잡기 힘들었던 짐승 세 마리가 들려 있었고, 왼손에는 고기의 맛과 가죽은 중급이지만 잡기는 힘들며 양이 대단한 멧돼지와 소를 합쳐 놓은 듯한 짐승이 들려 있었다.

처음부터 양손에 가득 들고 갈 생각으로 검을 놔두고 왔던 눈류는 만족한 미소를 지었다. 짐승의 가죽을 팔 때 가장 중요한 것은 상처의 여부와 크기라는 사실을 아버지인 박하다에게서 들은 기억이 있었다. 그런데 검을 사용하면 어떻게든 흔적이 남게 된다. 그래서 주먹을 사용한 결과는 대만족이었다.

단 한 방에 짐승을 때려잡았다. 처음에는 힘 조절을 잘 못해서 아예 머리를 날려 버리기도 했지만, 지금 양손에 들려 있는 짐승들은 외관상 상처가 전혀 없었다.

'분명 높은 가격을 받을 수 있겠지.'

돈이 너무나 필요한 상황이었기에 눈류는 재차 만족한 표정을 지으며 레이첼 황녀가 있는 곳으로 달려갔다.

레이첼 황녀와 합류한 눈류는 천천히 걸어서 마을로 내려갔
다.

"사세요! 과일이 아주 쌉니다! 특히 라페는 오늘 들어온 것
으로 아주 싱싱하죠!"

"이얏! 내 검을 받아라!"

탁! 탁!

"하하. 라드, 넌 나한테 안 돼!"

"여보, 오늘은 고기를 좀 사먹을까요?"

"으음, 그러지 뭐. 어제 돈도 벌었는데. 하하."

겉으로 보기에 꽤 큰 규모의 마을이었다.

눈류와 레이첼 황녀는 주변을 둘러보았다.

가게 주인들이 활발하게 장사를 하고 있었고, 어린아이들은
뛰어놀았으며, 나무로 만든 투박한 검으로 대련을 하는 아이
들도 있었다. 무엇이 그렇게 좋은지 술에 취해 붉어진 얼굴로
연신 웃음을 터뜨리는 남자와 그런 그를 사랑스런 눈길로 보
는 여자도 있었다. 그리고 한가롭게 앉아서 대화를 나누는 노
인들도 보였다.

그런데 눈류와 레이첼 황녀를 본 그들은 한 가지 공통된 생
각을 하고 있었으니…….

'거지다!'

'컥, 어찌 저런 차림으로!'

'정말 얼굴이 아깝군!'

뛰어나게 잘생긴 것은 아니지만 어디 가도 미남 소리를 들

는 눈류와 한 번 시선을 주면 떼기 힘든 미모를 소유한 레이첼 황녀.

그런 둘이 온통 더럽혀지고 찢어진 옷을 입은 꾀죄죄한 몰골이니 당연한 생각이었다.

슬금슬금.

일부는 그런 둘을 피하기까지 했다.

'빨리 옷을 사고 씻어야겠어.'

눈류와 레이첼 황녀는 서로를 쳐다보며 동시에 한숨을 내쉬다가 허탈한 웃음을 터뜨렸다. 서로의 몰골이 재미있기도 했고 애처럽기도 했다. 레이첼은 자신 때문에 이런 상황을 겪는 눈류를, 눈류는 자신도 부끄러운데 분명 더 큰 수치심을 느끼고 있을 레이첼 황녀를.

곧 눈류와 레이첼 황녀는 부끄럽지만 밝은 얼굴로 사람들에게 다가갔다. 먼저 짐승의 고기와 가죽을 팔 수 있는 곳이 어디인지 물어보기 위함이었다.

둘은 깨달을 수 있었다. 뭐든지 함께하는 것이 혼자일 때보다 큰 힘이 된다는 사실을.

"며칠은 돈 걱정이 없겠군요."

보자기 안에 든 금색 동전인 라르크를 보며 눈류가 말하자, 레이첼 황녀가 다행이라는 듯 고개를 끄덕였다.

생각보다 많은 돈을 얻을 수 있었다. 고기도 고기였지만, 그보다는 눈류의 예상처럼 가죽이 비쌌다.

흠집 하나 없는 가죽들! 상인들조차 쉽게 보기 힘든 수준이
었고, 그 대가로 노력에 비해 괜찮은 수입을 얻었다.

눈류는 옷 가게를 찾아 두리번거렸다.

"응? 저기서 뭐 하는 거예요?"

그때 레이첼 황녀가 호기심 가득한 표정으로 손가락을 가리
키며 물었고, 자연스럽게 눈류 역시 그곳을 보게 되었다.

"자자, 이 사내를 30초 안에 넘어뜨리면 거신 돈의 두 배를
드리겠습니다! 쉽죠? 이기는 것도 아닌 넘어뜨리는 것입니다.
다들 도전하세요!"

많은 사람들이 웅성거리며 둘러서서 구경을 하고 있었기에
모습은 잘 보이지 않았지만 들리는 말로 인해 무슨 상황인지
쉽게 예상이 가능했다.

일명 돈 놓고 돈 먹기!

현실은 물론, 라스트 월드 게임에서도 자주 보이는 광경이
었다.

"한번 가볼까요?"

눈류의 제안에 정말 궁금했던 듯 레이첼 황녀가 잽싸게 고
개를 끄덕였다.

'황녀에게는 이런 흔한 일상이 오히려 흔하지 않겠지.'

어느덧 앞에서 쪼르르 달려가는 레이첼 황녀를 보며 실소를
흘린 눈류는, 황녀의 바로 뒤에 서서 다른 사람들과 함께 구경
했다.

뻔한 사기라는 것을 알면서도 온 이유는 궁금하거나 레이첼

황녀를 위해서가 아니었다. 만약 동전이 어느 컵에 있느냐를 가리는 사기였다면 애초에 무시했을 것이다. 하지만 들은 바로는 분명 힘이나 기술로 넘어뜨리는 것이다.

그래서 눈류는 망설이지 않고 온 것이었다.

이곳에서 며칠이나 묵어야 될지, 퀘스트가 언제 끝날지 미지수였다. 그렇다는 것은 돈이 많이 필요하다는 것이니 많으면 많을수록 좋았다. 그런 상황에서 쉽게 돈을 벌 수 있는 기회가 제 발로 걸어왔는데 놓칠 수는 없었다.

물론 산에서 막 내려와 씻지도 못한 상태라 레이첼과 눈류의 몸에서 풍기는 그윽한 냄새로 인해 주변 사람들이 대피하는 사태가 발생하기도 했지만.

"어서 도전해 보세요! 거신 돈의 두 배를 드립니다!"

대개 이런 일이 사기라는 사실을 아는 사람들이 쉽사리 도전하지 않던 그때, 한 남자가 어슬렁거리며 앞으로 걸어나갔다.

'바람잡이인가.'

이런 장사를 하는 일당들은 만약을 대비해 바람잡이들을 데리고 다닌다. 그럼 그들에게 쉽게 져준 다음, 구경을 하는 사람들에게 '저렇게 쉬워? 나도 해보자!' 라는 심리에 불을 붙이는 것이다.

많은 이들이 저런 수법을 알고 있지만 그래도 속는 사람들이 존재하기 때문이다.

"넘어뜨리기만 하면 되는 거지요?"

겉으로 보기에도 체격이 딱 벌어진 남자는 재차 확인을 받은 뒤, 일정 라르크를 건네고 맞은편 사내를 바라본다.

눈류의 예상처럼 근육으로 무장한 사람이 아닌, 겉보기에는 멸치가 연상될 만큼 마른 사람이었다. 이 역시 상대가 방심하게 하는 요인이었다.

많은 이들이 가장 먼저 상대의 체격을 통해 실력에 대해 판단하기 때문이었다.

"으랍차!"

시합은 생각보다 빨리 끝났다.

30초는커녕 20초도 지나지 않아 마른 사내는 도전자의 손에 들려 바닥에 떨어졌다.

"별것 아니네?"

"진짜 체구처럼 허약한가?"

"나도 해볼까?"

"저 사람 봐. 힘도 없는 것 같잖아."

"쯔쯔. 저거 다 사기라니까?"

그 광경에 주변에서 구경하던 사람들은 각자의 의견을 토해 냈다.

눈류는 잠시 지켜보기만 하였다. 그리고 지켜본 결과, 그들이 꽤 고단수라는 사실을 파악할 수 있었다. 바람잡이라고 예측되는 인물들도 몇 있었다. 하지만 그들은 바람잡이가 아닌 이들에게도 세 번에 한 번 꼴로 져주었다. 물론 거는 액수를 계산하며 하는 행동이었다. 그러자 참가를 원하는 이들은 더욱 많아졌다.

만약 상대가 바람잡이들에게만 져줬다면 구경을 하던 이들
은 참가하지 않을 것이다. 하지만 자신이 아는 사람이, 힘이 약
한데도 불구하고 이겨 버린다면? 그보다 심한 유혹도 없을 것
이다.

그런 사실들을 모두 파악하고 약간의 손해는 있지만 결과적
으로는 큰 부를 축적하는 그들의 수법에 눈류는 실소를 흘렸
다.

그는 살짝 몸을 풀고는 레이첼 황녀에게 양해를 구한 다음
앞으로 나섰다.

'크흑!'

진행을 맡고 있던 얍삽한 남자의 표정이 순식간에 일그러졌
다.

딱 보기에도 거지인 남자! 도대체 무슨 돈이 있어 나왔다는
말인가?

그것은 구경하던 사람들도 마찬가지였다.

눈류는 여유로운 표정을 유지하며 손에 쥔 주머니를 꺼내
보여주었다.

"이봐, 거지는 꺼… 허억! 소, 손님."

갑작스럽게 돌변하는 진행자의 태도.

그로 인해 주변인들은 적지 않은 돈이 주머니 안에 있다는
사실을 알 수 있었다.

"뭐지? 저 거지가 돈이 많나 봐."

"그러게. 그런데 왜 차림을 저렇게 하고 다녀?"

"뭐, 우리야 무슨 상관이겠는가."

그러자 레이첼 황녀의 표정이 자신만만하게 변하더니 큰 목소리로 외친다.

"우리 거지 아니에요!"

'컥!'

당당한 발언에 모두의 시선이 모이자 눈류는 괜히 헛기침을 했다.

사실 구경을 하는 내내 뒤에서 거지라는 수군거림을 들었다.

'거지 소리에 속상하긴 했나 보군.'

오랜 시간 결계에 갇혀 나이는 무덤에 묻힌 조상들도 절을 할 정도지만, 정신 연령은 10대와 다름없던 레이첼 황녀는 끊이지 않는 거지 소리가 참기 힘들었다. 그러던 차에 눈류가 돈을 꺼내 보이자 용기가 솟아오른 것이다!

'거참……'

누가 봐도 뿌듯해 하는 레이첼 황녀의 모습에 실소를 흘린 눈류는 시합을 부탁하는 진행자에게 제안을 했다.

날로 돈을 벌게 된 기회!

생으로 먹으려는 속셈이었다.

"10초 안에 넘어뜨리겠습니다."

"네에?!"

진행자는 물론 모두가 당황해한다.

아무리 얕잡아 보인다 하지만 10초 안에 넘어뜨리겠다니!

시작과 동시에 잡기만 해도 몇 초는 가볍게 넘지 않는가?

"단, 보상을 네 배로 하죠."

"으음."

진행자는 찢어지고 작은 눈을 찡그리며 난감한 표정을 지었다.

여러 마을을 떠돌아다니며 오랜 시간 활동해 왔지만 이런 경우는 처음이었기 때문이다.

"손님, 그건 조금 곤란하겠습니다."

마음속으로는 당장 받아들이라고 외쳤지만 애써 한 번 튕겨 보는 진행자.

자신의 동료를 믿는다. 비록 말라 보이지만 싸움 실력과 힘이 대단했다. 그렇지만 무엇인가가 찝찝하다. 짧은 시간에 쓰러뜨리는 대신 두 배나 더 받겠다?

그렇다면 둘 중 하나였다.

상대를 얕보고 자신의 실력에 자만하는 얼간이거나, 정말 대단한 실력을 가졌다던가.

'후자도 배제할 수는 없지, 암.'

진행자는 자신의 결정이 맞다고 생각하면서도 입맛을 다셨다. 눈류가 내건 돈의 액수가 꽤 됐기에 너무 아까운 것이다.

"그럼… 이렇게 하죠."

하지만 눈류는 다 예상했다는 듯 미소를 유지한 채 레이첼 황녀에게서 검을 건네받아 들고 돌아왔다.

“이 검을 함께 걸겠습니다.”

“잠깐…….”

그러자 진행자의 눈동자가 빛났다.

감출 수 없는 탐욕!

겉으로 보기에도 디자인이 화려하고 정교한 검집이었다.

싹둑!

눈류가 검을 뽑아 근처에 있는 나무 의자를 내려치자 너무나 쉽게 잘라진다.

‘최, 최고다!

진행자의 몸이 바르르 떨렸다. 오로지 돈을 벌겠다는 결심 하나로 대륙을 돌아다니며 이런 사기 아닌 사기를 벌이는 그였다. 가끔 돈 대신 장비를 거는 용병들도 있었고, 일이 잘못되어 당분간 일을 할 수 없을 때는 장비를 싸게 사들여 파는 일을 하기도 했다. 그런 자신이 봤을 때 손에 들린 검은 지금까지 본 것 중 가장 좋았다.

“어, 얼마로?”

중요한 것은 이 검을 얼마로 쳐주냐는 것이었다.

“가격은 잡지 않겠습니다.”

“뭐, 뭐라고?!”

진행자는 자신도 모르게 말을 낮췄다가 다급히 입을 틀어막은 뒤 사과를 하였다.

‘저, 저 검을 그냥 걸겠다고?

있을 수 없는 일!

저 검이라면 조금 전에 낸 돈은 길을 가다 버려도 될 정도로 값어치가 있는 것이었다.

"진짜입니다. 단!"

눈류 역시 그 사실을 잘 알기에 환희에 들떠 있으면서도 의심의 눈초리를 지우지 않는 진행자에게 조건을 덧붙인다.

"제가 10초 안에 저자를 넘어뜨릴 경우, 보상을 20배로 합시다."

"으음."

진행자는 재차 사내를 바라봤다. 하지만 조금 전 의견을 묻기 위한 것과는 달리 확신에 찬 눈빛이었다.

20배!

만에 하나 지기라도 한다면 출혈이 대단하겠지만, 그보다는 검에 대한 욕심이 더 컸다. 한 번만 이기면 돈은 물론 최소한 몇백 배는 더 벌 수 있는 검을 얻게 되는데 무엇을 망설이겠는가.

그러자 사내 역시 고개를 끄덕이며 동의했다.

"배짱 하나는 최고군!"

"우와, 이거 재미있겠는데?"

"이봐, 멋진 거……."

찌리릿!

막 눈류를 거지라 칭하려던 한 중년인이 레이첼 황녀의 살벌한 눈빛을 느끼며 입을 다물었다.

모든 이들이 떠들썩거리며 대결의 결과를 궁금해 했다.

"그럼 시작하겠습니다!"

"잠깐."

"네?"

"돈을 먼저 보여주시죠."

진행자는 진행을 하기 직전에 또다시 태클을 거는 눈류로 인해 짜증이 났지만 애써 웃음을 유지했다. 그는 마법 주머니를 꺼내 안에 가득 든 돈을 보여주었다.

마법 주머니.

게임 속 현실인 이 세상에서 얼마나 될지는 모르겠다. 하지만 그 안에 듬뿍 쌓인 라르크를 확인한 눈류는 고개를 끄덕였다.

진행자는 큰 목소리로 외친다.

"시작!"

스파아앗!

눈류의 신형이 그림자처럼 흩어지더니 순식간에 사내의 뒤로 움직였다.

그때까지만 해도 사내는 눈류의 기척을 알아차릴 수 없었다. 다리에 무엇인가가 닿는다고 느껴지는 순간, 황급히 거리를 벌리려고 했지만 이미 그의 눈에는 하늘이 보였다.

쿠우우웅.

너무나 급작스런 상황 변화였다.

10초, 아니, 5초나 지났을까?

"제가 이겼군요."

눈류는 밝은 표정으로 손을 내민다. 돈을 달라는 것이다.

"크으윽……."

그러자 진행자는 어이없는 표정으로 눈류와 사내를 번갈아 봤다.

사내 역시 기가 차기는 마찬가지였다. 자신이 마음만 먹으면 쉽게 이길 수 있으리라 생각했는데… 이렇게 허무하게 지다니. 상대가 움직이는 것조차 알아차리지 못한 채 말이다.

"우, 우와… 뭐, 뭐야? 봤어?"

"아, 아니."

"도대체 어떻게 된 거야?"

"마, 마법사인가?"

그것은 관람하던 이들도 마찬가지였는지 모두가 경악에 찬 얼굴이었다.

"사, 사악한 마법이다!"

그때 진행자가 노한 얼굴로 거침없이 말을 뱉어냈다.

돈을 빼앗길 수는 없었다. 20배! 그 정도면 엄청난 타격이기 때문이다. 그렇기에 뭐가 뭔지도 모르는 상황을 마법으로 밀어붙여서 빠져나가려는 속셈이었다.

"마법을 쓰지는 않았지만, 마법사는 참여 못한다는 제한도 없지 않습니까?"

눈류의 예리한 지적에 진행자는 당황했지만 이내 예의 침착성을 되찾았다.

"하지만 마법은 반칙이다. 우리 같은 사람들이 마법사를 어떻게 이긴다는 말인가? 당연히 마법사는 참가할 수 없다!"

어쩌면 맞는 말일 수도 있었다. 굳이 말하지 않아도 자연스레 받아들이는 규칙. 하지만 반대편 입장에서 본다면 억지로밖에 보이지 않는 발언이었다.

눈류의 얼굴에서 웃음이 사라졌다.

아까부터 계속 반말을 듣는 것도 기분이 좋지 않은데, 돈까지 먹으려고 하다니? 그것도 부족한지 말을 하면서 침까지 튀긴다!

"다시 말하지만 마법 따위는 쓰지 않았습니다. 당신들보다 강하고 빠르면 마법이고 사기입니까? 전 단지 뒤로 빠르게 이동한 다음 발로 뒤꿈치를 걸어찬 것뿐입니다. 저 사내에게 물어보시죠. 상당히 아플 테니."

적절히 분노가 깔린 눈류의 음성.

진행자는 황급히 고개를 돌려 사내를 쳐다본다. 그러자 사내는 이를 악물며 어쩔 수 없이 고개를 끄덕였다. 현재 사내는 뒤꿈치가 불에 데인 듯 화끈거렸다. 만약 자신이 아니라고 한다면 분명 일어서라고 할 것이다. 그럴 경우, 현 상태로는 일어서는 것도 힘드니 거짓말이 들통 날 수밖에 없었다.

"이제 돈을 주시죠?"

"크, 크윽!"

진행자는 속에서 부아가 끓어올랐지만 참고 또 참았다.

마음 같아서는 구경꾼들 사이에 섞여 있는 자신의 동료들에게 공격 명령을 내리고 싶었다. 하지만 그럴 경우 앞으로 이

마을에서는 장사하기가 힘들어질 것이다. 더군다나 상대가 누구인가? 마법인지, 정말 빠르게 달려가서 걷어찬 것인지는 알 수 없지만 동료들 중 가장 강한 사내를 순식간에 무너뜨린 놈이다.

"아, 알겠습니다. 제가 착각을 했군요."

진행자는 결국 벌벌 떨리는 손으로 라르크를 세어 20배의 가격을 눈류에게 건네주었다. 그때까지도 자신의 동료들이 안 된다고 고개를 저었지만 생각을 바꾸지 않았다.

동료들의 눈빛은 분명 여자를 인질로 삼자는, 이런 마을에는 안 와도 된다는 뜻이다. 그러나 조금 전의 그 속도를 보면 그조차도 불가능해 보였다. 진행자가 주먹을 불끈 쥐자, 레이첼 황녀에게 슬금슬금 접근하던 두 명의 남자가 한숨을 내쉬며 물러선다.

"잘 판단하셨습니다."

남자들을 주시하고 있던 눈류가 한결 부드러워진 표정으로 진행자의 귀에 작게 속삭였다.

그러자 진행자의 표정은 딱딱하게 굳었다. 그런 사실조차 깨닫고 있었다니!

"얼마 버셨어요?"

"많이 벌었습니다."

"헤헤."

돈을 받자마자 레이첼 황녀와 함께 자리를 벗어나는 눈류.

진행자는 한참이나 그 둘을 바라보았다.

살아 있다는 사실에 감사하며.

생각 이상으로 많은 돈을 벌게 된 눈류와 레이첼 황녀가 다음으로 이동한 장소는 바로 옷가게였다. 그곳에서도 처음에는 쫓겨날 뻔했지만, 돈을 보여주자 태도가 돌변하였다.

이후 느긋하게 옷을 골랐다.

레이첼 황녀는 얇고 흰색인 속옷을 선택한 뒤, 평소 입고 싶어 했던 앞을 여미는 형식의 로브를 골랐다. 눈류는 검은색 여행복 상하의로 차림을 결정하였다. 다만 하의가 전체적으로 살짝 달라붙는 것뿐이어서 내심 심기가 불편했다.

그 후, 둘은 근처 여관으로 향했다.

끼이이익.

"으하하, 오늘은 내가 쏜다!"

"아, 젠장! 귀족이면 다야!"

"참아, 참아."

여관은 1층이 식당인지 눈류와 레이첼 황녀가 문을 열자마자 소음과 더불어 술과 맛있는 음식 냄새가 식욕을 돋구었다.

안으로 들어서자 모두의 시선이 둘에게 쏠렸다. 하지만 조금 전과는 다른 이유에서였다.

새 옷을 입고 세수까지 마친 상태였기에 꼬질꼬질하지도 않았다.

거기다가 레이첼 황녀의 수려한 미모!

눈류조차 넋이 나갈 정도였던 그 미모에 나이를 막론한 모든 남자들이 멍한 눈빛으로 레이첼 황녀를 쳐다봤다. 그 정도가 얼마나 심했는지, 한 남자는 바로 앞에 앉아 있던 여인에게 따귀까지 맞는 사태가 발생하였다.

"너무 예뻐서 탈이군요."

"그러게요. 헤헤."

'컥!'

충분히 자신만만할 수 있는… 아니, 해야 되는 미모였지만 본인의 입으로 저런 말을 하다니!

평소 자신의 자화자찬 실력이 병적이라는 사실을 망각하고 있는 눈류였다.

"방을 잡은 다음 식사하도록 하죠."

레이첼 황녀를 힐끔거리며 얼굴이 빨개지는 종업원에게 자신들이 온 용건을 말하자, 곧 본분을 깨달은 종업원이 질문했다.

"방은 몇 개나?"

"두……."

"하나 주세요."

눈류와 레이첼 황녀가 동시에 서로를 쳐다본다.

파지지직!

허공에서 스파크가 튀는 것은 물론이다. 서로 양보할 수 없다는 굳은 결심이 서려 있었다.

레이첼 황녀는 절대 한 방에서 다른 남자와 잘 수 없다는 생각! 물론 눈류와 가까이 지내며 노숙도 함께했지만 방은 다른 문제였다. 어쨌든 눈류도 남자가 아닌가? 그렇다면 혹시 모르는 일이 벌어질 수도 있었다.

그와 반대로 눈류의 경우는 한 방에 있는 것이 황녀를 보호하기 편했으며 방값도 반이나 준다. 돈에 목숨 걸 입장은 아니지만, 얼마나 더 필요할지 모르는 상황에서 두 개나 잡는 것은 사치였다. 더군다나 레이첼 황녀가 걱정하는 일을 벌이지 않을 확신이 있지 않은가!

"잠깐 얘기 좀 해요."

결국 레이첼 황녀는 눈류를 잠시 밖으로 데리고 나가 대화를 시도했다.

하지만 눈류의 화려한 말빨에 정신이 혼미해지는 것을 느끼며 결국 항복을 하였다.

다시 여관으로 돌아와 방을 하나만 잡은 눈류는 천진난만한 표정에 자신감이 가득 찬 목소리로 말했다.

"저는 잠을 자지 않습니다. 걱정 마세요!"

'그 말이 더 무서워요!'

결국 자신도 밤을 새야겠구나!

다짐하는 레이첼 황녀였다.

방을 잡은 뒤, 목욕까지 마친 눈류는 레이첼 황녀와 함께 1층 식당으로 내려왔다.

음식과 자신이 마실 술 한잔을 시킨 눈류는 종업원에게 물었다.

"음, 혹시 검은빛의 파편을 아시나요?"

혹시나 알고 있지 않을까 하는 기대 때문이었다.

하지만 종업원은 처음 듣는다는 듯 고개를 갸웃거리다 죄송하다는 말을 하였고, 눈류는 괜찮다고 했지만 표정에서 아쉬움을 감출 수 없었다.

'결국 정보 길드를 찾아가야 하나.'

정보 길드!

의뢰의 난이도에 따라 돈을 지불해야 한다. 그러나 그들만큼 정보를 많이 알고 있으며 확실한 곳도 없었다. 아무것도 모르는 상태에서 찾으러 다니는 것보다는 돈을 지불하더라도 그들에게 정보를 얻는 것이 시간 단축이 될 것이었다. 그래서 음식을 먹은 뒤 정보 길드를 찾아나설 생각이었다.

"여기 있습니다!"

심심해 하는 레이첼 황녀를 뒤로한 채 생각에 잠겼던 눈류는 종업원의 말과 함께 정신을 차렸다.

모락, 모락.

따뜻한 김이 아지랑이처럼 피어오르는 잘 익은 닭과 돼지 바비큐를 보자 입에서 절로 군침이 돌았다. 포션 사는 돈도 아까워서 음식은 거의 사먹지 않은 눈류였다.

하지만 라스트 월드의 음식들을 얼마나 좋아하는가! 더군다나 가격도 생각보다 싼 편이었다. 며칠 산에서 고기를 먹었으니 조미료가 가미된 요리와는 천지 차이!

"이야!"

간장 소스로 잘 요리된 음식에 흥분한 것은 레이첼 황녀 역시 마찬가지였다. 둘은 누가 먼저라고 할 것 없이 음식을 입에 넣으며 배를 채우기 시작했다.

후다닥, 후다닥!

얼마나 빠른 속도로 음식을 먹는지 주변 사람들이 멍한 눈빛으로 구경을 할 정도였다.

'헉, 저 속도는……'

'정말 경이적이군!'

'혹시 며칠 굶은……'

'거지들이 아닌가?!'

결국 깨끗하게 단장해도 거지라 오해받는 그들이었다.

"맛있었나요?"

뒤늦게 술을 함께 주문했다는 사실을 깨달은 눈류는 그때서야 술을 마시며 레이첼 황녀에게 말을 건넸다.

자신도 마찬가지였지만 그녀 역시 제대로 된 요리에 굶주렸는지 음식을 바라보는 시선에서 살기가 풍길 정도였다.

레이첼 황녀는 눈류의 질문에 만족한 표정으로 고개를 끄덕인다.

"예전부터 이랬어요. 품위를 지키지 않는다고 많이 혼났었죠. 헤헤."

"그렇군요. 그럼 이제 나가볼까요?"

"어디로요?"

"검은빛의 파편에 대해 알아봐야죠."

"저기, 검은빛의 파편을 찾으시나요?"

갑자기 옆에서 굵직한 남성의 목소리가 들렸다.

눈류는 속으로 경계하며 쳐다봤다.

샤방샤방!

눈류의 얼굴에서 발휘되는 친절함의 광채!

속으로는 의심을 잔뜩 하고 있었지만 겉으로 드러난 얼굴은 오랜 친구를 만난 것처럼 환했으며, 친절한 눈류 씨 모드로 돌변하였다.

그가 이렇게 영업용 얼굴로 치장한 이유는 단 하나! 검은빛의 파편을 찾기 위함이었다.

그런 눈류의 변화에 사내와 함께 있던 일행들이 당황스러워하는 모습이 보였다.

"그런데 누구시죠?"

그때 레이첼 황녀가 물었다.

조금 전 말을 건넨 샤츠가 황홀한 눈으로 레이첼 황녀를 쳐다보며 자신들의 소개를 하였다.

"아, 저희는 용병입니다. 제가 샤츠이고, 옆에 무뚝뚝한 놈이 마틸, 그리고 키리라 합니다. 그런데 아까 저분이 사기꾼들을 혼쭐내는 모습을 보게 되었습니다. 마침 일행이 필요해서 도움을 요청하고 싶었는데 그만 놓치고 말았죠. 결국 체념하며 마을을 구경하다 여관에 들렀는데 두 분이 계시지 않겠습니까?"

눈류는 웃음을 유지하며 셋을 유심히 쳐다봤다.

샤츠라 불린 이는 190㎝는 될 듯한 거대한 체격에 탄탄한 몸을 가지고 있었고, 꽤 크고 두꺼워 보이는 검을 들고 있었다.

'양손검인가.'

그리고 마틸이라 불린 사람은 독사 같은 눈빛을 하고 있었는데, 살짝 말랐으며 키는 샤츠와 10㎝는 차이가 나 보였다.

마지막으로 키리라 불린 여자는 푸른색 로브를 입고 있었는데, 미인은 아니지만 순진한 외모에 쌍꺼풀이 짙었다. 얼굴과 맞지 않게 눈빛에서 요염함이 흐르는 것 같았다.

"그런데 키리란 분도 용병인가요?"

눈류는 셋의 얼굴뿐 아니라 전체적인 모습도 다 관찰한 상황이었다. 그 결과 샤츠와 마틸이란 남자는 흉터와 굳은살 등을 쉽게 찾을 수 있었는데, 키리라는 여자는 달랐다. 곱게 자라 고생한 적이 없는 듯 잡티 하나 없이 부드러운 손이었다. 로브를 입은 것으로 보아 마법사인 것 같았다.

'역시 만만한 놈이 아니군.'

속으로 움찔한 샤츠. 하지만 티를 내지 않으며 자연스럽게 대처한다.

"키리는 제조사입니다. 여러 가지 약초들로 치유제를 만들어내죠. 그리고 저희들의 돈 관리를 맡아주고 있기도 하고요. 마틸과 제가 돈을 벌면 다 쓰는 편이라. 하하."

"그렇군요."

눈류는 의심을 감추며 그들을 대했다. 조심해서 나쁠 것은 없다. 그렇기에 100% 믿는 것이 아닌, 경계를 하되 너무 나쁘게만 보지 않으려는 것이다.

갑작스런 친절은 자신을 감추기 위한 방법일 수도 있지만, 정말 사람이 착해서 그러는 것일 수도 있기 때문이다. 아는 이들 중에는 루크가 그 예였다.

"그런데 합석해도 되겠습니까?"

"아, 그러시죠."

눈류는 레이첼 황녀 옆으로 자리를 옮겼다. 지금 당장 아쉬운 것은 자신이었기에 어쩔 수 없는 선택이었다.

샤츠는 앉자마자 눈류와 레이첼 황녀에게 양해를 구한 뒤, 독한 술을 다섯 병이나 주문하였다.

눈류는 그들과 대화를 나누며 검은빛의 파편에 대해 질문했다.

"그런데 파편은 뭐죠?"

"검은빛의 파편 말씀이시군요. 검은빛의 파편은 마계 몬스터의 파편입니다."

"마계 몬스터?"

"네. 이곳에서 북쪽으로 말을 타고 이틀 정도 가다 보면 고대의 신전이 존재합니다. 그곳에서 마계 몬스터가 나온다고 알려져 있습니다."

"그렇군요!"

눈류는 기쁜 얼굴로 고개를 끄덕였다. 생각보다 빨리 퀘스트를 끝낼 수 있다는 희망이 샘솟았다.

"그런데 샤츠님과 일행 분들은 왜 그곳에?"

"아, 그 근처에 돈벌이가 좋은 몬스터들이 여럿 있거든요.

그런데 저희 셋으로는 위험할 것 같아 일행을 구하는 중이었습니다."

"아……."

"어떠신가요? 함께하시겠습니까?"

눈류는 잠시 대답을 망설였다. 이제는 위치를 알았기에 사실 외면하고 가버리면 그만이었다. 하지만 그것은 인간적인 도리가 아니었다. 게다가 고대의 신전이라는 곳에 들어가기 전까지는, 그리고 들어가서 마계 몬스터라는 놈을 만나기 전까지는 그들의 말이 사실인지 확신하기 어려웠다.

그렇다고 빨리 퀘스트를 끝내고 돌아가야 하는 자신이 이곳에서 함께 사냥할 수도 없는 노릇이었다.

"이렇게 하도록 하죠. 마계 몬스터를 찾기 전까지 도와드리겠습니다."

"으음, 좋습니다."

샤츠가 일행들을 쳐다보더니 승낙을 하였다.

그러자 눈류의 얼굴에 미소가 짙어진다.

'너희들의 입장에서는 마계 몬스터가 쉽게 나오지 않을 것이라 생각할 테니 거절할 이유가 없겠지. 이게 바로 상부상조다.'

눈류와 샤츠, 각자 다른 의미로 결과에 만족하며 술잔을 부딪쳤다.

"으음, 그래서 제가 그 오우거의 머리를, 파악!"

술자리는 쉽게 끝나지 않았다.

눈류는 지금이라도 당장 달려나가서 퀘스트를 끝내고 싶었지만, 오늘 이 마을에 도착해서 하루는 쉬어야 한다는 샤츠 일행들의 말에 어쩔 수 없이 술을 마시며 이야기를 나누고 있었다.

사실 마음 같아서는 레이첼 황녀와 함께 방으로 도망치고 싶었다. 저 거짓되고 순수하지 못한 발언들! 자신이 혼자서 오우거 17마리를 잡았다고 하지를 않나, 기사 17명과 붙어서 이겼다고 하지를 않나. 과장도 적당히 해야 맛있는 법이거늘…….

하지만 눈류가 이러지도 저러지도 못한 채 억지로 웃어주는 이유는 레이첼 황녀 때문이었다.

사람들의 말을 잘 믿는 편인지, 아니면 사실이 아니라는 것을 알면서도 재미가 있어서인지는 모르겠지만, 레이첼 황녀는 가자는 눈치를 주는 눈류에게 조금만 더 놀자고 부탁하였고 결국 이런 상황이 온 것이었다.

"아참, 제가 가고일도 17대 1로…….."

'말만 들으면 드래곤이랑 맞담배 필 놈이군.'

한숨이 절로 나오지만 애써 참는 눈류.

샤츠는 술에 많이 취한 듯 언어까지 꼬아주는 센스를 발휘하였고, 잠시 후 비틀비틀거리더니 자신이 실수를 계속하는 것 같다고 술 좀 깨기 위해 바람을 쐰다며 밖으로 나갔다.

"원래 기분이 좋으면 저렇게 마셔요."

그러자 키리가 눈류에게 요염한 눈빛을 팍팍 날리며 설명을 해주었다.

그 눈빛에 눈류가 진땀을 흘리는 사이, 밖으로 나간 샤츠는 언제 그랬냐는 듯 더 이상 비틀거리지 않으며 밖으로 연결된 뒷문을 통해 주방으로 들어갔다.

"이걸 넣어."

주방을 맡은 30대 여인에게 흰색 가루가 담긴 병을 건네는 샤츠.

여인은 처음 겪는 일이 아닌 듯 고개를 끄덕였고, 자신들이 마실 술에 가루가 들어가는 것을 확인한 샤츠의 얼굴에 비열한 미소가 어렸다.

이로써 또 한 건을 해낸 것이다.

"여기 술 나왔습니다!"

'이, 이런 술고래들!'

눈류는 징하다는 시선으로 키리와 마틸을 바라봤다. 샤츠만 술고래가 아니었다. 저들 역시 소리없이 쉬지 않고 마시는 중이었다. 주량의 끝을 확인하고 싶을 정도였다.

취하고 싶지 않아서 최대한 자제하며, 조금씩 마신 자신이 취기가 오를 정도니 무슨 말이 필요하겠는가.

"이히, 눈류님은 바보."

'……'

레이첼 황녀는 이미 만취한 상태였다.

"어쿠, 또 술이네? 그럼 한잔만 해볼까?"

아직도 술이 덜 깼는지 붉어진 얼굴에 살짝 비틀거리며 들어온 샤츠는 반가운 표정으로 항아리 형태의 술병을 들어 자신의 잔에 붓는다.

"눈류님도 마지막 잔 하세요."

"그러죠."

마지막 잔이라는 말에 두 눈이 번쩍 뜨이는 눈류.

얼마나 기다리고 기다렸던 말인가?

술잔에 가득 차는 투명한 빛의 술.

곧 키리와 마틸 역시 잔을 채웠고, 모두는 잔을 부딪치고는 웃으며 술을 입에 넣었다.

'일단 오늘은 레이첼 곁에서 보내야겠군. 내일 퀘스트를 끝내면 쉬자.'

잔을 내려놓으며 술자리가 끝난 다음을 생각하던 눈류는 곧 무엇인가 이상한 점을 느꼈다.

지이이잉.

머리속에서 종이 울렸다. 종은 성난 물결이 되어 머리속 전체를 뒤덮더니 얼굴에서 목으로 내려왔고, 전신에 급속도로 퍼졌다.

'뭐, 뭐지?

눈류는 뒤늦게 '아차!' 하며 샤츠를 비롯한 일행들을 쳐다보았다.

자신을 비웃고 있었다. 곧 샤츠의 눈빛이 음탕하게 변하며 술에 취해 탁자에 고개를 파묻은 레이첼 황녀를 향하고 있었다.

눈류의 눈동자에 핏발이 섰다.

'내가 너무 방심했다.'

돌이킬 수 없는 뒤늦은 후회.

눈류는 자신도 모르게 이를 '바드득!' 갈았지만 오래 지나지 않아 몸이 경직되면서 눈앞이 암흑으로 뒤덮인다는 생각과 함께 탁자에 쓰러졌다.

"흐흐. 멍청한 놈. 하긴, 너희 같은 녀석들이 있으니 우리가 먹고 사는 것이지."

샤츠는 낮은 목소리로 눈류를 바라보다 냉소를 터뜨리며 중얼거렸다.

낮에 눈류의 모습을 본 것은 사실이었다. 하지만 접근 의도가 달랐다.

샤츠와 일행들이 탐냈던 것은 바로 레이첼 황녀. 그리고 눈류가 들고 있던 검이었다. 사기꾼들이 혹할 정도의 검과 너무나 아름다워서 눈을 떼기 힘든 여자.

인신매매와 약탈로 먹고 살아가는 그들에게 있어서 눈류와 레이첼 황녀는 최고의 먹잇감이었다. 그들은 만약을 대비해 키리는 로브로 옷을 갈아입는 치밀함도 보였다.

"역시 너의 실력이 대단하긴 하군."

샤츠가 키리를 보며 말하자 이제 알았냐는 듯 자신만만한 미소를 짓는 키리.

그녀는 제조에 있어서 뛰어난 능력과 지식을 가지고 있었는데, 주로 범죄에 악용되는 물품을 만들어냈다. 지금 눈류가 먹고 정신을 잃게 만든 색과 향이 없는 가루도 그녀의 작품이었다. 자신들은 해독제를 먹은 상황이었기에 문제가 생기지 않은 것이다.

"뭐, 이런 놈들이야 쉽지. 하여튼 난 마틸과 함께 이 여자를 옮길 테니 너는 뒤처리를 하고 와."

"음… 저기 키리."

"안 돼, 샤츠!"

"아, 알겠어."

키리는 샤츠에게 손쓸 여유를 주지 않은 채 강하게 윽박질렀다.

얘기를 듣지 않아도 알 수 있었다.

레이첼이라는 이 여신이라 착각할 만큼 아름다운 여자를 탐닉하고 싶은 것이다.

이전에 샤츠가 납치한 여자를 강제로 취한 적이 있었는데, 그때 그녀가 처녀라는 사실을 알았다. 처녀와 처녀가 아닌 여자는 값어치에서 큰 차이가 난다. 돈 많은 귀족들이 일명 때 묻지 않은 처녀를 좋아하기 때문이었다.

그렇다고 처녀라고 거짓말을 할 수도 없었다. 경매 관리소에는 마법사들이 배치되어 있었고, 그들은 처녀를 판별하는 마법을 썼다. 처녀 판별 마법을 익히기 위해서는 인간으로서 하기 힘든 짓을 해야 했기에 대부분의 마법사들이 배우지 않았지만, 어떻게든 돈을 벌려는 마법사들에게는 필수적인 마법이었다.

그런데 또다시 데리고 잠을 자려고 하다니? 만약 그랬다가 처녀이기라도 하면 어쩔 것이란 말인가? 레이첼 정도라면 처녀가 아니더라도 엄청난 돈을 안겨주겠지만, 처녀라면 그 가격 자체가 달라지는데!

'하여튼 남자란… 쯧.'

키리는 재차 차가운 시선으로 샤츠를 쳐다본 뒤, 여관을 빠져나갔다.

마틸 역시 주변을 한 번 의식한 다음, 레이첼을 품에 안은 채 빠르게 빠져나갔다.

많은 이들이 그런 마틸을 쳐다봤지만 부러움에 의한 것이지 의심은 하지 않았다. 그들은 함께 술을 마시며 즐겁게 대화를 나누던 사이이니 당연한 일이었다.

"흐흐. 좋다, 좋아."

키리와 마틸이 떠난 자리, 샤츠는 자신이 잡았던 방 안에서 눈류의 검을 쓰다듬으며 쾌감에 젖은 웃음을 흘렸다.

실로 오랜만에 터뜨린 대박!

여자까지 합치면 그 돈이 얼마나 될지 짐작도 하기 힘들 정도였다.

"이제 테스트를 해볼까?"

그 말과 함께 샤츠는 검을 집어 들며 눈류를 쳐다봤다. 이제 뒤처리를 하려는 것이다. 자신들의 얼굴을 본 자는 살려두지 않는다! 그들의 철칙이자, 지금까지 잡히지 않을 수 있었던 이유였다.

바닥에 마법으로 만들어진 투명 종이를 깐 상태였기에 피가 철철 튀고 흘러도 여관에서는 전혀 알 수 없을 것이다. 투명 종이가 모든 것을 흡수하기 때문이다.

"크큭. 잘 가라."

바스락, 바스락.

만약을 대비해 밧줄로 묶은 눈류가 누워 있는 투명 종이를 밟으며 샤츠는 검을 높이 치켜 올렸다.

쌔애액!

"헛."

"움직이면 죽는다."

거부할 수 없는 명령.

샤츠는 손가락 하나 꿈틀거릴 수 없었다.

힘을 주어 움직여 보려고 하자 자신의 목이 잘려 나가는 환영이 보이는 것 같았다.

"어, 어떻게……."

겨우 말을 내뱉은 샤츠.

목소리조차 벌벌 떨리는 것이 그의 심리 상태를 확연히 보여주었다.

눈류는 대답하지 않은 채 반문한다.

"어떻게 된 것이지?"

모든 것을 말하라는 질문이었고, 목소리에서 살기가 풀풀 흘러넘쳤다.

어둠이 되면서 자연적으로 얻게 된 살기!

그것은 감히 샤츠가 감당할 수 있는 수준이 아니었다.

딱딱딱!

이빨까지 부딪치며 떨기 시작한다.

‘레이첼.’

눈류는 검을 쥔 손에 힘을 주어 샤츠의 대답을 재촉하면서 레이첼 황녀를 떠올렸다. 그와 동시에 분노가 자연스럽게 치솟는다. 너무나 어이없게 레이첼을 빼앗겼다. 더불어 자신은 죽을 위기였지 않은가.

만약 조금이라도 정신을 늦게 차렸더라면 샤츠에게 죽임을 당했을 것이고, 퀘스트는 처음부터 다시 해야 될 것이다.

‘게임의 능력 때문인가.’

조금 전 샤츠가 검을 만지며 키득거릴 때부터 힘겹게 정신을 차릴 수 있었던 눈류는 당황하는 샤츠를 통해 자신이 그의 예상보다 일찍 깨어났다는 사실을 알 수 있었다. 아무래도 마나와 높은 육체의 능력으로 인한 현상 같았다.

재차 손에 힘을 준다.

주르르륵.

“커, 커억. 마, 말하겠습니다!”

그때까지도 지금의 상황을 이해할 수 없어 정신이 혼란하던 샤츠는 목에서 느껴지는 통증과 함께 피가 흐르자 황급히 모든 것을 고백하기 시작했다.

어떤 이유로 자신들이 접근했고, 어떻게 재웠으며, 납치한 여자를 어디로 데려갔는지까지!

눈류는 속으로 안도의 한숨을 내쉬었다.

샤츠의 말을 통해 종합해 보면 아직 레이첼은 살아 있었다. 불행 중 다행.

그것이면 됐다. 자신과 레이첼이 죽지 않았다면 퀘스트는 계속 진행될 것이기에.

"파편에 대한 것도 거짓이었나?"

"아, 아닙니다!"

'다행이다.'

황급히 고개를 저으며 손사래까지 치는 샤크의 모습에 눈류는 거짓말이 아니라는 사실을 느낄 수 있었다. 하지만 만약의 경우를 배제할 수 없으니…….

"일어나라."

눈류는 샤츠를 일으켰다.

레이첼 황녀가 지금 어디에 있는지, 왜 그곳에 끌려갔는지도 알고 있지만 자신은 이곳 세상에 처음 온 상황. 어디라는 말만 듣고 찾아갈 수는 없었다. 그렇기에 길 안내를 시키려는 것이다. 만약 거짓말이었다면 고문을 해서 위치를 알아낸 다음, 죽일 생각이었다.

그 정도로 눈류는 이들에게서 분노를 느끼고 있었다. 레이첼 황녀에 대한 걱정으로 초조함까지 엿보였다. 샤츠는 아직 아무 일 없을 것이라 했지만, 그 말은 시간이 지나면 무슨 일이 생길 수도 있다는 말과 마찬가지였으니.

“안내해라.”

눈류의 차가우면서도 가라앉은 목소리에 거절은 곧 죽음이
라는 사실을 잘 아는 샤츠는 황급히 고개를 끄덕였다. 그 뒤,
떨려서 잘 움직이지도 않는 다리를 재촉해 앞장서서 걸어갔
다.

“아, 얼마나 받을까?”

푹신한 털로 뒤덮인 의자에 앉은 키리는 두근거리는 가슴을
애써 진정시키며 혼잣말로 중얼거렸다. 마틸은 워낙 말수가
없기에 물어봐야 단답형 대답이 돌아올 뿐이다.

주변을 둘러보는 키리의 눈빛에 경멸과 함께 기대가 서린
다.

자신들은 추악하고 더러우면서도 어리고 예쁜, 그리고 깨끗
한 아이만 찾는 귀족들.

곁에 있기만 해도 짐승의 썩은내가 나는 것 같아 구역질이
나오려 했지만, 그들은 자신에게 있어 최고의 고객들이었다.

여자라면 집안 재산까지 거덜낼 수 있는 작자들.

‘비싸게 사라고! 히히.’

키리는 행복한 표정으로 다시 시선을 무대로 돌렸다.

그곳에는 10대 초반으로 보이는 어린 소녀가 중요한 부분만
아슬아슬하게 가린 옷차림으로 철창에 갇힌 채 울고 있었다.

진행자의 경매가가 불러지자마자 귀족들과 귀족은 아니지
만 돈이 넘쳐흐르는 자들이 자신들의 탐욕을 소리쳤다. 서로

서로 누가 더 더럽고 추악한지를 경쟁이라도 하듯 어린 소녀의 몸값은 순식간에 치솟다가 결국 백작이란 자리에 위치한 60대의 노인에게 낙찰되었다.

"자, 이번에는 아주 최상품이자 오늘! 아니, 지금까지 중 최고로 아름답다고 자부합니다. 더군다나 처녀라는 사실!"

"오오, 물이 좋은가 보지?"

"기대되는데."

"난 아직 돈이 많다고, 빨리 계집을 보여 봐!"

진행자가 여자를 공개하기도 전에 잔뜩 들뜬 얼굴로 칭찬을 계속하자, 돈을 가득 들고 온 고객들마저 상기된 표정이 되었다.

이곳 지하 경매 관리소가 생긴 지 어언 10년.

그동안 수많은 여자들이 지나갔지만 이 정도로 상품에 대해 극찬을 한 적이 드물었기 때문이다. 도대체 얼마나 물이 좋기에! 모두의 입술에 추악한 침이 흥건했다. 생각만 해도 흥분이 될 지경.

"자, 소개합니다!"

진행자의 외침과 함께 붉은 천에 가려진 소형 철창이 '트르륵!' 소리를 내며 무대 위로 이동되었고, 곧 천이 걷히자 장내는 약속이라도 한 듯 침묵만이 가득했다.

아름답다! 아니, 정말 살아 있는 인간이라는 말인가!

당장 달려가 볼을 만지며 혹여나 조각품은 아닌지 확인하고 싶을 정도였다.

그녀는 레이첼이었다.

붉게 충혈된 눈동자의 레이첼은 잔뜩 겁에 질린 얼굴이었다.

‘바보! 바보!’

술이 다 깬 레이첼은 정신이 혼미할 만큼 마셨던 스스로를 자책하며 앞을 바라봤다.

자신은 이상한 무대 위에 올라와 있었고, 앞에는 100명 가까이 되는 사람들이 음탕한 눈빛으로 자신을 쳐다보고 있었다. 천장에 주황빛 마법구가 존재하기에 모두의 얼굴이 자세히 보였지만, 그 어디에도 눈류는 없었다.

무대 위로 끌려오기 전만 해도 얼마나 믿고 믿었던가. 당장은 혼자이지만 분명 눈류가 어딘가에서 혜성처럼 나타나 지금까지처럼 자신을 구해줄 것이라고.

하지만 거의 알몸 차림에 물건이 되어 가격이 매겨지는 지금도 눈류가 보이지 않자 두 눈가에 재차 포도알 같은 눈물이 맺힌다.

레이첼 황녀도 바보가 아닌 이상 지금이 어떤 상황인지 잘 알고 있었다. 바로 성노예!

‘눈류님…….’

레이첼 황녀는 두 눈을 꼬옥 감고 기도라도 하듯 양손을 부여잡았다.

그러자 손등 위로 보석처럼 맑은 눈물방울이 ‘투욱!’ 떨어졌다.

그때 누군가의 목소리가 바로 귓가에서 들렸다.

"술은 다 깨셨습니까?"

"……."

레이첼 황녀의 얼굴에 웃음이 서린다. 아니, 웃었다.

눈은 눈물범벅인데, 그것도 모자라 콧물까지 흐르고 있는데도 입은 웃기 시작했다.

그러다 곧 자신의 마음이 얼마나 불안했는지를 보여주듯 서럽게 흐느껴 울었다. 그녀는 눈물로 인해 뿌옇게 흐려진 눈동자로 고개를 들어 상대를 쳐다봤다.

목소리만 들어도 알 수 있었다. 자신을 안정시켜 주는, 이 믿음직스러운 목소리가 누구의 것인지를…….

"눈류님……."

"늦어서 죄송합니다."

레이첼의 울음소리만 들어도 얼마나 마음고생이 심했는지를 느낀 눈류는 진심으로 사과를 했다. 자신 때문이었다. 자신이 조심하지 않았기에, 비록 게임 NPC이지만 자신 때문에 한 여자가 상처를 받았다. 그 점이 너무 미안했다.

"잠깐만 기다리세요. 곧 구해드릴 테니."

눈류는 그 말과 함께 샤츠를 노려봤다.

샤츠는 고개를 갸웃거렸다. 그러다 눈류가 레이첼이 알몸과 다름없는 차림으로 있는 것을 보고 사람들의 시선을 막기 위해 철장 앞에 서 있는 걸 보고는 다급히 철장 옆에 떨어진 붉은 천을 주워 철장을 덮었다.

“네놈은 누구냐!”

“어디서 감히!”

“뭐 하는 것이냐? 저놈을 잡지 않고!”

갑작스런 눈류의 등장에 넋이 나갔던 이들이 그때서야 소란을 떨며 소리치기 시작했다. 그것은 여자를 사러온 이들뿐만 아니라 연락을 받고 달려온 경매소 관리자도 마찬가지였다.

곧 병사들과 마법사들이 눈류를 둘러쌌다.

‘뭐, 뭐야? 도대체 어떻게 된 거야?

키리는 불안감에 손톱을 잘근잘근 씹으며 상황을 주시했다.

어떻게 눈류가 이곳에 온 것인지, 샤츠는 왜 저기에서 종처럼 움직이는 것인지 이해가 되지 않았다. 아니, 지금 깨어났다는 것 자체가 말이 되지 않았다.

‘분명 강한 것 같아서 양도 많이 했었는데.’

초조한 눈빛으로 마틸을 쳐다보는 키리.

키리는 물론 마틸 역시 느낄 수 있었다.

무엇인가 잘못됐다!

하지만 둘은 자리에서 일어서지 않았다. 찝찝한 마음을 숨길 수 없었지만 혼자서 저 많은 병사, 마법사들을 이길 수 없을 것이라 믿기 때문이었다.

적어도 하루는 정신을 잃게 되는 약을 먹고도 얼마 지나지 않아 찾아온 괴물 같은 인간이니 병사들로는 상대가 되지 않을지도 모른다. 그러나 마법사까지 있었다.

마법사! 그 이름 하나만으로도 어디서든 대접받을 수 있을 정도로 강력하면서 귀한 존재들이었다. 물론 최소 3서클은 넘어야 대접을 받겠지만, 이곳에서 일하는 마법사들은 모두 3,4서클이었다.

그러니 절대 살아남을 수 없으리라!

스르룽.

검집에서 검을 뽑은 눈류는 굳은 표정으로 눈앞의 병사들과 마법사들을 노려봤다.

두려웠다. 그들이 아닌, 모두를 죽여 버리고 싶은 마음을 먹은 자신이 두려웠다.

아무리 게임이지만 사람을 죽이는 것을 좋아하지 않았다. 정말 필요한 경우가 아니라면 말이다. 그 점이 지금 눈류의 이성을 붙잡고 있는 유일한 끈이었다. 만약 그런 생각마저 없었더라면, 눈류는 바로 마나를 발휘해 모두를 베어버렸을지도 모른다.

레이첼 황녀의 일도 일이지만, 이들은 여자를 사고파는 존재들이었다. 이들에게 있어 여자는 단지 성의 노리개였으며, 돈만 주면 어떤 짓을 해도 상관없는 하찮은 물건이었다.

병사들과 마법사들도 그렇다는 것은 아니지만 그런 자들을 변호한다는 것 자체만으로도 다를 것이 없다고 생각하는 눈류였다.

'병사는 대략 오십, 마법사는 다섯.'

눈류는 한 바퀴 빙그르 돌며 대략적인 수를 확인하였다.

병사들은 마법사들의 지시를 기다리고 있었고, 마법사들은 눈류를 향해 온갖 욕을 퍼붓고 있는 관리자의 명을 기다리고 있었다.

'해치울 수 있다.'

병사들은 몰라도 마법사들은 까다로운 존재다. 그것은 게임에서도 마찬가지였다. 그들이 후방에서 어떻게 지원을 하냐에 따라서 승패가 결정된다.

그러나 눈류에게는 다크 쉐도우라는 접근 기술이 존재했다. 그 빠른 속도는 하급 마법사들이 막을 수준이 아니었다. 상급이라면 가능하겠지만, 그 정도의 실력이면 귀족이 되거나 왕궁에 들어가지 이런 곳에서 돈을 벌려고 하지 않을 것이다.

그렇다는 것은 다크 쉐도우를 사용해 마법사들만 처치하면 승리할 수 있다는 계산이 나온다. 이곳에서는 피로도나 상처를 회복할 수 없지만 눈류는 자신의 능력을 믿었다.

'하지만……'

그럼에도 눈류는 쉽사리 결정을 내리지 못했다. 걸리는 부분이 있기 때문이었다.

그것은 바로 악성!

현재 이곳이 어디인지는 알 수 없다. 라스트 월드 세계관의 과거인지, 아니면 미래인지, 그것도 아니면 퀘스트를 위해 존재하는 또 다른 세상인지.

눈류가 걱정하는 부분은 이곳에서 사람을 죽여도 게임과 연결이 되느냐는 것이다. 만약 저들을 죽였다가 퀘스트가 끝나고 돌아갔을 때 악성이 생기기라도 한다면?

눈류는 그 부분을 확신할 수 없기에 망설였지만, 결국 결심과 함께 마나를 움직였다.

'조금이라도 가능성이 있다면 피하는 것이 좋다. 그리고 저들을 죽여 봐야 순간적인 화풀이만 될 뿐, 남는 것은 없다. 그렇다면 결론은 하나. 아예 덤비지 못한게 한 뒤 이곳을 빠져나가는 것이다.'

눈류는 사람들의 묘한 심리를 자극하기로 마음먹었다.

사람들은 단체가 되면 이상하게도 자신들이 강하다고 착각하는 경향이 있다. 1+1은 2가 아니라 3이라는 판단에서였다.

그와는 반대로 감당할 수 없는 힘을 보게 되면 아무리 많은 인원이라도 지레 겁을 먹어 피하기도 했다. 모두가 덤비면 이길 수 있음에도 불구하고 말이다.

"죽여라!"

그때 신호를 받은 노마법사가 큰 목소리로 외쳤고, 무기를 든 50의 병사들이 움직이기 시작했다.

스파아아앗!

"허억!"

"저, 저것은……."

"마, 말도 안 돼!"

여기저기서 탄성과 경악에 가득 찬 비명이 흘러나왔고, 병사들은 더 이상 움직일 수 없었다. 그것은 믿을 수 없는 광경을 본 마법사들도 마찬가지였다.

"마, 마나!"

누군가가 비명을 지르듯 외치며 바닥에 털썩 주저앉았다. 그러자 모두의 얼굴에 공포가 아른거렸다.

검에서 마나를 뽑어낸다? 일명 마나 마스터라 불리는 그들은 대륙에서도 10명이 채 되지 않으며, 마법사들보다 귀하고 두려운 존재들이었다.

그런데 자신들이 무시하고 죽이려고 했던 자가 마나 마스터였다니!

눈을 의심했지만 아무리 비비고 자세히 봐도 분명 검에서 뽑어져 나온 빛은 마나였다.

그것은 마나를 본능적으로 느끼는 마법사들이 더욱 잘 알고 있었다. 그래서 마법사들은 눈류의 지옥 밑바닥에서 올라온 듯한 어둡고 소름 끼치며 거대한 양의 마나에 모두 자리에 주저앉아 벌벌 떨고 있었다.

그들의 능력은 모두 3서클! 눈류의 상대가 되지 못하는 수준이었다. 만약 그들이 4, 5서클만 되었더라면 자신들의 수를 믿고 덤볐을지도 모른다.

'호오, 이렇게도 되는군.'

비록 마나가 빠져나가는 느낌에 기분이 좋지는 않았지만 눈류는 즐기고 있었다.

게임에서 스킬을 발휘할 때는 그 스킬에 제한된 마나만 사용할 수 있었다. 그런데 지금은 마나를 응축시키는 중이었다. 현재 검에 모인 마나만 해도 눈류가 발휘할 수 있는 전체 마나의 3분지 2정도였는 데도 이전보다 더욱 짙고 강렬한 위력이 느껴졌다.

스팟!

어느 정도 겁을 주었다고 생각한 눈류의 신형이 사람들의 시야에서 흐릿하게 변하더니 사라졌다.

"뭐, 뭣들 하느냐! 어서 저놈을 죽이지 않고!"

관리자인 프리하츠는 두렵지만 큰 목소리로 외쳤다.

마나 마스터!

분명 무서운 존재였다. 하지만 그렇다고 상품을 빼앗길 수도 없는 노릇이다. 이렇게 최상급 상품을 힘 한 번 쓰지 못한 채 빼앗긴다면 이곳 경매 관리소의 위상은 끝장이 나기 때문이고, 자신은 망하게 될 것이다.

그런데도 다들 겁에 질려서 움직이지도 않으니 답답할 수밖에!

다른 이들은 목숨이 먼저겠지만 프리하츠는 돈이 먼저였고, 그 돈이 어리석은 객기를 불러일으키는 것이다.

하지만 그런 프리하츠의 입도 다물어지게 되었으니…….

"죽고 싶은가."

눈앞에서 사라짐과 동시에 목 뒤에서 느껴지는 서늘한 감촉.

딱딱딱!

이빨이 얼마나 세게 부딪치는지 바로 뒤에 있는 눈류뿐 아니라 주변의 이들도 들을 수 있을 정도였다. 프리하츠의 얼굴은 순식간에 땀으로 범벅이 되었다.

죽음이 바로 눈앞에서 손짓을 하는 느낌!

“만약 나를 방해한다면 이렇게 될 것이다.”

파아아앗!

눈류는 검에 맺힌 마나를 다크 소울 형식으로 바꿔 벽을 향해 발출하였다. 그러자 검은 반월형의 마나는 순식간에 벽을 파괴한 뒤 사라졌다.

모두는 감히 대적할 생각도 하지 못한 채 멍하니 뻥 뚫린 구멍을 바라봤다.

“으아아악!”

“사, 사람 살려!”

“비켜! 비켜!”

경매소는 아수라장이 되었다. 그렇게 체면을 중시하던 귀족들은 서로를 밀치며 먼저 밖으로 빠져나가기 위해 안간힘을 썼다.

그들을 호위하기 위해 구석진 곳에 서서 기다리던 기사들은 귀족들이 다치지 않게 신경을 쓰면서도 눈류를 여러 번 쳐다봤다. 그들에게 있어서 마나 마스터란 평생에 한 번 만나기도 힘든 꿈과 같은 존재이자 동경의 대상!

‘도망이라……’

눈류는 혹시나 딴 마음을 먹기라도 할까 봐 샤츠를 매서운 눈초리로 노려본 뒤, 신형을 움직였다. 귀족들이 도망을 치든 말든 상관없었다.

그러나 둘은 달랐다. 바로 키리와 마틸이었다. 그들 역시 귀족들 틈에 껴서 허겁지겁 달아나기 위해 노력하고 있었다.

"어디를 가려고?"

"으, 으아아악!"

"크헉!"

유령이 나타나도 이렇게 놀랄까?

바로 눈앞에 나타난 눈류를 발견하자 키리와 마틸은 외마디 비명을 지르며 주춤거렸다. 바닥에 넘어질 정도로 놀랐지만 워낙 사람들이 몰려 있던 탓에 뒤에 있는 귀족에게 기댄 형상이었다.

"히이이익!"

"사, 살려주십시오!"

놀란 것은 귀족들도 마찬가지였는데 자신들을 해치기라도 할까 봐 손까지 싹싹 빌며 용서를 구했다.

눈류는 그들을 무시하며 양손에 키리와 마틸을 붙잡은 채 레이첼 황녀가 있는 무대로 올라갔다.

휘익.

눈류는 일단 이곳 관리자와 마법사, 병사들에게 손짓을 하였다. 그러자 그들은 잠시 주춤하다가 황급히 달아났다.

눈류는 키리를 향해 차갑게 명령했다.

"벗어라."

"네, 네!"

키리는 여자로서의 창피함도 잊은 채 오로지 살겠다는 일념으로 로브를 벗었다.

그러자 눈류는 철창을 잘라낸 뒤 로브를 레이첼 황녀에게 건네주었다.

"눈류님……."

'커억!'

눈류는 붉은 천을 높이 들어 올렸다가 황급히 두 눈을 감는다.

남자의 입장에서 레이첼 황녀의 몸매는 참으로 훈훈한 광경이 아닐 수 없지만, 여자로서는 사랑하는 연인도 아닌 다른 남자에게 알몸과 같은 광경을 보인다는 것은 수치스럽고 부끄러운 일이었다.

그런데 그런 상태에서 벌떡 일어서다니!

"오, 옷 좀……."

그때서야 자신의 상태를 파악한 레이첼 황녀는 황급히 얼굴을 붉게 물들이며 로브를 입었다.

다 입은 것을 확인한 눈류는 철창을 덮은 붉은 천을 치우며 시선을 돌렸다. 그런데 또 다른 복병이 있었으니, 바로 키리였다.

조금 전에는 눈류가 일부러 시선을 돌린 채 옷을 받았기에 몰랐는데, 키리는 속옷도 입지 않은 상태였기에 알몸으로 고개를 푸욱 숙인 채 서 있었다. 숨고 싶었고, 다른 것이라도 걸치고 싶었지만 눈류의 능력을 본 뒤 두려움으로 인해 꼼짝도 할 수 없었던 것이다.

"크다……."

그때 바로 곁에서 레이첼 황녀의 왠지 슬픈 듯한 목소리가 들렸다.

눈류가 옆을 돌아보니 레이첼 황녀는 키리의 가슴을 한 번 쳐다보며 한숨을 내쉬고는 붉은 천을 주섬주섬 챙겨 키리에게 건넸다.

비록 자신을 위험에 빠트린 사람이었지만 같은 여자로서 저렇게 알몸으로 서 있는 모습을 볼 수 없었기 때문이다. 절대 가슴 크기에 질투가 나서는 아니었다.

'레이첼도 작지는 않은데……'

그 모습을 지켜보던 눈류.

뭔가 위로의 말이라도 해주고 싶었지만 그렇다고 해서 '레이첼 황녀님도 큽니다!' 라고 할 수는 없었다. 결국 어깨를 으쓱한 뒤, 아직도 혼자 쭈그리고 앉아 자신의 가슴은 콕콕 찌르며 한숨을 내쉬는 레이첼 황녀를 애써 무시했다.

눈류는 샤츠와 마틸에게 옷을 구해오라는 명령을 내렸다. 샤츠와 마틸은 치마 형식의 옷을 들고 허겁지겁 달려왔고, 키리는 눈류의 눈치를 살피며 조심스럽게 옷을 입었다.

눈류는 샤츠를 비롯한 셋을 바라보다 키리와 레이첼 황녀에게 뒤돌아서 있으라고 부탁한 다음, 손을 풀기 시작했다.

우드드득, 우드드득.

샤츠와 마틸의 몸이 경직됐다.

자신들을 향해 다가오면서 손가락을 푸는 눈류의 모습은 마왕보다 더 무섭게 보였다. 곧 이어질 상황들이 눈앞에 생생히 그려지기에 오줌이 찔끔 거렸다.

"걱정 마라. 죽이지는 않는다."

눈류의 입가에 잔인한 미소가 서린다.

악성이 생길 수 있는 가능성이 있기에 죽일 수는 없다. 하지만 그건 죽이지만 않으면 된다는 것과 일맥상통했다. 어찌 되었든 레이첼 황녀에게 그런 고통을 안겨준 대가를 치르게 해야 했다. 더불어 자신을 귀찮게 한 벌도 함께.

"으아아아악!"

"커허어어억!"

그날 마틸과 샤츠는 죽음이 때론 행복할 수도 있다는 사실을 배우게 되었다. 눈류는 고문에 기절을 한 마틸과 샤츠를 깨운 다음 또다시 고문을 하는 잔혹함을 보여주었다.

그러면서도 그들을 죽이지 않았다는 사실에 자신이 착하다고 믿었다.

레이첼 황녀와 키리를 데리고 경매소를 빠져나와 빠르게 이동하였다.

사실 눈류가 두 번밖에 고문을 하지 않은 것도 혹시나 도망친 놈들이 인원을 보강해서 다시 오고 있지는 않을까 하는 생각 때문이었다.

'쩝. 열 번은 기절시켜야 하는 것인데.'

기절을 2번밖에 시키지 못한 것이 내심 안타까운 착한 눈류였다.

경매소에서 도망을 친 눈류는 심적으로나 육체적으로나 지쳤을 레이첼 황녀를 배려해 여관을 잡아 하루를 쉬었다.

아침이 되자 눈류는 일어난 레이첼 황녀에게 부탁했다.

"키리 좀 깨워주시겠습니까?"

레이첼 황녀는 웃으며 고개를 끄덕였다. 그녀가 구석에 쭈 그리고 누운 키리를 깨우기 위해 다가가는데…….

"저, 안 자요……."

"헉!"

눈류는 레이첼 황녀의 놀란 소리에 황급히 몸을 날린다.

그가 길 안내자로 키리를 택한 것은 그녀가 가장 무력이 약 하기 때문이었다. 물론 제조라는 위험 요소가 있지만 그녀에 게 음식을 맡기지 않으면 되는 것이다.

"무슨……."

순식간에 레이첼 황녀 앞에 눈류가 나타났다.

'커헉!'

눈류는 한 발짝 뒤로 물러섰다.

그때 키리가 천천히 고개를 들었다. 그런데 그녀의 얼굴이 반나절도 지나지 않은 시간 동안 많이 변해 있었다. 가장 먼저 채찍으로 써도 될 정도의 다크 써클! 그리고 푸석해진 피부와 시뻘겋게 충혈된 눈동자! 만약 게임 세상이 아닌 현실이었다 면, 공포 영화 여주인공 1순위가 될 정도였다.

"가요……."

세상을 다 산 것 같은 키리의 힘없는 목소리. 그녀가 이렇게 된 것은 다 눈류 때문이었다.

그녀는 잡혀온 이후 빨리 체념했다. 눈류가 길만 안내해 주면 바로 보내주겠다고 했다. 그런 걸로 속일 사람은 아니다 싶어 마음을 편하게 먹었다.

그런데 예상치 못한 문제가 발생했으니… 레이첼 황녀를 걱정하는 마음에 눈류가 방을 하나만 잡은 것이었다. 그리고 레이첼 황녀와 키리를 떨어뜨려 자게 한 후, 정작 자신은 자지 않았다.

그러자 키리는 미칠 것 같았다. 이틀 전부터 잠을 자지 못했기에 오늘은 꼭 자고 싶었다. 심적으로도 너무나 힘든 하루였지 않은가? 그런데 계속 뒷통수가 근질근질거렸다. 누군가가 뚫어져라 쳐다보는 것 같은 느낌!

눈류는 당연히 키리를 향한 경계를 버리지 않았기에 쳐다본 것이지만, 눈류를 내심 무서워하는 키리에게는 고문이었다. 결국 밤새 잠을 자지 않은 눈류로 인해 키리 역시 잠을 자지 못한 것이다.

비틀, 비틀.

마치 스텝을 밟는 듯한 키리의 모습에 눈류와 레이첼은 서로를 쳐다보며 안스러워했다.

단지 '마음고생이 심해서 저렇게 되었구나!' 라고 추측하며.

달그락, 달그락.

끝을 알 수 없는 넓은 평원에서 두 마리 말이 흙먼지를 일으키며 힘차게 질주하고 있었다. 말 등에는 세 명의 남녀가 앉아 있었다. 바로 눈류와 레이첼 황녀, 그리고 키리였다. 그런데 뭔가 좀 이상했다.

일단 키리가 혼자 말을 타고 있었고, 다른 갈색 말에는 레이첼 황녀와 눈류가 타고 있었는데 말을 모는 사람이 레이첼 황녀였다.

'에휴.'

어쩔 수 없이 뒷자리에 앉아 조심스럽게 레이첼 황녀의 허리를 잡은 눈류는 끝이 보이지 않는 평원을 바라보다 한숨을 내쉰다.

여관에서 나와 평원에서도 이틀이나 걸린다는 키리의 말에 말을 이용하기로 결심한 셋은 말을 고르러 갔다. 그런데 문제는 눈류가 말을 탈 줄 모른다는 것이었다. 현실에서는 물론 게임에서도 말을 타는 방법은 배운 적이 없었다.

그때 레이첼 황녀가 나섰다.

"그럼 제가 몰 게요."

"에? 말을 탈 줄 아시나요?"

예상치 못한 일이었기에 눈류가 의아한 듯 묻자 레이첼 황녀가 웃음을 머금은 채 대답했다.

"네. 위험한 일이 생기면……."

"아."

눈류는 이해가 간다는 듯 고개를 끄덕였다.

황녀!

언제, 어디서 무슨 위험이 닥칠지 모르는 위치였다.

그렇기에 언제나 황궁 곳곳에 마법진이 존재했다. 하지만 마법진을 사용하지 못할 수도 있는 법이다. 적 마법사들이 텔레포트 방해 마법진 등을 설치할 수도 있었다.

탈출 시에는 그 곁에 가면의 기사나 호위 기사들이 존재하겠지만, 만약의 상황이 존재할 수 있기에 배우게 되는 것이다.

눈류는 어쩔 수 없이 황녀의 뒤에 앉아 가야 했다.

달그락, 달그락.

말들은 자신의 아름다운 근육을 자랑하며 쉬지 않고 달렸다.

해가 저물고 뜨고, 그렇게 이틀이란 시간이 흘렀을 때 키리의 몰골은 말이 아니었다. 마법 주머니에 음식을 준비해 왔기에 먹는 것이 불편해서는 아니었다. 여관에서처럼 눈류의 시선 때문이었다.

자고 싶었다. 아니, 자야 살 것 같았다. 이러다 정말 죽을지도 모른다는 생각이 들었다. 그런데 눈류가 잠을 안 자고 계속 자신을 경계하니 그 눈빛이 신경 쓰여 잠을 잘 수가 없었다. 정말 졸린다면 무슨 짓을 해도 잠드는 것이 인간이지만, 키리는 평소 '나 예민한 여자야!' 라며 말하고 다닐 만큼 신경이 날카로운 사람이었기에 더욱 잠들기가 힘들었다. 하지만 눈류가 무서워 말도 꺼내지 못하는 소심함도 갖추고 있었기에 날마다 수척해져 갔다.

그 결과 눈류와 레이첼 황녀는 언제부터인가 키리를 바라보지 않도록 노력하는 버릇이 생겼다. 쳐다보는 순간 알 수 없는 우울함이 밀려왔기에.

‘저곳인가.’

평원에서의 이틀이 지났을 때 눈류는 무엇인가를 발견했다. 그리고 말이 조금 더 달리자 곧 확신할 수 있었다.

‘고대의 신전!’

가슴이 두근거린다. 비록 안 좋은 일이 있었지만, 그로 인해서 아주 빠르게 퀘스트 장소를 찾을 수 있었다.

“저기예요! 저기!”

시력의 차이로 인해 눈류보다 뒤늦게 발견한 키리가 반가운 음성으로 소리쳤다. 정작 퀘스트 당자사인 눈류보다 더 좋아하는 모습! 그녀의 표정은 황홀한 지경에 이르렀다.

드디어 잠을 잘 수 있다!

‘이제 저 가도 되겠죠?!’

반짝반짝.

간절한 염원을 담아 눈류를 쳐다보는 키리의 눈동자는 별을 박은 듯 빛났다. 하지만 행복은 길지 않았으니……

“마계 몬스터를 만나기 전까진 갈 수 없다.”

“……”

키리가 멍한 얼굴이 되어 휘청거렸지만 눈류는 신경 쓰지 않으며 고대의 신전에 가까이 접근했다.

그의 입장에서는 키리를 이대로 보낼 수 없었다. 눈앞에 고대의 신전이라는 것이 있었지만 이것이 정말 고대의 신전인지, 이 안에 마계의 몬스터가 확실히 있는지 확신할 수 없기 때문이었다.

푸르르룽!

“워워.”

고대의 신전 바로 앞에 도착한 눈류와 일행들은 말에서 내린 뒤, 말들이 도망치지 못하도록 돌무더기에 밧줄을 이용하여 묶었다.

‘크군.’

눈류는 심호흡을 한 번 크게 한 뒤 고대의 신전을 쳐다봤다.

과거의 화려함은 사라진 채 이곳저곳이 부서진 모습이었다. 사각형 바닥 위로는 기둥만 몇 개 서 있을 뿐이었다. 특이한 점은 사각형 바닥 한가운데에 지하로 내려가는 통로가 있다는 것이다.

채앵.

눈류는 검을 뽑아 들었다.

말을 타고 평원을 달린 이틀 동안 키리를 통해 이곳에 대해 좀 더 자세한 얘기를 들었다.

사실 이곳 평원에는 몬스터가 없다고 했다. 자신들이 이곳에서 돈을 벌려고 했다는 것은 거짓말이었다는 것. 더불어 마계 몬스터의 존재 역시도 확신할 수 없다고 했다. 분명 마계의 몬스터가 나타나고 검은빛의 파편 같은 것을 얻은 이도 있었지만, 언제부터인가 마계의 몬스터가 자취를 감췄다는 것이다.

하지만 눈류는 실망하지 않았다. 분명 퀘스트로 인한 현상

일 것이다. 그리고 자신에게는 분명 나타날 것이다.

'마지막이다.'

키리가 거짓말을 하지 않은 이상, 이제 퀘스트 막바지라는 확신을 가지며 눈류는 몸을 움직였다.

Part 5
반지의 주인

"역시, 접속해 있었어."

페르탄은 라스트 월드에 접속하자마자 길드창에 인사를 한 뒤, 루크가 접속했는지를 확인했다.

그동안 게임에만 열중했던 페르탄과 일리아는 오랜만에 여행을 떠났다. 하지만 루크에게는 말하지 않았다. 언제부터인가 염장에 대해 광적으로 살기를 뿜어내는 루크였기에, 살고 싶은 마음에 그런 것이다.

그렇게 루크마저 속인 페르탄과 일리아는 미지의 섬을 꿈꾸며 해외여행을… 가고 싶었지만 여권이 없는 페르탄으로 인해 제주도에 다녀온 상태였다.

그리고 도착하자마자 루크의 집으로 찾아갔지만 아무리 문을 두드려도 나오지 않았으며, 전화도 받지 않았기에 게임을 하고 있을 것이라 예상했는데 정확히 들어맞은 것이다.

곧 루크에게 음성 채팅을 신청한 페르탄은 길드원들이 현재 바람이 머무는 곳에 있다는 사실을 확인한 뒤, 그곳으로 향했다.

"저희 왔습니다!"

술집에는 많은 길드원들이 있었다.

먼저 너무나 행복한 표정으로 술에 취해 있는 박하다를 비롯해 샤인과 카르마, 아린과 라렐, 에시와 루크, 기적과 레몬, 마지막으로 처음 보는 예쁘장한 여자가 루크의 곁에 앉아서 안주를 먹고 있었다.

"오오! 어서 오너라!"

박하다는 오랜만에 라스트 월드의 술을 만끽하며 둘을 반겼다.

루크의 곁에 앉은 페르탄은 궁금하다는 표정으로 묻는다.

"그런데 누구?"

"아, 요즘 나랑 파티하는 리야라고 해. 정비하러 왔다가 잠깐 같이 들렀어."

"안녕하세요!"

루크의 간단한 소개가 끝나자 리야가 자리에서 일어나 페르탄과 일리아에게 인사했다.

곧 술자리는 화기애애한 수다로 가득찼다.

"아빠, 조금만 마셔."

"그래, 그래!"

박하다는 기분 좋은 얼굴로 잔을 들어 샤인이 따라주는 술을 침을 꼴딱 삼키며 쳐다봤다.

인마 길드와의 대결에서 죽음의 위기를 넘긴 뒤 라스트 월드에서는 술을 안 먹기로 다짐했다. 하지만 억지로 끊으려고 하다 보니 현실에서 자꾸 마시게 되었고, 그 모습을 보다 못한 샤인이 일주일에 한 번만 길드원들도 다 같이 모여 대화도 할 겸 술을 마실 수 있게 허락한 것이다.

"자기야, 한잔 무그라!"

기적이 애교를 떨며 막 잔을 비운 레몬의 술잔을 채워주자, 페르탄 역시 자연적으로 일리아의 입에 과일 안주를 먹여줬다.

"달링, 나의 사랑이야."

주변 모두를 얼어붙게 만드는 느끼!

그러자 일리아 역시 손짓으로 한 번 팅기는 시늉을 하며 쑥스러운 얼굴로 대답했다.

"자기의 사랑은 언제나 정열적이야."

'컥!'

'으윽.'

'주, 죽여 버리고 싶군.'

며칠 안 보이더니 더욱더 짙은 애정공세를 가지고 나타난 둘의 모습에 솔로와 커플을 떠나 주변 모두가 살인이라는 단어를 떠올렸다. 다만, 기적과 레몬 커플만이 오랜만에 염장 투지가 타오르는 것을 느낄 수 있었다.

"달링, 달링의 사랑에 비하면 내 사랑은……."

사람들의 반응에 상관없이 여전히 염장을 떨던 페르탄. 그러다가 순간적으로 무엇인가를 떠올리며 다급히 옆을 쳐다봤다.

깜빡 잊고 있었던 것이다!

질투의 화신이자, 살아 있는 솔로의 신화 루크를!

방긋, 방긋.

"……."

부비적, 부비적.

페르탄은 두 눈을 비볐다.

그것은 페르탄뿐만이 아니었다. 곧 살해될 페르탄의 명복을 빌던 길드원들 역시 두 눈을 비볐고, 일부는 자신이 술에 취했다고 판단했는지 따귀까지 때렸다.

하나, 그렇게 했음에도 불구하고 눈앞에 있는 루크는 변함없었다.

"혀, 형님……."

페르탄의 떨리는 목소리.

그러자 너무나 해맑게 웃고 있던 루크가 더욱 온화한 미소를 지으며 중얼거렸다.

"아름다운 녀석들……."

"……."

"……."

“…….”

오랜 솔로 기간으로 인해 드디어 루크가 미쳤다고 판단한 길드원들은 마음속으로 깊은 애도를 표했다.

키에에에에!

카르르르르르!

사악! 사각! 파파팍!

몬스터들마저 사라진 후, 그 누구도 찾지 않게 된 고대의 신전.

그곳 지하에서 비명과 괴이한 소리가 쉬지 않고 울려 퍼졌다.

그 소리의 정체는 바로 눈류였고, 상대는 끝을 알 수 없는 수많은 몬스터였다.

‘도대체 어떻게…….’

전투가 시작되기 직전, 눈류에게 레이첼 황녀를 건드리면 몬스터들보다 먼저 죽여 버린다는 경고를 받아 쫄아 있던 키리는 눈앞에 펼쳐진 광경에 입을 쫙 벌린 채 자신의 눈을 의심했다.

눈류의 너무나 대단한 실력 때문만이 아니었다. 이미 마나 마스터란 사실을 알고 있지 않은가! 그런 그녀가 이렇게 놀라고 있는 이유는 바로 수를 셀 수 없을 만큼 밀려드는 몬스터들 때문이었다.

분명 많은 모험가들이나 용병들이 이곳을 들렀다. 하지만 무슨 이유인지는 알 수 없으나 신전에는 더 이상 몬스터들이 나타나지 않았다. 그 후론 버려진 신전이라고까지 불렸다.

그런데 지금의 이 상황은 무엇이란 말인가?

'뭐가 어떻게 돌아가는 거야? 그런데 저 사람도 대단하긴 정말 대단하군.'

키리는 눈류의 능력을 보며 재차 감탄했다.

경매소에서 눈류의 실력을 본 후 믿을 수 없을 만큼 강한 사람이란 것은 알았지만, 이 정도일 줄이야! 몬스터들이 힘도 쓰지 못하고 픽픽 쓰러졌다.

"다크 스톰!"

쿼쿼쿼쿼쿼!

몬스터들 사이로 파고든 눈류가 검을 바닥에 꽂으며 다크 스톰을 발휘했다. 그러자 몬스터들의 사지가 찢기며 허공에 흩어졌다.

눈류는 여유로운 표정으로 재차 검을 움직였다.

지하에 내려오는 순간부터 눈류는 느낄 수 있었다.

이곳에 가득 찬 짙고도 짙은 어둠의 기운을!

그로 인해 레이첼 황녀와 키리는 어지러움증을 겪고 호흡도 불편했지만, 눈류는 오히려 컨디션이 좋아졌으며 능력도 높아졌다.

어둠의 성향으로 인해 나타나는 현상이었다.

'약하다.'

재차 다크 스톰으로 몬스터 무리를 날려 보낸 눈류는 어둠의 기운으로 인해 밖에서보다 더욱 빠르게 차는 마나를 느끼며 조금씩 전진했다.

몬스터들의 수는 생각 이상으로 많았다. 그러나 하나하나가 다 약했다.

만약 이들이 조금이라도 더 강했다면 눈류 역시 꽤나 애를 먹었겠지만 다행스럽게도 그런 수준이 아니었다. 그래서 마나가 다 떨어지면 검만으로도 얼마든지 처치할 수 있었다.

타타타타탁!

지하 1층에 도착해서 30분 동안 몬스터들과 전투를 치르자 더 이상의 몬스터가 밀려오지 않았다. 피곤으로 인해 잠시 휴식을 취한 눈류와 일행들을 곧 빠르게 달렸고, 2층에서 몬스터들과 다시 전투를 치른 다음에 3층으로 향했다.

"여기인가."

3층은 1, 2층과 달리 넓은 광장이 텅 비어 있었다.

몬스터들은 씨도 찾아볼 수 없었으며, 다이아 형상의 검은 결계 같은 것만이 자리를 지키고 있었다. 그리고 그 안에서 느껴지는 어둠의 기운.

눈류는 미소를 살짝 지으며 레이첼 황녀와 키리를 뒤로 물렸다.

'강하군.'

짜릿, 짜릿.

맞수를 만났을 때의 쾌감이 전신에서 느껴졌다.

쩌저저적!

그런 눈류의 기대를 만족시켜 주고 싶은 듯, 다이아 형상의 결계 역시 금이 일며 깨지기 시작했다.

곧 모두는 다이아 속에서 나온 한 존재를 볼 수 있었다.

검은빛! 더 이상 다른 표현을 생각할 수 없을 만큼 검은빛으로 이루어진 존재는 성인 남자의 형태를 하고 있었으며, 양 어깨에 날개가 달려 있었다. 물론 날개 역시 빛으로 이루어진 상태. 그리고 오른손에는 빛으로 이루어진 검을 들고 있었다.

"저, 저게 뭐야……."

레이첼 황녀의 겁에 질린 목소리가 들렸다.

눈류는 돌아보지 않은 채 등 뒤로 손을 움직여 재차 손짓을 하였다. 더 물러서라는 뜻이었다.

'모든 것이 어둠이란 말인가.'

지이이이잉.

눈류의 손에 들린 검에서 어둠의 마나가 일렁거린다.

그러자 그 존재의 몸이 움찔거렸다. 느낀 것이다. 자신과 같은 어둠의 힘을!

파아아앗!

존재가 움직였다.

콰아아앙!

'크윽!'

눈류의 입에서 절로 신음이 흘러나왔다. 속도가 너무 빨랐다. 자신과 비견해도 부족하지 않았으며, 오히려 한발 앞서는 것 같았다. 그런데도 힘 역시 대등하였다.

쾅쾅쾅!

한쪽 날개를 펄럭거림과 동시에 눈으로 따라가기 힘든 속도를 발휘하는 존재와 다크 쉐도우를 사용해 반응하는 눈류.

그 둘의 전투는 당연히 레이첼 황녀와 키리에게 보이지도 않았으며, 단지 검과 검이 부딪치는 소리로 인해 치열한 상황을 느낄 수 있었다.

스파앗!

"젠장!"

데구르르르!

눈류의 육체가 바닥을 굴렀다. 왼쪽 어깨에서는 피가 철철 흐르고 있었다.

눈류는 짜증이 치솟았다. 라스트 월드는 고통을 20%밖에 느끼지 않는다. 그 이상을 느끼게 되면 매일 다치고 죽는 이 세상에서 견딜 수 없기 때문이었다. 때로는 그 20%로도 견디기 힘들어 게임을 접는 이들이 생겨나, 얼마 전부터 자체적으로 수정할 수 있도록 바뀐 상황이었다.

그로 인해 많은 이들이 고통의 수치를 낮췄으며, 눈류 역시 10%의 강도로 바꾼 상황이었다. 고통을 크게 느껴봐야 좋을 것은 없기 때문이다.

그런데 퀘스트 진행 중인 지금은 달랐다.

현실에서와 다를 것 없는 고통!

눈류는 신음이 새어 나왔지만 검을 쥔 오른손에 힘을 주며 자리에서 일어섰다. 어깨의 상처가 꽤나 거슬렸다. 그렇다고 투정을 부릴 수 없는 상황!

"다크 소드!"

지이이잉!

검은 마나가 일렁거리기 시작한다.

그것도 모자라 조금씩 조금씩 더 커진다.

단 한 번에 승부를 내려는 마음으로 모든 마나를 끌어 모으는 것이었다.

그러자 존재 역시 긴장한 듯 자신의 검에 어둠의 기운을 불어넣기 시작했고, 검이 점점 부풀어 올랐다.

트트트트특!

둘의 능력이 얼마나 대단한지, 주변이 미세하게 흔들리기 시작했다.

'제발……'

그 모습을 지켜보던 레이첼 황녀는 두 손을 꼭 쥐고 기도를 한다.

그때, 눈류와 존재가 격돌하였다.

번쩍!

"아아아악!"

"으윽!"

레이첼 황녀와 키리는 손으로 두 눈을 가리며 고개를 숙였다.

말이 되지 않지만 분명 강렬한 검은빛이었다.

너무나 짙고 짙어서 두 눈을 뜰 수조차 없는 어둠의 빛!

사아아아아…….

'눈류님…….'

얼마나 그렇게 고개를 숙이고 있었을까?

지하 광장에는 오로지 고요한 침묵만이 감돌았다.

레이첼 황녀는 격렬하게 뛰노는 심장을 느끼며 조심스럽게 두 눈을 떴다.

"눈류님!"

존재의 모습은 그 어디에도 없었다.

하지만 눈류 역시 미동 없이 바닥에 시체처럼 엎어져 있었다.

타타타탁!

생각할 겨를도 없이 레이첼 황녀는 눈류의 곁으로 달려갔다. 그리고 엎어져 있는 눈류를 똑바로 눕힌 다음 자신의 무릎에 머리를 기댈 수 있게 하였다.

"누, 눈류님……."

뚜욱.

레이첼 황녀의 눈동자에 맺힌 굵은 눈물방울이 눈류의 날카로운 콧등 위로 떨어졌다. 그 한 번의 격돌에서 무슨 일이 벌어졌는지 몸 곳곳에서 피가 흐르고 있었으며, 오른팔은 보기 끔찍할 정도로 뭉개진 상태였다.

"눈류님… 눈류님!"

울부짖으며 눈류를 힘차게 흔드는 레이첼 황녀.

하지만 여전히 미동도 없는 그.

레이첼 황녀는 슬픔과 함께 절망을 느꼈다.

그 오랜 시간 갇혀 있던 결계에서 빠져나오면 뭐 한다는 말인가. 가면의 기사가 어디에 있는지도 알 수 없으며, 유일한 버팀목이었던 눈류마저 죽어버리다니…….

그때였다.

"숨 막힙니다……."

"눈류님, 흐윽… 에?"

"쿨럭, 쿨럭."

"누, 눈류님!"

눈류의 얼굴을 자신의 가슴에 파묻고 슬픔을 토해내던 레이첼 황녀는, 개미만큼 작게 들려오는 목소리에 놀란 토끼처럼 두 눈을 동그랗게 뜨고 눈류를 바라봤다.

힘겨워 보였지만 분명 두 눈을 뜨고 있었고, 입가에는 미소가 맺힌 상태였다.

"사, 살아 계셨군요… 흐, 흐으윽!"

눈류는 자신의 가슴에 얼굴을 묻는 레이첼 황녀의 등을 왼팔로 조심스럽게 감싸 안았다.

심장 박동만 확인했어도 이런 오해는 없었겠지만, 너무나 당황한 레이첼 황녀는 미처 거기까지 생각하지 못했다. 그러다가 긴장이 눈 녹듯 사라지자 어린아이처럼 울음을 터뜨린 것이다.

'역시 레이첼 황녀는 글래머였어.'

조금 전, 가슴에 파묻혀 질식할 뻔한 사실을 되새기며 눈류는 실소를 흘렸다.

'끝인가…….'

잠시 뒤, 겨우 진정한 레이첼 황녀의 도움으로 힘겹게 일어선 눈류.

존재가 보이지 않는 것을 확인하며 안도의 숨을 내쉰다.

마지막 격돌의 순간, 어쩌면 자신의 패배가 될 수도 있었다.

그러나 존재는 눈류가 스텟 신속으로 인해 위기의 상황에서 더욱 빨라진다는 것을 파악하지 못했고, 예상을 초월한 눈류의 속도에 먼저 당하고 말았다.

그러나 눈류 역시 상태가 심각한 지경에 이를 수밖에 없었다.

비록 먼저 당하면서 순간 위력이 약화되기는 했지만 주인을 잃은 존재의 기운이 폭발하면서 몸 곳곳에 상처를 입었다. 특히 내뻗은 상태였던 오른팔의 경우는 거의 뭉개진 상태였으며, 전체적인 출혈과 통증으로 인해 서 있는 것도 기적이라 할 정도였다.

스파아아앗!

그 순간이었다.

막 키리를 향해 시선을 돌리던 눈류는 자신의 발밑에서 솟구쳐 오르는 빛에 안타까운 표정으로 레이첼 황녀를 바라봤다.

역시나 황녀의 발밑에서도 빛이 뿜어져 나오며 마법진이 형성되고 있었다.

레이첼 황녀가 영문을 모르겠다는 표정으로 자신을 쳐다봤지만, 눈류는 말없이 고개를 숙인다.

분명 레이첼 황녀는 다시 결계 속에 갇힐 것이다. 그런데 차마 입이 떨어지지 않았다.

"누, 눈류님!"

당황한 레이첼 황녀의 목소리.

겁이 나 자신도 모르게 눈류를 향해 달려가려고 몸을 움직였다. 그러나 마법에 걸린 듯 움직여지지 않자 눈가에 눈물이 그렁그렁 맺힌다. 직감한 것이다.

"꼭 구해드리겠습니다."

짙어지는 빛, 희미해지는 신형. 그 속에서 눈류는 레이첼 황녀를 향해 확신에 가득 찬 목소리로 말했다. 그러자 레이첼 황녀는 애써 웃으며 고개를 끄덕였다.

곧 눈류와 레이첼 황녀의 모습은 빛의 기둥과 함께 사라졌다.

"……."

그곳에는 놀란 시선으로 둘을 쳐다보다 이제야 잠을 잘 수 있다고 행복해하는 키리만이 자리를 지키고 있었다.

―크리티컬!

―레벨이 오르셨습니다.

―고정 스텟 근력 5가 상승하였습니다.

─랜덤 스탯의 영향으로 근력이 1 상승하였습니다.

─1,750 라르크를 습득하셨습니다.

─혼돈의 검을 습득하셨습니다.

"오오!"

"검이예요! 아, 그리고 업 축하해요!"

루크는 자신의 업보다도 완템 소식에 더 기뻐하며 리야의 손을 잡고 팔짝팔짝 뛰었다.

나이에 걸맞지 않은 민망한 액션일 수도 있겠지만 그 정도로 둘은 기뻐하고 있었다.

던전!

필드보다 더 많은 경험치와 아이템이 나오는 곳임이 틀림없음에도 불구하고 아직까지 쓸 만한 아이템이 나오지 않았는데, 이제야 드디어 나온 것이다.

"정보!"

루크는 들뜬 기분으로 외쳤다.

[혼돈의 검]

중급 마족 찰리아가 사용했던 검.

내구력:320/320 공격력:210 제한:B급, 근력:1,000, 체력:500

무게:8 옵션:근력1% 상승, 체력+20, 공격력+20

"컥!"

"헉!"

루크와 리야는 동시에 서로를 쳐다봤다.

아이템 이름이 붉은색! 그 말은 즉 B급의 무기였으며, 3가지 속성이 모두 붙어 있었다. 이렇게 각 급에 맞는 속성이 모두 붙는 경우는 많지 않았고, 검의 능력과 속성도 나쁘지 않은 수준이었다.

"이야, 포션 값은 뽑았네."

여러 날을 같이 사냥하다 보니 이젠 말을 놓게 된 루크가 만족스런 표정으로 말하자, 리야 역시 기쁜 표정으로 고개를 끄덕였다. 사실 그동안 마음이 불편했던 것이 사실이었다.

루크가 아무리 괜찮다고 했지만, 리야는 포션 값이라도 보태주고 싶은 심정이었다. 비록 자신이 힐러라 해도 여러 마리가 몰리면 포션을 사용해야 했기에.

그런데 루크가 계속 거절만 하니 내심 자신만 돈 한 푼 안 쓰는 것 같아서 미안한 마음도 있었는데, 이렇게 완템을 먹음으로써 마음의 짐이 조금은 사라졌다.

"일단 쉬자."

루크는 던전 안에서 몬스터가 리젠되지 않는 장소로 이동한 다음, 리야에게 눈짓을 하였다. 그러자 리야는 알겠다는 듯 엄지손가락을 치켜세웠고, 곧 무엇인가를 부랴부랴 준비한다.

그런데 루크의 표정이 살짝 이상했다.

리야가 볼 때는 갓 결혼한 신랑처럼 해맑은 미소였는데, 리야가 바라보지 않을 때는 인생 다 산 이처럼 절망적인 표정이 되어 깊은 한숨을 내쉬었다.

루크가 이렇게 이중적인 모습이 된 것은 바로 리야의 음식 솜씨 때문이었다.

일리아와 대결을 해도 밀리지 않을 정도의 음식 실력!

일명, 죽어가는 몬스터조차도 한 입 먹으면 벌떡 일어나서 기가 차다는 표정으로 노려본 뒤 자결한다는 맛!

물론 루크가 처음부터 알고 먹은 것은 아니었다.

처음 루크와 리야는 빵과 말린 육포 등으로 배고픔과 피로도를 채우고는 했는데, 어느 날 리야가 조심스럽게 말했다.

"저 요리 스킬도 배웠는데… 헤헤."

그 발언과 함께 루크는 그렇다면 음식을 해달라고 요청했다.

항상 그에게는 소원이 있었다.

아내가 해주는 따뜻한 밥 한 끼 먹어보는 것!

그렇다고 리야가 자신의 아내이거나 여자친구는 아니지만, 좋은 감정이 있기에 리야를 통해서라도 음식을 먹고 싶었다.

리야는 빵과 간단한 재료들로 음식을 해주었다.

그리고 들뜬 얼굴로 기대감을 가득 담은 채 한 입 먹은 루크.

'컥! 나, 나를 죽이려는 것인가!'

순간적으로 이건 살인이 아닌가 착각할 만큼의 맛에 온몸이 부들부들 떨렸다. 하지만 초인적인 정신력을 발휘해 리야를 쳐다봤다. 그런 루크의 표정은 세상을 해탈한 도인의 얼굴과 다를 바 없었고, 세상 만물을 사랑으로 안아주는 부처님의 인자한 표정이었다.

하지만 이마에 솟은 핏줄과 흐르는 식은땀이 루크의 마음을 대변해 주고 있었다.

루크는 수저를 들어 리야의 얼굴을 후려치고 싶지만… 맛있다는 말까지 해주었다.

그러자 리야의 눈동자가 반짝였다.

항상 믿고 기다려 왔다.

자신조차 외면하고, 집에서 기르던 강아지마저 한입 먹고 가출을 할 정도로 어이없는 맛이지만, 언젠가는… 정말 언젠가는 자신의 음식을 먹고도 맛있다고 해줄 개념 없는 미각의 남자가 있을 것이라고!

그리고 드디어 그런 남자가 눈앞에 나타난 것이다.

그 후, 루크는 리야의 음식을 해주고 싶다는 욕망이 간절한 눈빛을 차마 외면하지 못한 채 매일 먼저 나서서 음식을 해달라고 부탁하였다.

'가여운 녀석……'

리야가 룰루랄라~ 거리며 열심히 음식을 준비할 때, 자신의 혀를 붙잡으며 안타깝게 속삭이는 루크.

진정 혀가 가여웠고, '이럴 바에는 차라리 뽑아 달라!' 는 환청이 들리는 것 같았다. 그러나 리야가 따끈한 스프를 앞으로 내밀자 언제 그랬냐는 듯, 과장된 군침까지 삼키며 허겁지겁 먹었다.

‘커헉, 크악!’

음식을 넘길 때마다 시시각각 변하는 루크의 표정.

나름 웃어준다고 노력했다. 하지만 때론 초인적인 인내조차 무너뜨리는 맛으로 인해 표정이 다양해졌다.

루크의 마음도 모른 채 리야는 전혀 다른 상상을 하고 있었다.

‘뜨거워서 저러시는구나. 그럼에도 불구하고 서둘러 먹다니… 나의 요리를 정말 사랑해 주시네. 앞으로 자주 해줘야겠다!’

정말 쳐죽일 생각을 하는 리야였다.

<u>스스스스.</u>

화려한 빛들이 던전의 한 곳을 가득 채운다.

음식을 다 먹은 다음 리야가 루크에게 버프를 시작했기 때문이었다.

‘아름답구나.’

루크는 정말 넋이 나간 시선으로 버프를 거는 리야를 쳐다보고 있었다.

하늘거리는 머리카락, 붉은 눈동자, 오똑한 콧대, 도톰한 붉은 입술, 새하얀 피부, 잘 빠진 몸매…….

비록 게임이라는 사실을 다 알고 있지만, 루크에게 리야는 다른 이들과 차별화된 매력이 느껴졌다. 그것은 바로 마음이라는 묘약 때문이었다.

루크란 남자는 그랬다. 다른 이들보다 부족한 부분이 없음에도 불구하고 여자를 사귀지 못한 이유는 쑥스러움 때문이었다. 말을 못하고 얼굴이 붉어짐을 떠나 침까지 흘릴 정도!

그것은 상대를 음흉하게 봐서라기보다는 당황해서였고, 그 정도로 부끄러움을 많이 타는 루크였기에 여자와 단 둘이 있기를 힘들어했다. 급기야 여자를 사귀는 것을 포기할 지경에까지 이른 상황이었다.

그렇다고 여럿이 있으면 완벽해지는 것도 아니었다. 여럿이 있더라도 자신이 마음에 드는 여자가 있다면 그 사람과는 눈도 못 마주쳤다.

그래서 루크는 리야하고도 역시 초반의 들뜬 마음과 달리 부끄러움에 말도 제대로 하지 못하며 사냥을 했다. 그 모습에 리야가 답답해했을 정도. 결국 리야가 먼저 친해지기 위해 노력했으며, 그 결과 이제는 말까지 놓고 잘 지낼 수 있었다.

물론 라일라 등등 하고도 잘 지내지만 그것은 여자가 아닌 동생으로 봐서였고, 길드원이기 때문이었으니 조금 달랐다.

그래서일까? 아니면 길드처럼 한 곳에 속한 것도 아닌데 자신에게 잘해주는 마음 때문일까? 루크는 리야에게 이성으로서 끌리고 있었다.

안 된다고, 여기는 게임이며, 파티를 했으니 잘해줄 수도 있다고. 또 리야와 자신의 나이 차가 몇 살이냐고! 넌 죽일 놈에 도둑놈이 되고 싶냐고! 아니, 네가 좋아해 봐야 저렇게 예쁜 아이가 좋아해 줄 것 같냐고! 단지 던전에서 오랜 시간 같이 보내서 잠깐 그러는 것뿐이라고!

자학! 그리고 자학!

루크는 리야가 여자로 보여 두근거릴 때마다 스스로를 그렇게 질책했다.

그러나 흘러가는 마음만은 그 누구도 막을 수 없다 했던가.

그동안 지독하게도 외로웠고 여자를 그리워했으며, 솔로들의 대변인이었던 루크. 그의 눈동자에 하트가 맺혔다.

"오, 오빠……."

버프를 끝낸 리야는 불안한 눈빛으로 루크를 불렀다.

가끔씩, 정말 가끔씩 루크가 이상한 표정 변화를 보일 때가 있었는데 바로 지금이 그랬다. 대놓고 쳐다보며 침을 흘리면서 코를 벌렁거린다! 그러면서도 눈이 마주치면 급속도로 수줍어한다!

루크가 희귀병에 걸렸다는 말은 들었지만 그래도 매번 이럴 때마다 리야는 게임을 접고 치료 먼저 해야 되는 것이 아닌가 하는 걱정이 들었다.

그 사실을 알아차린 루크가 급히 헛기침을 하며 몸을 돌렸다.

"하, 하하! 사, 사냥하러 가자!"

크르르르! 파앗!

그때였다. 루크는 기겁하며 리야를 끌어안았다.

버프를 받고 막 안전지대를 벗어났는데 그림자로 위장한다고 알려진 몬스터 쉐도우가 순식간에 나타난 것이었다.

쉐도우는 리야의 그림자에서 불쑥 올라와 날카롭고 검은색의 손톱을 움직였다.

리야의 몸을 다급히 덮은 루크의 어깨에서 피가 솟구쳤다.

"오, 오빠!"

위급한 상황이라는 사실도 뒤로한 채 루크의 머리속은 오로지 한 가지 생각만이 강렬하게 떠올랐다.

이럴 때에 멋진 모습을 보여줘야 한다!

"나만 믿어!"

루크로서는 정말 하기 힘든 발언!

더불어 너무 눈에 힘을 주다 보니 쌍꺼풀까지 생겼다!

파앗!

루크는 쉐도우를 향해 자신의 막강한 주먹을 휘둘렀다.

그런 루크의 얼굴에는 나름 자신의 행동이 멋있었다는 확신과 해맑은 미소가 걸려 있었고, 열심히 쉐도우를 처치하였다.

뒤에서 리야가 힐을 할 생각도 하지 못하고 느끼함에 구역질을 하고 있다는 사실도 모른 채…….

"정보."

생명:20,020 마나:16,350

이름:눈류

레벨:200

성향: 어둠

길드: 레전드

칭호: 없음

명성: 825

직업: 가면의 기사

근력: 2,093(+759) 체력: 419(+508)

민첩: 318(+508) 지식: 18(+500)

재치: 37(+503) 정신: 560(+507)

예술: 12(+503) 상술: 17(+505)

검폭: 191(+500) 신속: 257(+500)

투혼: 316(+450) 가호: 197(+450)

심안: 165(+420) 마나: 182(+420)

가면: 193(+420) 암흑: 110(+170)

저항: 114(+170)

공격력: 8,556(+401) 방어력: 1,854(+600)

마공력: 1,551(+270) 마방력: 2,134(+360)

스텟포인트: 0 스킬포인트: 0 전투숙련치: 19.68%

눈류는 정보창을 확인한 뒤 아쉬움의 한숨을 내쉬었다.

아직 3차 전직 퀘스트가 끝난 것은 아니지만, 경험치는 둘째치더라도 랜덤 스텟도 노력한 것에 비해 많이 받지 못했으며, 레이첼 황녀에게 아이템을 얻지도 못했다.

그 말인즉슨, 이번 전직에는 기사의 아이템을 받지 못할 수도 있다는 뜻이었다.

'황녀는 결계에 갇혔을 것이고…….'

왠지 허탈한 기분을 느끼며 주위를 둘러보는 눈류.

자신은 망혼의 섬 입구로 이동된 상황이었다.

머리를 긁적이며 퀘스트 알림을 기다렸다. 분명 새로운 퀘스트가 뜰 것이다. 그렇지 않고서야 완료했다는 말도 없었는데 이대로 끝나겠는가.

띵똥!

[가면의 기사 3차 전직 퀘스트 3차]
모든 것을 구원하는 빛.
모든 것을 파괴하는 어둠.
조화가 될 수 없으나 조화롭구나.
빛과 어둠을 하나로 만들기 위해 의식을 치러야 한다.
천 명을 구원하고, 천 명의 피를 검에 묻혀라.

'에에에?'

눈류는 어이없다는 표정으로 재차 퀘스트 창을 바라봤다.

천 명을 구원하는 것도 사실상 막막했다. 자신은 마법사도 아니며, 힐을 사용할 수도 없다. 그런데 그것도 모자라서 천 명을 죽이라니? 생각만 해도 끔찍한 수치의 악성이 머리속을 스쳐 갔다.

'젠장. 도대체 무슨 퀘스트가……'

―퀘스트 스킬, 부활을 습득하셨습니다. 퀘스트 완료 시 자동적으로 사라집니다.

―퀘스트 스킬, 축복을 습득하셨습니다. 퀘스트 완료 시 자동적으로 사라집니다.

"……"

눈류는 황급히 두 스킬의 정보를 확인했다.

[퀘스트 스킬]

부활: 죽은 이를 부활시킨다. 경험치를 100% 복구시킨다. 소모마나: 0.

축복: 생명의 축복을 선사해 생명의 30%를 채운다. 소모마나: 0.

스킬 정보를 확인한 눈류는 그 밑에 구원과 죽음의 수치가 0씩 있는 것을 확인했다.

'천 명씩이라.'

절로 한숨이 새어 나오는 숫자였다.

구원은 그리 어렵다고 생각되지 않았다. 사냥터를 돌아다니며 모든 유저들에게 축복과 부활을 해주면 되지 않은가.

문제는 천 명을 죽여야 하는 것이었다.

'젠장, 아이템이라도 떨구면 책임져 주나!'

카오가 될 경우의 핸디캡 중 하나가 바로 착용 장비까지 떨어뜨린다는 점이었다.

휘익, 휘익.

눈류는 주변을 둘러봤다.

슬픔과 고민은 어차피 길게 해봐야 도움이 되지 않았다. 일단 퀘스트 스킬이라도 시험해 보자는 생각에 어디 다친 유저가 없을까, 찾는 것이었다.

그러나 이곳은 입구였기에 모든 유저들이 쌩쌩하다 못해 당장 시합을 뛰어도 될 정도였다.

눈류는 결국 주먹에 힘을 불끈 쥐었다.

자신을 향한 생체 실험!

뻐어억!

'커헉!'

입에서 신음이 새어 나오고, 주변의 모두가 이상하게 쳐다봤지만 눈류는 황급히 조금 줄어든 생명을 확인한 뒤 축복을 스스로에게 시전하였다.

─자신에게는 사용할 수 없습니다.

"……."

부어오른 볼이 눈류를 더욱 처량하게 해주었다.

"으다다다닷!"

기적은 빠른 뜀박질로 몬스터를 모으기 시작했다.

선공 몬스터의 경우는 그 근처를 지나가면 되는 것이었고, 그 외에는 몬스터를 자극하는 스킬을 발휘했다. 어느덧 그런 기적의 뒤로 붙은 몬스터들은 40마리가 넘었다.

기적은 파티창을 통해 신호를 보낸다.

"갑니더!"

기적의 외침에 라일라와 일리아가 고개를 끄덕이며 힐을 준비했고, 루크와 페르탄이 가운데에 섰으며, 구석진 틈새에 박힌 에시가 창을 힘주어 잡았다.

현재 이들이 사냥하는 방식은 일명 몬스터 몰이로, 위험할 수도 있지만 그 정도로 빠른 경험치를 얻을 수 있었다. 그리고 몬스터 몰이를 할 때는 필수적으로 기적과 같은 몰이 겸 몸빵 캐릭터가 필요했다. 소규모 팟일 경우 힐러는 둘이 가장 적당했고, 마지막으로 에시와 같은 창 캐릭터가 있어야 했다.

일 대 일보다는 일 대 다수에 특화된 창 캐릭터.

스킬도 범위 스킬이 많지만, 창 캐릭터의 경우는 다양한 직업을 떠나 패시브를 배우면서 자동적으로 한 번 공격에 범위 기능을 가지게 된다. 말 그대로 스킬을 사용하지 않더라도 몬스터가 몰려 있을 경우, 한 놈을 치면 그 옆에 있는 몬스터에게도 데미지를 입히는 것이다.

다만, 이렇게 몰이를 할 경우에는 위치 선정이 중요했다. 만약 위치 선정을 잘못할 경우, 파티원 전멸이라는 대참사를 볼 수도 있기 때문이었다.

그렇기에 몰이 계열의 최고 자리는 가장 구석진 곳, 몬스터들이 범위 안에 나란히 설 만큼 좁은 곳에서 등을 기대고 탱커, 격수들이 자리를 잡고 있어야 했다.

우드드드드드.

지축이 흔들리기 시작했고, 일행들 모두는 긴장감이 역력했다. 하지만 그와는 반대로 희열에도 젖어 있었다. 그들에게 몬스터는 위협적인 존재이기보다는 경험치였다. 파티를 함으로써 동시에 수십 마리를 잡아 높은 경험치를 나눠 가지는 것이다.

샤아아아아!

기적이 몬스터 군단을 이끌고 나타나자 라일라가 서둘러 힐을 하여 많이 떨어진 기적의 생명을 채워주었다. 몬스터들의 수가 많다 보니 달려오다 한 대씩 툭툭 맞는 것도 무시못할 정도여서 방어에 특화된 기적의 생명이 1/3이나 줄어든 상황이었다.

파파파파팡!

"다 죽어라!"

"타합!"

"다 덤비라!"

"배틀 힐!"

"신의 손길이여, 저들을!"

키에에에엑!

카르르르르르!

차아악! 퍼퍼펑! 사가각!

순식간에 레전드 길드원들이 있던 장소는 아수라장이 되었다.

에시를 비롯해서 루크와 기적, 레몬이 온갖 범위 스킬로 몬스터들을 베고, 폭발시켰다. 일리아와 라일라는 파티원 전체 힐을 비롯해 자신들을 쳐다보는 몬스터들은 슬립으로 잠을 재우며 보조의 역할을 톡톡히 했다.

그러자 얼마 지나지 않아 주변은 몬스터들의 붉거나 혹은 녹색의 피바다가 되었으며, 경험치와 라르크의 습득 소리가 쉬지 않고 들렸다. 그와 동시에 다시 뛰는 기적.

몰이사냥의 경우는 시간이 한정되어 있었다. 물론 매너를 생각하지 않으면 하루 종일 할 수도 있겠지만, 사실상 그러기는 어려웠다. 라스트 월드 유저가 너무나 많다는 점 때문이었다.

그에 비례하여 사냥터 역시 많지만 유저들의 수는 그것을 초월했다. 인기 사냥터이든, 비인기 사냥터이든 언제나 사람이 많은 편이었다. 그로 인해 인기, 비인기의 구분조차 애매모호해진 상황이었다.

그런 상황에서 몰이사냥을 한다? 온갖 욕을 먹을 일이었으며, 어떤 날은 PK를 당하기도 했다.

그래서 에시 역시 사람들이 많을 때는 몰이사냥을 자제했으며, 지금처럼 현실 시간으로 새벽이 되었을 때나 몰이사냥을 했다.

물론 라스트 월드는 새벽에도 유저들이 많지만 그나마 낮에 비해서는 적었고, 이 시간에는 잘 찾아보면 다른 유저들에게 피해를 주지 않고도 몰이를 할 수 있는 곳이 있기 때문이었다.

"간데이!"

퍼퍼퍼퍼펑!

모두 미리 잠을 자두었기에 생생하면서도 빠르게 움직였다.

적어도 아침까지는 열렙!

그들의 눈에 수많은 경험치들이 달려오고 있었다.

"아거, 피곤하네예."

사냥을 다 마친 기적이 부드러운 빵을 씹으며 행복한 투정을 부렸다.

파티 시에 가장 피곤한 것은 누가 뭐라 해도 탱일 것이다. 다른 직업들 역시 각자의 임무가 있고 쉬지 않아야 하지만, 계속 뛰어다니고 몬스터들의 공격을 맞는 탱이 가장 힘들고 먼저 지쳤다. 라스트 월드는 온라인 게임처럼 마우스로 하는 것이 아니었다.

"그래도 경험치를 많이 올렸잖아. 헤헤."

그런 기적의 투정에 레몬이 밝은 목소리로 말했다.

현실 시간으로 새벽 2시부터 아침 7시까지 쉬지 않고 플레이를 해서 다른 때에 비해 많은 경험치를 얻었기 때문이다. 물론 라르크나 잡템 습득 역시 많았으며, 완템도 하나 먹었기에 부수입도 괜찮은 수준이었다.

“나도 펫 퀘스트나 할까.”

막 물을 벌컥벌컥 마신 페르탄의 말이었다.

아직 페르탄은 펫 퀘스트를 하지 않은 상황이었기에 길드원들의 펫을 바라보는 시선에는 부러움이 가득했다. 다만, 레몬의 펫을 볼 때는 하고 싶다는 결심이 흔들리기도 했지만…….

“빨리 경험치가 올라야 할 텐데.”

레몬이 안타까운 목소리로 자신의 볼썽사나운 펫을 쳐다보다 머리를 쓰다듬어 주었다. 기적과 페르탄의 다툼 이후, 티를 안 내려고 노력하지만 아쉬운 것은 어쩔 수 없었다. 펫의 경험치도 늦게 오르는 편이기에 각성만을 기대하는 레몬은 초조한 마음이었다.

“금방 될끼다. 걱정 말그라.”

기적이 웃으며 어깨를 두드려 주었다.

“오빠는 정말 사랑으로 뭉친 사람같아.”

‘컥!’

기적의 마음을 느꼈는지, 레몬은 사랑이 가득한 표정으로 러브 모드를 펼쳤고, 곁에서 얌전히 눈류를 생각하며 빵을 먹던 라일라는 목이 막히는 것을 느끼며 다급히 물을 마셨다. 하지만 라일라의 적은 기적과 레몬만이 아니었으니…….

이글이글!

라일라는 조심스럽게 고개를 돌린다.

그곳에는 기적과 레몬에게 자극 받은 페르탄과 일리아가 서로를 쳐다보고 있었다.

타오르는 눈빛! 눈빛 속에서 이글거리는 정열!

서로를 바라보는 것만으로도 염장을 떨 수 있다는 것을 확인시켜 주는 페르탄과 일리아의 모습에 라일라는 한숨을 내쉬며 루크를 쳐다봤다.

하지만 곧 고개를 힘없이 떨구니…….

그동안 이 두려운 염장 커플들과 맞서며 함께 괴로워하던 루크는 이제 없기 때문이었다.

느긋하게 마치 손자와 손녀를 보는 듯한 표정으로 쳐다보고 있다! 더군다나 입에는 흐뭇한 미소까지 걸린 상태!

마치 한 음유시인이 젊은이들의 사랑을 본 뒤, '사랑은 아름다워!' 라며 노래를 만들 것 같은 모습이었다.

'도대체 아저씨에게 무슨 일이…….'

차마 이유를 묻지 못한 채 고개를 젓는 라일라.

그때 루크는 닭살 돋는 사랑들 속에서 리야를 떠올렸다.

뒤늦게 배운 도둑질이 더 무섭다고 루크가 딱 그 케이스였으며, 뒤늦게 사랑에 빠지자 모든 이들의 사랑이 아름답게 느껴졌다. 더불어 솔로들을 쳐다보며 안타까워하기도 했다!

'나도 리야와 저렇게 된다면…….'

루크의 얼굴이 붉게 달아오른다.

던전에서 사냥을 일주일이 넘게 한 후, 루크는 리야와 던전을 빠져나와야 했다. 리야가 갑작스런 일이 생겨 게임 시간이 대폭 줄 것 같다며 그렇게 하자고 했기 때문이었다.

그 후 둘은 친구 신청까지 하였고, 같이 사냥을 할 때를 제외하면 음성 채팅으로 대화를 나누었다. 그리고 현실 시간으로 어제 저녁에는 전화 통화까지 했다!

남들에게는 별것 아닌 일이지만, 루크한테는 드문 일이었다. 그래서 리야의 목소리를 떠올리며 길드원들과 함께 염장을 떠는 상상을 하자 웃음을 참기 힘들어진다.

"으흐, 으흐흐, 하하하!"

멍한 표정으로 루크를 쳐다보던 라일라는 물론 서로의 사랑으로 만들어진 벽에서 러브러브를 떨던 기적과 레몬, 페르탄과 일리아 역시 갑작스런 루크의 웃음에 고개를 돌려 쳐다보다 움찔한다.

이유도 없이 웃고 있다.

얼굴은 갓 시집 간 처녀처럼 수줍음이 가득했고, 양손으로 입을 가린 채 좋아 죽어간다!

'도, 도대체……'

'무가 잘못된기고!'

'염장을……'

'떨라는 건지, 말라는 건지!'

루크는 단지 좋아서 웃는 것이었지만, 염장을 떨던 넷은 전혀 다른 생각을 할 수밖에 없었다.

그런 이들의 마음도 모른 채 계속 상상 속에서 헤엄을 치던 루크는 음성 채팅 신청과 함께 정신을 차리며 수락하였다.

안절부절!

누군가 영만의 모습을 본다면 딱 그 말을 할 것이다.

그 정도로 영만은 무엇이 불안한지 침대에 누워 이리 뒹굴 저리 뒹굴거렸고, 자리에서 벌떡 일어나 손톱을 깨물기까지 하였다. 얼굴은 걱정거리가 가득했으며, 머리까지 쥐어뜯는 폼이 미치기 일보 직전의 사람과 다름없었다.

'바보, 바보! 그런 말을 해가지고!'

담배에 불을 붙여 한 모금 길게 빤 영만은 그보다 더 깊은 숨을 내쉰다.

영만이 이렇게 고민에 빠진 것은 바로 리야 때문이었다.

조금 전 창 몰이사냥을 하고 혼자 상상에 빠져 있던 그때, 음성 채팅의 주인공은 리야였다.

영만은 오늘 그녀의 목소리가 우울하다는 것을 느낄 수 있었다. 결국 사정을 꼬치꼬치 캐물었다. 다른 사람이었다면 묻지 않았을 것이다. 그러나 리야가 그러니 걱정이 되어 참을 수 없었다.

그리고 결국 리야가 얼마 전부터 혼자 서울에서 지내고 있으며, 오늘이 생일인데도 불구하고 축하해 줄 사람이 없다는 것도 알았다.

그런데 문제는 영만이 자신도 모르게 한 발언 때문이었다.

"내가 축하해 주러 갈게!"

부끄럽고 쑥스러운 발언이었지만 리야가 혼자 외로워하는 것이 더 크게 다가왔기에 영만은 그렇게 말해 버렸다. 반신반의 하던 리야마저 좋아하며 승낙했으니 이젠 도망칠 곳도 없었다.

"아아아! 어떻게 하지?"

영만은 재차 소리를 지른 다음, 거울 앞으로 달려가 자신의 모습을 바라봤다. 그곳에는 영락없는 아저씨가 서 있었다. 온몸에서 기운이 빠졌다.

리야가 자신의 나이를 알고 있다지만, 실제로 이런 아저씨를 만나게 된다면 과연 좋아할까? 영만은 온통 걱정뿐이었다.

"일단 가기로 한 것, 가자!"

서울까지 오랜 시간이 걸리는 것도 아니고 생일을 축하하기 위한 자리… 어차피 큰 기대는 하지 않았다. 그녀가 잘해준다 하지만 그것은 단지 게임에서 만난 오빠로서일 뿐 그 이상, 그 이하도 아닐 것이다.

결국 영만은 샤워를 하기 직전 철준과 미연에게 전화를 했다. 그냥 가는 것보다는 그들에게 코치를 받는 것이 조금이라도 낫지 않을까 하는 마음에서였다.

다행스럽게 둘 다 게임에서 로그아웃을 한 상태였기에 통화가 되었으며, 온다는 말을 들음과 동시에 영만은 샤워를 하기 위해 욕실로 향했다.

"형님!"

"오빠, 정말이야?"

철준과 미연은 머리를 말리는 영만을 보며 기쁘면서도 놀란 표정으로 말했다.

세상에! 그렇게 쑥맥인 사람이 서울까지 가겠다고 했다니. 정말 놀랄 놀자였다.

“설마 그때 그 아가씨예요?”

철준이 얼마 전 여행을 갔다 왔을 때, 라스트 월드에서 만난 리야라는 여자를 떠올리며 말하자 영만은 얼굴을 붉히며 고개를 끄덕였다.

“에, 그 아가씨 나이가…….”

“스물다섯이래.”

‘컥!’

‘허억!’

철준과 미연은 서로를 쳐다봤다.

10살이라는 나이 차이!

물론 사랑에는 나이도 국경도 없다지만 현실은 달랐다.

“괜찮아. 어차피 그냥 오빠로 챙겨주려는 것이니…….”

안타깝지만 영만을 위해 현실적으로 힘들 것 같다고 말하려던 철준은 입을 다물었다. 영만의 모습이 너무 처량하게 다가왔기 때문. 그리고 그 속에서 그 여자를 향한 마음을 느낄 수 있었다.

‘후우… 왜 하필.’

철준은 애써 웃으며 자리에서 벌떡 일어났다. 어찌 되었든 도와주자는 마음 때문이었다.

사랑, 그놈의 마약은 한 번 빠져들면 주변에서 아무리 말해도 듣지 않는다. 그리고 저렇게 쓸쓸한 표정을 짓는 영만에게 비관적인 소리를 하기도 뭐했다. 그렇다면 차라리 도와주자는 마음을 먹은 것이다.

자리에서 일어나 영만의 옷장을 확인한 철준이 큰 목소리로 외쳤다.

"형님! 일단 모든 것을 바꿔야겠습니다."

세상에! 그 흔한 정장도 찾기 힘들다니!

한 벌 있기는 했지만 어른들이 입는 스타일이었고, 20대의 여자를 만나기에는 어울리지 않았다.

"어? 그래?"

"저만 믿고 따라오세요!"

철준은 그 말과 함께 미연에게 눈짓한 뒤, 철준을 이끌고 집 밖으로 나갔다.

그러자 미연 역시 영만을 위해 준비할 것들을 체크하기 시작했다.

밖으로 나간 영만과 철준이 도착한 곳은 미장원이었다.

"아주 20대 애들이 좋아할 만큼 세련되게 깎아주세요."

디자이너의 손까지 꽉 쥐며 부탁하는 철준.

디자이너는 잠시 영만을 바라봤고, 곧 스타일을 결정한 듯 빠르게 가위를 놀리기 시작했다.

싹둑, 싹둑.

마감으로 인해 길었던 영만의 머리카락이 거침없이 잘려져 나갔다.

잠시 후…….

'큭!'

철준은 애써 웃음을 참으며 엄지손가락을 치켜세웠다.

그렇다고 영만의 머리 스타일이 웃긴 것은 아니었다. 정말 요즘 유행하는 세련된 스타일이었다. 그러나 30대 중반의 평범한 영만과는 잘 맞지 않았던 것이다.

"한층 젊어 보여요. 형님, 바로 움직여요."

다만 젊어 보이는 것은 확실하기에 철준은 어색해하는 영만을 데리고 옷 가게와 신발 가게로 데리고 다니며 코디를 했다.

잠시 후 집으로 돌아온 영만은 한층 달라진 모습이었다.

"이야, 오빠 폼 나는데?"

그 모습에 미연이 웃으며 무엇인가를 내밀었다.

바로 케이크와 반지.

"케이크랑 꽃을 살까 했는데, 그래도 의미나 간직하는 것에 있어서는 반지가 나을 듯해서. 물론 반지의 의미가 여럿 있겠지만, 오빠로서 우정을 위해 줄 수도 있는 것이고."

영만은 눈시울이 시큰해졌다.

언제나 자신을 골탕 먹이며 염장을 떠는 그들이었지만, 도움이 필요하니 자신들의 일처럼 힘껏 도와주지 않는가.

평소 소심함으로 인해 둘에게 자주 삐치던 자신의 모습이 부끄러워졌다.

진심으로 고마움을 표시하자 둘은 해맑게 웃으며 고개를 저었다.

영만은 리야에게 전화를 한 뒤, 곧 기차를 타기 위해 이동했고 한 시간 뒤, 도착할 수 있었다.

"히유, 잘하는 것인지……."

검은 머리카락을 허리까지 기른 여인이 혀를 살짝 내밀며 웃음을 흘렸다. 그녀는 바로 게임 속 리야, 은미였다.

방금 영만이 도착했다는 연락을 받은 은미는 콩닥거리는 가슴을 느끼며 시선을 역 입구로 돌렸다.

사실 은미는 영만을 오빠로 생각할 뿐 이성으로는 생각하지 않았다. 게임을 하면서 너무나 잘 대해주고 배려심 깊은 모습에 좋은 사람이란 느낌을 가지고 있었다. 오늘도 그냥 속상해서 투정을 부린 것인데 직접 올라올 것이라고는 예상하지 못했다. 하지만 게임을 하다 보면 현모를 자주 하기에 자신 역시 만나기로 결정했다.

'하여튼 바보 같아요.'

가끔 이상한 행동을 보이지만 여자를 대하는 것 자체를 너무나 쑥스러워하는 남자. 다 똑같이 예쁘고 잘난 게임 속 사람들인데 자신을 특별하다고 치켜세워 주는 남자. 아무것도 아닌 자신을 위해 단번에 서울까지 올라오는 남자. 영만이 올라온다는 말에 내심 감동을 느꼈다.

은미는 휴대폰을 꺼냈다. 아직 영만의 모습을 모르고 나이만 많다는 것을 알 뿐이다.

곧 영만이 전화를 받았고 은미는 밝은 웃음을 터뜨렸다. 한 손에 케이크, 다른 한 손에는 전화기를 든 남자가 입구에서 나와 주위를 두리번거리는데, 바로 영만이라는 사실을 알 수 있었기 때문이다.

"오빠, 뭐 먹을래요?"

"어? 아, 아무거나."

은미를 만나 레스토랑에 온 영만은 대답하며 곁눈질로 은미를 쳐다봤다. 은미는 그렇게 예쁘지도 못나지도 않은 수수하게 생긴 평범한 인상이었다. 하지만 영만에게는 그 누구보다 예쁘게 느껴졌다.

잠시 후 새하얀 바탕에 금빛 테가 그려진 고급스런 접시에 먹음직스런 안심 스테이크가 담겨져 나왔다.

영만은 가슴이 아팠다.

가격을 봤기 때문이었다!

비록 짠돌이는 아니었지만 너무나 비싼 가격에 아까운 것은 사실이었다. '저 돈이면 삼겹살이 몇 근인데' 하며 속으로 한탄을 하고 있었다.

"오빠, 고마워요."

케이크에 촛불을 붙이고 와인까지 따르고 나자, 은미가 진정 고맙다는 표정으로 말문을 열었다.

그녀, 언제나 남자에게 이용만 당해왔었다.

이 세상은 그랬다. 남자는 돈이 많아야 했고, 여자는 얼굴이 예뻐야 했다.

그러나 그녀는 얼굴이 평범한 수준. 거기에 운도 없는지 만나는 남자마다 자신을 아껴주기는커녕 필요한 것만 빼먹은 뒤 버리기 바빴다.

그런데 자신을 이렇게 위해주는 사람을 만나자 뭐라 말할 수 없는 무엇인가가 가슴에서 치밀어 올랐다.

"고, 고맙기는. 내가 더 고맙지."

"에? 오빠가 왜요?"

"아, 아냐."

영만은 붉어진 얼굴로 고개를 푸욱 숙였다.

게임에서 보는 것과 실제로 만나는 것은 달랐다. 그래서 오빠, 동생 하던 사이였지만, 정작 만나게 되니 언제 그랬냐는 듯 창피해서 눈을 마주치기가 힘든 것이다.

아니, 어쩌면 스스로에게 자신이 없어서 그러는 것인지도 몰랐다.

'이렇게 너를 보는 것만으로도 고마워.'

영만은 속으로 자신의 뜻을 전달하며 은미를 힐끔힐끔 바라봤다.

이후 두 사람은 오랫동안 대화를 나누며 즐거운 식사를 즐겼다.

"정말이죠?"

"어? 어."

영만은 '오늘은 네 생일이니 원하는 건 다 들어주겠다' 라고 말했다가 알 수 없는 불안감을 느꼈다. 은미가 짓궂게 웃고 있었기 때문이다.

"그럼, 저 따라와요!"

밝은 표정으로 앞장서서 걷는 은미.

영만은 설마 뭔 일 있겠냐는 심정으로 그 뒤를 따라갔다.

잠시 후, 가자미 눈과 더불어 좀비의 비틀거리는 걸음을 발휘하며 은미를 쳐다봤다.

세 시간!

언젠가 들은 적이 있었다.

절대 여자의 쇼핑을 따라가지 말라!

남자에게 있어서는 고문과 다름없다고!

내심 설마 설마 했던 영만은 세 시간 동안 옷을 고르는 은미로 인해 사지가 축 늘어졌고, 그 모습을 확인한 은미는 귀엽게 웃음을 터뜨리며 검은색 물방울 무늬가 새겨진 새하얀 티셔츠를 선택했다.

"이거 하나면 돼?"

"네."

생각보다 싼 가격보다는, 이제야 끝났다는 생각에 영만은 너무나 행복한 표정으로 옷값을 계산하였다.

은미는 그런 영만을 데리고 다시 움직이기 시작했다.

"후아."

영만은 밝은 표정으로 시원한 강 바람을 길게 들이마셨다 내쉬었다.

하루 종일 바쁘다면 바빴고, 여유롭다면 여유로웠다.

옷을 산 뒤 영화관에도 가고, 아이스크림도 먹고, 사진도 찍었다. 공원에 들러 산책도 했다. 스트레스 해소 입체 영상도 플레이했다. 그리고 날이 저물어 저녁이 되자 이곳 강가로 나온 것이다.

"아저씨, 고마워요……."

은미의 목소리에 영만은 오늘 고맙다는 소리를 자주 듣는다고 생각하며 손을 저었다. 자신은 한 것이 없었다. 그냥 보고 싶었던 사람을 만났고, 해주고 싶었던 것들을 했을 뿐이다. 물론 아직 하나가 더 남아 있지만…….

"저기……."

"네?"

고개를 돌린 은미를 쳐다보며 영만은 그녀의 눈동자가 밤하늘에 반짝이는 별보다 더 아름답다고 생각했다.

"우리 수, 술이나 한잔할까?"

혹시나 은미가 오해를 할까 봐 잠시 망설였지만 힘겹게 말을 꺼낸 영만은 조심스럽게 은미의 눈초리를 살핀다.

"그래요!"

하지만 은미는 아무렇지도 않다는 듯 대답했다.

영만은 활짝 웃으며 근처 포장마차로 향했다.

사실 영만이 술을 마시려는 것은 반지를 건네주기 위해서였다. 다른 것들은 몰라도 반지는 오해의 소지가 다분한 선물이기에, 소심한 성격의 영만은 계속 걱정이 되었기 때문이다. 그래서 술기운이라도 빌어 반지를 선물하려는 것이다.

또 술이라는 놈은 악한 영향도 끼치지만 적당히 마시면 사람과 사람을 더욱 가깝게 해주는 좋은 영향도 주기에 반지가 아니더라도 마시고 싶었다.

물론 자신의 술버릇이 있으니 안 취하도록 노력해야겠지만.

사아아아.

얼굴이 붉어진 채 포장마차를 빠져나온 영만은 시원한 바람에 기분 좋은 미소를 지었다.

풀려 버린 눈동자와 입에서 흐르는 침이 술에 취했다는 것을 확인시켜 줬다.

하지만 초인적인 정신력으로 겨우 제정신을 차리고 있던 영만은 주머니에 들어 있는 반지를 만지작거리며 은미를 바라봤다.

두근, 두근.

짐승 모드가 된 박하다나 눈류와 만나도 이렇게 긴장되지 않을 것이다!

영만은 심장 박동이 심해지는 것을 느끼며 길게 호흡한다.

진정하자, 진정하자, 진정하자!

"오빠, 우리 강 보러 가요."

은미가 그 말과 함께 걸음을 움직였지만, 이미 자기만의 세계에서 마인드 컨트롤을 하고 있는 영만은 미처 듣지 못한 채 고개를 푸욱 숙이고 있었다.

'넌 할 수 있어!'

'아니야. 부담스러워 하지 않을까? 우리는 단지 오빠, 동생인데!'

'바보. 오빠, 동생도 반지 주고 받잖아!'

'정말이야? 그런 거야?'

'그런데 이번 일로 나의 마음을 알아차리면…….'

'그럴 일 없다고!'

이제는 모노 드라마를 찍기 시작한 영만.

마찬가지로 살짝 취한 은미는 어느덧 강을 바라보며 즐거워하고 있었고, 영만은 고개를 흔들다 머리카락을 뜯으며 고심의 고심을 거쳤다.

여자에게 반지를 준다는 것이 이리 힘들 줄이야!

'내 마음 때문인가…….'

반지를 만지작거리는 영만의 입술에 씁쓸한 미소가 스쳐 지나간다.

만약 자신이 은미를 정말 동생으로만 생각했더라면 이렇게 힘이 들까, 하는 의문이 들었기 때문이다.

'에라! 모르겠다! 일단 주자!'

괜히 술을 마셨는가!

영만은 굳은 결심과 함께 주먹을 불끈 쥔다.

이미 그의 맛이 간 얼굴은 반지를 건네기에는 올바르지 못한 상태였지만, 술기운으로 인해 그런 생각은 할 수 없었다.

그는 재차 쉼 호흡을 길게 하더니 큰 외침과 함께 고개를 번쩍 들며 반지를 내민다!

"이, 이걸 받아줘!"

정말 센스없는 언어 선택!

그러나 영만은 반지를 보여줬다는 것만으로도 스스로에게 충분히 만족했다.

"……."

영만은 고개를 천천히 든다.

은미가 반지를 손에 쥔 채 아무런 말이 없었기 때문이다.

흐릿, 흐릿.

초점이 흔들리는 눈동자에 애써 힘을 주는 영만.

은미가 왠지 근육이 많아진 것 같다.

"은미가 남자가 돼 버렸네? 하하하…· 뭐, 뭐야!"

영만은 두 눈을 세차게 비비며 은미… 아니, 남자를 바라봤다.

그리고 더 멀리 쳐다보니 자신의 목소리를 들었는지 은미가 어이없다는 표정으로 쳐다보고 있었다.

'컥!'

그때서야 영만은 자신의 실수를 깨달았다.

자신이 고민하는 사이 은미는 강을 보러 앞으로 걸어간 상태. 그때 다른 남자가 앞을 지나가는 사이에 반지를 내민 것이다.

"……."

"……."

근육으로 몸을 도배한 30대 초반의 남자와 영만의 어색한 시선이 마주쳤다.

그리고 그때 남자가 영만의 두 손을 꽈악 잡는다!

“…….”
더불어 얼굴을 붉히며 윙크까지 발휘하는 센스!
“이런 저라도 괜찮다면…….”
“…….”
정말 울고 싶은 영만이었다.

Part 6

미친 구원자

키로: 라샤 길드가 공성전이라, 기대되는군요.

벗겨보니처제: 저희 길드가 동맹으로 나서 드릴까요?

츠츠진: 돈 주면 용병으로 저 혼자 싸워줌, 일당백임.

명란젓코난: 해봐야 질 게 뻔한데 뭐 하러…

요즘 라스트 월드에서 가장 큰 화제가 되고 있는 것은 누가 뭐라 해도 공성전일 것이다.

라스트 월드 게임 안에서는 물론이며 홈페이지, 그리고 TV 에서조차 공성전에 관한 얘기로 떠들썩했고, 그에 관한 게시물이나 동영상은 폭발적인 조회수를 기록했다.

이렇게 공성전이 화제가 되는 것은 고레벨들의 전투와 상위 길드들에 대한 관심도 관심이지만, 업데이트가 큰 비중을 차지했다.

기존 상위 길드만이 공성전을 치를 수 있다는 방식에서 현재는 길드 인원이 300명을 채울 경우에도 길드 랭킹과 상관없이 공성전을 치를 수 있었고, 성을 가지고 있는 길드에도 도전할 수 있었다.

그와 동시에 공성전의 인원에도 변화가 생겼다.

기존에는 300명의 길드원들이 여러 성을 가지게 되면 나눠서 지켜야 했고, 용병들로 부족한 수를 채워야 했다. 그런데 이제는 동맹과 라인 시스템이 생겼다.

동맹은 다른 길드들과 힘을 합치는 경우였으며, 라인은 길드의 계열이었다. 만약 A길드가 있다면, 그 길드에서 더 많은 인원을 얻기 위해 한 명이 떨어져 나가 재차 300명을 모으는 형식.

현재 300레벨에서는 총 2개의 라인을 추가로 얻을 수 있게 되었고, 그로 인해 길드들의 세력은 더욱 커졌으며, 더욱 많은 성과 마을을 얻기 위한 전쟁이 한창이었다.

더불어 공성전의 경우, 동맹―라인―용병을 이용해서 총 900명의 인원으로 싸울 수 있도록 변경하였다. 이로써 유저들은 더욱 화려하고 치열한 전투를 볼 수 있게 되었다.

그리고 레전드에 관한 것 역시 언제나 화제였다.

최근 10, 11번째 레전드가 출현하면서 관심은 더욱 뜨거워진 상황이었으며, 그들의 정체와 행보에 대해서도 유저들의 호기심이 극대화되었다.

레전드들이 공성이나 권력 다툼에 참여하고, 하지 않고에 따라 판도가 바뀔 수도 있기 때문이다. 그 사실을 잘 아는 많은 길드들은 이미 레전드들을 찾기 위해 노력 중이었다.

물론 레전드 유저라고 해서 라스트 월드 스토리 라인처럼 절대적인 능력을 갖춘 것이 아니었으며, 동 레벨대의 유저 여럿이 한 번에 달려들면 패배할 수도 있었다. 그러나 레전드들의 힘은 막강한 것이었고, 정면이 아닌 후방에서 혹은 일 대 일에서 큰 전력임은 사실이었다.

그리고 마지막으로 또 다른 관심거리가 탄생했는데, 기이한 행동을 하는 한 유저가 바로 그 주인공이었다.

라스트 월드의 경우 워낙 뛰어난 정보력을 갖추었기에 입소문이 한 번 나면 쫘악 퍼지는 경향이 있는데, 이 유저도 바로 그 케이스였다.

월광후: 저도 어제 봤어요! 누웠는데 부활시켜 주던걸요?

최종변기그녀: 그런데 미친놈 아닌가? 길 가다 넘어졌는데 힐을 주던걸? 그것도 광견처럼 달려와서!

라이머: 뭐, 좋은 일을 하니 그냥 넘어갑시다. 그런데 정체가 궁금하군요.

루돌프가슴커: 그러게요. 얼굴에 이상한 것도 쓰고 다니던데.

최진: 저도 봤어요!

그 유저에 관한 소문은 최근에 떠돌기 시작했다. 그 누구도 어떤 이유로 그러는지, 그리고 정체가 무엇인지 알 수 없었다. 착하고 좋은 사람이다! 혹은 또라이다! 등등의 그에 대한 생각 역시 제각각이었다.

단지 확실한 것 하나는, 언제나 무한의 대지에서 머물며 많은 사람들을 치료하고 부활시켜 준다는 것이었다.

상대 유저가 원하든, 원하지 않든 간에 자기 마음대로 말이다.

무한의 대지!

크로아 왕국과 북쪽 마르코 왕국의 경계선에 위치한 대지로, 몬스터들의 리젠 속도가 경이로운 곳이었다. 몬스터를 해치우고 바로 옆의 다른 몬스터를 잡는 사이 리젠이 된다고 할 만큼 빠른 리젠 속도로 인해 항상 많은 유저들로 붐볐다. 필드이지만 몬스터를 잡기 위해 이리저리 뛰어다니지 않아도 되기에 솔로잉을 하는 유저들도 꽤 많은 비중을 차지했다. 더불어 사냥터의 레벨대는 낮은 편이었기에 저, 중레벨 유저들이 유독 많았다.

그런 무한의 대지에서 사냥 중인 스레이는 당혹한 표정이었다.

빠른 업을 위해 솔로잉을 택한 그는 포션을 가득 챙기고, 버프는 구걸하면서 사냥을 하고 있었다. 그런데 조금 떨어진 곳에서 리젠된 몬스터가 어슬렁거리며 움직이더니 자신에게 달라붙었다.

하필이면 그때 근처에서 사냥을 하던 유저들은 자신들의 몬스터를 처치하기도 바빠 보였다.

'크흑.'

퍼퍼퍼펑!

스레이는 다급히 스킬을 발휘해 주먹을 휘둘렀다.

키에에엑!

그러자 공룡을 닮은 몬스터가 괴성과 함께 피를 뿌리며 사라졌지만, 자신의 생명에도 문제가 생겼다. 예상을 넘어버린 몬스터들의 다구리에 포션이 따라가지 못하는 것이다. 싸구려 포션 위주로 사용한 탓이었다.

"커허억!"

─사망하셨습니다.

결국 재차 리젠되는 몬스터들 사이에 끼어버리는 판국이 되어 도망도 치지 못한 스레이는 비참한 최후를 맞이했고, 그 순간 강렬한 먼지구름을 볼 수 있었다.

다다다다닥!

소용돌이라도 다가오는 것인가?

아니, 소용돌이라면 적어도 눈에 보여야 할 것이다.

그런데 지금 일어나는 먼지구름은, 일으키는 당사자가 전혀 보이지 않았다. 그 정도로 빠르다는 뜻!

스팟! 스팟!

키에에엑!

카아아아악!

죽었음에도 불구하고 호기심에 마을로 가지 않고 있던 스레이는 하늘에서 피의 비가 떨어지는 것을 느꼈다.

먼지구름을 일으킨 장본인이 몬스터들을 단숨에 해치워 버린 것이었다.

비록 이곳이 고레벨들의 사냥터는 아니었지만 그래도 스킬을 사용하지 않은 채 저리 쉽게 베어버리다니!

분명 저 정도의 능력이라면 고레벨일 것이다.

스레이는 남자를 유심히 쳐다봤다.

온통 붉은색 일색인 남자!

온몸을 감싸고 있는 중갑은 물론 차갑게 가라앉은 눈동자, 오른손에 들린 검, 망토까지! 유일하게 붉은색이 아닌 것이 있었으니⋯ 바로 얼굴을 가리고 있는 괴상한 흰 봉투! 그리고 건틀렛을 착용하지 않은 듯 보이는 맨손!

'어, 언밸런스하다!'

시체가 된 스레이는 마음으로 움찔거렸다.

봉투와 맨손만 아니었다면 감탄이 나올 만큼 멋진 모습이었고, 화려했으며, 위압감도 넘쳤다. 그런데 저 봉투의 센스는 무엇이란 말인가! 또, 저 비싸 보이는 갑옷과 무기를 착용했으면서 왜 건틀렛은 없단 말인가!

"부활!"

그 순간이었다.

남자가 손을 내뻗으며 외치더니 곧 빠른 속도로 다시 달려가기 시작했다. 그러자 스레이는 영문을 모르겠다는 얼굴로 남자가 사라진 곳을 바라본다.

감사의 인사라도 하고 싶었는데 이미 눈에 보이지 않는 거리만큼 사라진 후였다.

'경험치가 모두 복구되었다!'

경험치를 100% 복구시킨다는 것은 상대의 레벨이 대단히 높다는 뜻.

스레이는 밝은 표정으로 결심한다.

'그래! 저렇게 착한 고렙 분을 게시판에 올리는 거야!'

감사의 인사를 하지 못한 대신 글을 올려서라도 뜻을 전하며, 많은 이들이 그를 알아주길 바라는 마음이었다.

그리고 너무나 맑은 표정으로 뒤돌아서는 순간!

파지지직!

"……."

―사망하셨습니다.

스레이는 잠시 잊고 있었다.

이곳이 그 리젠 빠르기로 유명한 무한의 대지라는 것을.

경험치는 100% 복구되었지만 생명은 고작 1%밖에 차지 않았다는 사실을……

그리고 스레이는 진정 몰랐다.

자신을 구해준 그 은혜로운 남자가 이 모든 사실을 다 알면서도 부활시키자마자 홀로 남겨둔 채 떠나 버렸다는 사실을……

그는 바로 눈류였다.

"타아앗!"

"크윽, 스쳤네. 이 괴물, 죽었어!"

타타타타탁!

"커헉! 뭐, 뭐야!"

일 대 일 파티를 하던 두 유저가 경악스런 눈길로 먼지구름을 바라봤다. 그리고 곧 그 속에서 한 인간이 불쑥 튀어나왔다. 아니, 정확하게는 다크 쉐도우를 사용했기에 레벨이 낮은 유저들이 눈류를 보지 못했던 것이다.

"축복!"

양손을 뻗으며 큰 목소리로 외치는 눈류.

그러자 손에서 맑고 맑은 새하얀 빛이 번쩍이더니 방금 몬스터에게 스친, 정말 생명이 조금 줄어버린 한 유저의 전신을 감싸 안았다.

―축복을 선사하셨습니다. *776/1,000.*

'좋아!'

그와 동시에 울리는 퀘스트 알림 말에 눈류는 두 주먹을 불끈 쥐며 유저들을 향해 엄지손가락을 치켜세웠다.

고마워하지 말라는 뜻!

그리고는 곧 다크 쉐도우를 발휘하여 다른 유저를 향해 빠르게 달려간다.

그런 눈류를 두 명의 유저가 기가 차다는 표정으로 바라봤다. 하지만 눈류는 그 사실을 전혀 모른 채 너무나 착한 자신

의 성품—비록 퀘스트로 인한 것이지만—에 만족하며 막 눈앞에
서 넘어진 한 유저에게 축복을 재차 선사해 준 뒤 피로도를 회
복하기 위해 중간, 중간에 설치된 몬스터가 나오지 않는 나무
그늘에 앉아 빵을 씹어 먹었다.
　"정보."

생명: 20,020　마나: 16,350

이름: 눈류

레벨: 200

성향: 어둠

길드: 레전드

칭호: 없음

명성: 827

직업: 가면의 기사

근력: 2,093(+759)　체력: 419(+508)

민첩: 318(+508)　지식:　18(+500)

재치: 37(+503)　정신: 560(+507)

예술: 12(+503)　상술:　17(+505)

검폭: 191(+500)　신속: 257(+500)

투혼: 316(+450)　가호: 197(+450)

심안: 165(+420)　마나: 182(+420)

가면: 193(+420)　암흑: 110(+170)

저항: 114(+170)

공격력: 8,556(+550) 방어력: 1,854(+1,000)
마공력: 1,551(+410) 마방력: 2,134(+510)

스텟포인트: 0 스킬포인트: 0 전투숙련치: 19.68%

눈류는 정보창을 확인한 뒤 흐뭇한 얼굴이 되었다. 장비들의 능력치가 불쑥 올랐기 때문이었다. 이것도 기사의 가면을 착용하지 않은 상태의 수치였다. 만약 가면을 착용한다면 추가 공격력과 방어력이 100씩이나 더 생긴다.

그리고 얼굴을 가리기 위해 기사의 문신을 해제한 뒤 방어력이 1이자 봉투 형태의 이벤트용 투구를 착용한 상태였기에, 퀘스트가 끝난 뒤 재차 문신을 착용하면 공격력과 방어력은 더 오를 것이었다.

'힘들었어.'

레이첼 황녀와 헤어진 후 모든 장비를 다 팔았지만 돈이 부족했던 눈류. 결국 필살의 신공을 발휘했다.

일명, 구걸 신공!

바로 은근히 갑부인 아버지 박하다에게 빌붙기 작전이었지만, 그가 누구인가? 돈 앞에서는 아들도 뒷전인 존재! 하지만 눈류로서는 빌릴 사람이 박하다밖에 존재하지 않았다. 결국 도장 일을 하루 도와준다는 조건으로 겨우 돈을 빌릴 수 있었다.

그렇게 해서 새로 맞춘 B급 고급 세트!

장비의 뽀대는 물론 능력치마저 뛰어났고, 은근히 부러움 가득한 시선들을 즐기고 있었다. 물론 기사의 건틀렛으로 인해 건틀렛은 구입하지 않았다.

퀘스트를 하기에는 최선의 선택이었다. 사실 기사의 가면을 착용하지 않았음에도 불구하고 내심 불안한 면도 있었다. 자신의 장비가 그대로였기 때문이다.

이벤트용 투구를 구해 머리에 쓰고 다니고는 있지만 혹시나 장비와 얼굴을 가리는 행동으로 인해 자신을 가면의 기사라고 생각하는 사람이 있을까 봐 초조했는데, 이렇게 장비마저 바꾸고 나니 그런 걱정이 확 사라졌다.

'이제 얼마 안 남았군.'

퀘스트를 받자마자 자는 시간과 운동 시간을 제외하고는 게임만 한 상황이었기에 현재 구원 퀘스트는 224명이 남은 상황! 이제 조금만 더 하면 1,000을 채울 수 있다는 생각에 들뜬 눈류는 죽음 퀘스트의 수를 확인하자 길게 인상을 찡그린다.

구원과는 달리 죽음의 퀘스트는 아직 999명이 남은 상태!

그나마 수치를 1이라도 올린 것은 누군가의 처절한 희생이 있었기에 가능한 일이었으니……

퀘스트를 막 받았을 때, 걱정에 휩싸였던 눈류는 재빠르게 잔머리를 굴렸다.

자신은 편하게 게임을 플레이하고 싶었다. 악성을 받아 숨어서 사냥을 하거나 욕을 먹고 싶지도 않았다! 그래서 결정한 방법이 바로 아는 사람들과 PK를 뜨는 것!

그렇다면 걱정하는 악성을 받지 않을 수 있었다.

악성은 상대가 공격하지 않음에도 죽였을 때 얻게 되는 것이었기에, PK상태라면 천 명을 죽여도 상관없었다. 하지만 천 명이나 되는 유저들이 자신의 PK신청을 아무런 생각없이 받을 일이 없을 것이기에 가장 가까우면서도 단순한 이를 선택했다.

바로 고급스러운 무식을 자랑하는 기적!

물론 단순하고 자신에게 복종하는 인물이라면 카르마도 있었지만, 그는 샤인과 관계가 깊어진 사이였기에 이제는 쉽게 건드릴 수 없는 존재였다.

샤인이 무섭다기보다는 닦달하면 귀찮기 때문이었다.

사실 조금 무섭기도 했다.

"에? 행님! 싫습니데! 지가 죽을끼 뻔한디 와 합니꺼!"

기적은 당돌하게 거부했다.

어쩌면 당연한 반응인지도 몰랐다.

갑자기 불러놓고 PK를 뜨자고 했으니.

"행님, 지는 질끼 뻔한 싸움을 할 맨큼 어리석지 않습니데!"

그러면서도 눈류가 혹시나 기분 상했을까 봐 추가 설명을 덧붙이는 소심함도 갖추고 있었다.

"기적아."

그런 기적의 반응을 이미 예상이라도 한 듯 눈류는 너그러운 표정으로 기적을 불렀다. 이에 움찔하는 기적. 평소 눈류를 다혈질 폭군이라 생각했기에, 오히려 화를 내는 것보다 더욱 불안한 느낌이 들었다.

하지만 화를 내기는커녕 주변을 한 번 둘러보더니 비밀 얘기라도 하듯 기적의 귀에 작은 목소리로 속삭이는 눈류.

"형이 중요한 사실을 알아냈다."

"예? 뭔디예?"

"우리가 사냥을 할 때 스텟 포인트가 랜덤으로 오르지? 보통 몇 시간에 하나."

"예. 맞습니더."

기적의 순수한 눈빛에 호기심이 동했다.

그러고 보니 눈류가 갑자기 PK를 신청한 이유도 궁금해지기 시작했다.

"그런데 PK를 뜨면 그 수치가 훨씬 빨리 오른다. 연속으로 세 번 죽으면 하나가 올라! 난 그 사실을 알자말자 너와 함께 강해지려고 바로 달려왔는데, 너란 놈은……."

일부러 말끝을 흐려주는 센스!

"싫으면 마라. 난 순식간에 너를 강하게 해주고 싶었는데, 니가 싫다면 페르탄이랑 하던가 해야지."

적절한 타이밍에 기적의 염장 라이벌인 페르탄 얘기를 꺼내며 돌아서는 눈류!

비록 등짝만 보면 아우의 불신에 상처를 받은 처량한 이의

모습 같지만, 얼굴은 사악한 악마의 미소를 터뜨리고 있었
다.

그리고 곧 정색하며 한 번 뒤돌아본다.

그런 눈류의 얼굴은 톡 건드리면 눈물을 흘릴 만큼 슬퍼 보
였다.

"네가 날 그 정도로밖에 생각 안 하는 줄 몰랐다……."

"해, 행님!"

"놔, 임마!"

눈류는 한 번 튕겨줬다.

그러자 기적은 더욱 당황하며 눈류의 팔을 붙잡는다.

"지, 지가 잘못했어예!"

더 이상 기적의 눈빛에서는 한 치의 의심도 찾을 수 없었
다.

눈류가 이렇게까지 하는 것을 보니 분명 사실이었다!

그런데 자신은 도움을 주기 위해 찾아온 눈류에게 상처를
주다니!

'크흑. 나란 놈은 왜 이러노!'

기적은 진정 슬픈 표정으로 이제는 아예 바닥에 엎어져서
서러워하는 눈류를 일으켜 세우려 했고, 눈류는 작은 목소리
로… 하지만 기적이 확실하게 들을 수 있을 정도의 크기로 신
세한탄을 했다.

"크흐흑! 내가 이런 놈을 동생이라고! 포션… 포션도 없이
사냥하다가 알게 된 거라 바로 달려왔더만… 포션도 없이!"

“해, 행님! 지한테 포션 많습니더! 혹시나 솔플할 때를 대비해서 어제 사놨는디, 행님 다 쓰소! 그니 제발 화 푸세예!”

기적은 그 말과 함께 자신의 인벤토리에서 천 개가 넘는 포션—포션의 경우 수가 천 개가 넘어도 하나의 상태로 바닥에 떨어뜨릴 수 있다—을 꺼내 바닥에 떨어뜨렸다.

그러자 눈류의 두 눈동자가 반짝거렸다! 그러면서도 슬픈 표정은 유지한다!

“우리는 서로 믿고 믿어야 해, 임마…….”

사사사삭!

눈류는 일어서면서 기적과 시선을 맞췄다.

그리고 번개 같은 손놀림으로 포션을 챙겨 인벤토리에 넣은 뒤, 그때서야 만족한 표정으로 기적과의 일을 준비했다.

원래 눈류의 계획은 기적과 PK를 해 바로 죽이고 곧바로 부활을 통해 살려내는 것이었다. 그럼 죽음은 물론 구원까지 한 번에 할 수 있지 않은가!

물론 당하는 기적의 입장에서는 죽을 맛이겠지만 어쩌겠는가. 눈류와 친한 것이 죄라면 죄인 것을!

“행님, 지… 진짜지예?”

막상 죽을 생각을 하니 불안함을 느낀 기적이 떨리는 목소리로 물었다. 비록 고통을 유저가 자율적으로 조절할 수 있게 변했다 하지만 5%가 최하였고, 5%라 해도 고통은 고통이었기 때문이다.

“나만 믿어!”

전혀 걱정하지 말라는 듯한 성인군자의 표정!

그러나 속마음은 전혀 달랐으니,

'너같이 순수한 놈이 있기에 나 같은 놈이 산다. 고마운 녀석!'

눈류는 검을 뽑아 들었다.

세 번을 죽인 다음에는 또 다른 변명거리가 있었다.

다른 이라면 몰라도 단순함의 귀족인 기적은 또 속을 것이다!

꽈악!

그런 눈류의 행동에 기적 역시 두 눈을 꽉 감았고, 곧 눈류의 검에서 어둠의 마나가 일렁거렸다. 최대한 고통을 느끼지 않게 하기 위해 단 한 방에 보내려는 것!

'정말 나란 놈은 너무 착하구나!'

이런 와중에서도 자신의 배려심을 자찬한 눈류는 빠르게 검을 움직였다.

스파아앗!

"하아……."

죽음 수치를 확인한 뒤 기적과의 일을 떠올리던 눈류는 물을 마시며 한숨을 길게 내쉬었다. 사실 자신의 예상은 어느 정도 적중했다. 기적을 죽임과 동시에 두 퀘스트 모두 1씩 올랐다.

그런데 문제가 생겼다.

　죽음, 구원의 퀘스트는 한 명당 한 번밖에 되지 않는다는 사실을 기적이 두 번째 죽었을 때 알게 되었다는 것이다.

　그때만 해도 기적을 통해 퀘스트를 마치려 했던 눈류는 망연자실했다. 부활시켜 달라는 기적을 살려줄까 하다가 그냥 가려는 이유를 설명하기도 귀찮아서 부활도 해주지 않은 채 쓸쓸히 이곳으로 향했고, 지금 이렇게 구원의 퀘스트를 먼저 하고 있었던 것이다.

　물론 뒤늦게 그 사실을 알게 될 기적을 피하기 위해 음성 채팅을 잠금 모드로 바꾼 상태였다.

　"억!"

　막 빵을 한입 가득 베어 문 눈류는 눈앞에서 6명으로 이루어진 파티가 몰살하는 것을 보며 다급히 다크 쉐도우를 발휘했다.

　다른 스킬들은 몰라도 다크 쉐도우 같은 경우는 눈으로 보기도 힘들며, 다른 직업들도 이속 스킬이 많기에 맘 편하게 발휘할 수 있었다. 그는 '잠깐!' 이라고 큰 목소리로 외쳐 그들이 마을로 돌아가지 못하게 한 다음 먼저 몬스터들을 처리했다.

　"부화알!"

　―부활을 선사하셨습니다. 777/1,000.

　―부활을 선사하셨습니다. 778/1,000.

　―부활을…….

　비록 입에 빵이 차서 발음이 제대로 나오지 않았으나, 여섯 번이나 연속 부활을 한 눈류는 쉬지 않고 들리는 퀘스트 알림에 흐뭇한 표정으로 그들을 쳐다보다 재차 빠르게 움직였다.

비록 생명은 거의 차지 않은 상태로 부활한 그들의 곁에 몬스터가 리젠되었지만 뒷일은 전혀 관심 없는, 필요할 때만 착한 눈류였다.

터벅, 터벅.

어떤 생명도 살 수 없을 것 같은 메마른 돌산.

풀 한 포기 없었으며, 부는 바람조차 뜨거운 열기를 머금고 있었다.

그런 곳을 한 여자가 올라가고 있었는데, 얼마나 더운지 땅에서 올라오는 아지랑이가 보일 정도임에도 불구하고 여자는 땀 한 방울 흘리지 않고 있었다.

회색빛 머리카락, 이마에서 뿜어져 나오는 붉은빛, 어깨에 달린 날개!

그녀는 바로 월하였다.

'나올 때가 되었는데.'

월하는 빙계 마법 중 마나가 가장 적게 드는 스킬을 이용해 체온을 낮추면서 고개를 갸웃거렸다. 산을 걷기 시작한 지 족히 1시간이 지났음에도 불구하고 어떤 일도 없었으며, 몬스터도 나오지 않았다.

월하가 이 열기로 가득 찬 돌산을 오르는 이유는 바로 펫 퀘스트 때문이었다. 펫이 생기고 나서도 바쁘다는 핑계로 퀘스트를 아직 못한 상태였기에 오늘 짬을 내서 하는 것.

그런데 계속 걷기만 해야 하니 슬슬 짜증이 치밀어 올랐다.

트트트특!

그 순간, 지면에 균열이 생기기 시작했다. 여전히 변화 없는 표정으로 바닥을 노려봤지만, 사실 그녀의 기분은 이미 좋아진 상태였다.

심심하게 걷는 것보다는 차라리 싸움을 원하는 편이기에.

키에에에!

화르르르륵!

'하나, 둘, 셋…….'

금이 간 지면에서 튀어나온 몬스터의 수를 세던 월하는 그 수가 생각을 초월하자 귀찮음을 느낌과 동시에 몬스터들을 자세히 살펴봤다.

온통 불로 이루어진 몬스터들.

호랑이 같은 동물 형태도 있었으며, 처음 보는 기괴한 놈도 있었다.

'불이라…….'

캬아아악!

그때 리더로 보이는 가장 큰 덩치의 몬스터가 소리를 지르며 손짓하자 수십의 화염계 몬스터들이 월하를 노리고 달려들었다.

'한 번에 쓸어버려야겠어.'

월하의 표정은 상황과 어울리지 않게 느긋했다.

애초에 죽음에 대한 두려움이 없기에 어떤 상황에서도 겁을 먹지 않는 것이었으며, 퀘스트에 대한 정보 또한 지니고 있었다.

펫 퀘스트는 각 펫에 따라 랜덤 스타일로 진행되며, 고대의 산 퀘스트처럼 레벨을 고려한 몬스터들이 나온다.

그렇기에 레전드가 되면서 레벨을 뛰어넘는 힘을 가진 월하에게는 두려울 것이 없었다.

촤아아악!

다가오는 화염계 몬스터들을 바라보며 월하는 물의 마법을 준비했다.

상성이 존재하는 라스트 월드이기에 상극인 물이 가장 큰 위력을 발휘하기 때문이었다. 곧 월하의 몸 주변으로 소용돌이치며 솟아오른 물의 회오리는 달려오는 화염계 몬스터들을 집어 삼켜 버렸고, 월하는 살짝 어이없다는 표정으로 주변을 둘러본다.

아무리 상극인 물의 마법을 사용했지만 단 한 번에 몬스터들이 전멸할 것이라고는 생각하지 못했기 때문이다.

자신이 사용한 기술은 비록 고서클에 마나의 소비가 컸지만 범위 마법이었다.

여러 마리를 동시에 공격하되, 데미지는 떨어지는 그런 마법!

그런데 한 번에 다 소멸되다니?

자신의 능력 등 여러 가지 조건을 다 조합해 봐도 납득이 쉽지 않은 상황. 하지만 월하는 어깨를 한 번 으쓱한 뒤, 재차 산 정상을 향해 걷기 시작했다.

어차피 생각해 봐야 나오지 않을 답이었으며, 퀘스트가 쉬우면 득이 되면 되었지 나쁠 것은 없기 때문이다.

"후우… 여기인가?"

산을 걷기 시작한 지 딱 하루째.

월하는 산 정상에 올라 주변을 둘러봤다.

지금까지 후덥지근하던 열기와는 달리 산 정상은 시원한 공기로 가득 차 있었다. 월하는 빙계 마법을 해제했다.

그리고는 피로도를 느끼며 잠시 자리에 앉아 빵을 꺼내 씹어 먹었다.

역시 너무나 쉽다고 생각했다.

처음 전투를 펼친 공간을 넘어서자 조금씩 더 강력한 몬스터들이 나타났고, 그로 인해 산 정상까지 올라오는 데 하루나 걸린 것이다.

그래 봐야 월하가 위급할 상황까지는 만들어지지 않았지만.

"저건가?"

빵을 다 먹은 뒤 자리에서 일어선 월하.

조금 떨어진 곳에서 파란 빛을 내뿜으며 반짝이는 무엇인가를 향해 발걸음을 옮겼다.

'알?'

그것의 정체는 월하의 몸통만한 알이었는데, 푸른 보석처럼 맑은 빛을 띠고 있었다.

　[펫 퀘스트]
　푸른빛 알에 잠들어 있는 펫을 깨우기 위해서는 부모의 사랑이 필요하다.
　펫이 깨어날 때까지 어미가 자식을 품듯 꼬옥 안아주자.
　만약, 한 번이라도 품에서 놓는다면 처음으로 되돌아간다.

　"……."
　월하의 미간이 살짝 찌그러졌다.
　언제 깨질지도 모르는 알을 한 번도 놓지 않고 안으라니?
　"……."
　월하는 잠시 침묵을 지키며 알을 쳐다봤다.
　투욱.
　발로도 한 번 건드려 본다.
　그러자 알이 기우뚱거렸다가 재차 원래 위치를 잡았다.
　'어쩔 수 없지.'
　퀘스트였다.
　더군다나 펫은 게임을 플레이하는 데 큰 도움이 될 존재. 포기할 수는 없었다. 물론 이 퀘스트를 포기하고 새로운 퀘스트를 받을 수도 있다. 퀘스트 완료를 한 다음에는 다시는 다른 펫 퀘스트를 할 수 없지만, 월하는 아직 퀘스트를 완료한 것이 아니기 때문에.

그러나 시간이 아까웠다.

게임 시간으로 하루, 비록 현실에서의 8시간밖에 되지 않지만 요즘 너무나 바쁜 월하에게 있어서는 크게 다가왔다.

그리고 자신이 허락받은 시간은 현실에서의 이틀이었다.

만약 그 안에 퀘스트를 깨지 못한다면, 또 언제 날 잡고 퀘스트를 할 수 있을지 몰랐다.

“후우.”

결국 월하는 한숨을 내쉬며 양팔을 벌려 푸른 알을 안았다.

그러자 신비로움을 느꼈다.

분명히 시원한데… 시간이 잠깐 흘러 살짝 춥다고 느껴진 뒤 따스함이 뿜어져 나왔다.

두근… 두근…….

그것도 모자라 알에서 심장 박동 소리도 들렸다.

마치 여자의 뱃속에 있는 태아처럼 알은 월하와 하나가 된 듯 호흡을 하며 체온을 맞췄다. 월하의 얼굴에 자신도 모르게 미소가 서렸다.

만약 자신이 웃고 있다는 사실을 알게 된다면 월하는 깜짝 놀랄 것이다.

월하는 항상 그렇게 생각했다.

자신은 셋으로 나뉘어져 있다고…….

마음이 찢어지든, 눈물이 솟구쳐 오를 만큼 슬프든… 카메라가 돌아가면 언제나 환하게 웃으며 얌전한 척 내숭떠는 연예인으로서의 자신과 홀로 있게 되면 우울증과 함께 슬픔에

젖어드는 외톨이 자신, 그리고 마지막으로 라스트 월드 안에서 그 모든 울분을 토해내는 살인마 월하…….

그런데 라스트 월드 안에서 웃고 있다니.

더군다나 눈류를 만났을 때처럼 강자에 대한 희열이 끓어오른 상태도 아니었으며, 단지 알을 끌어안았을 뿐인데…….

월하는 두 눈을 감았다.

마치 아이를 밴 것 같은 느낌에, 여자로서의 모성 본능을 느끼며 자신이 웃음 짓고 있다는 사실도 모른 채…….

"에휴, 힘들었어."

"그러게."

시끌벅적한 술집.

그곳에서 한 남녀가 마주 앉아 웃음 어린 얼굴로 대화를 나누고 있었다. 바로 진은과 은진이었다.

"그래도 잘 막았으니 다행이지. 이제 21일은 푹 쉴 수 있으려나."

"아직 다른 라인들은 자리를 잡는 중이고, 동맹 요청만 없다면."

진은이 술잔에 술을 따르며 대답을 한 뒤, 목구멍으로 부드럽게 넘어가는 술을 느꼈다.

힘들게 치른 공성전에서 이겼기에 술 맛이 더욱 좋았다. 공성전 등 여러 가지가 추가로 업데이트되면서 이제는 공성전 도전을 받은 길드나 신청한 길드 모두 승패에 상관없이 공성

전을 끝내면 게임 시간으로 21일 동안은 더 이상 도전을 받지
도, 신청을 할 수도 없게 되었다.

'이제는 렙업 좀 해야겠어.'

공성전과 길드 관리, 그리고 은진과의 데이트 등으로 한동
안 업을 못한 진은이 다짐을 하는 그때, 술집의 낡은 문이 삐그
덕거리며 열렸다. 그리고 누군가가 둘에게 다가갔다.

검은색 로브를 걸친 황금빛 머리카락의 미소년! 키스였다.

"어어, 지쳐 보이는데?"

진은의 말처럼 키스는 곧 쓰러질 것 같은 피곤함이 얼굴에
가득했다. 음식을 통해 피로도는 없앨 수 있었지만 심적 피로
도는 어떻게 할 수 없었다.

"조금 힘들더군요."

자리에 앉은 키스는 진은이 따라주는 술을 받아 한 잔 시원
하게 마신 뒤, 로브의 소매로 촉촉한 입술을 닦았다.

길고도 긴 시간이었다.

레전드, 그리고 대마법사란 직업의 퀘스트!

정말 너무나 어려웠으며, 수없는 죽음과 고통을 느꼈다.

그러나 키스는 좌절하거나 쓰러지지 않은 채 퀘스트를 통과
했고, 이제 단 하나만을 남겨둔 상황이었다.

"어쩌겠어?"

또 다른 레전드인 진은이 이해한다는 표정으로 웃음과 함께
말하자 키스는 밝은 표정으로 고개를 끄덕였다.

정신적으로 피곤하고 지친 상태였지만, 퀘스트의 대부분을

깼다는 사실에 본인 역시 기분이 날아갈 듯 좋았다.

"그럼 이제 다 끝난 거야?"

"아니요."

키스는 고개를 저었다.

아직 진은에게는 가면의 기사와 관련된 퀘스트를 말하지 않았기에 진은이 궁금하다는 얼굴로 쳐다봤지만, 키스는 눈류에 관해서는 침묵을 지켰다.

처음 길드에 가입했을 때 은진에게서 충고를 들었기 때문이다.

혹시나 직업 때문에 가면의 기사와 관련된 일이 생기면 진은은 모르게 하라는.

그런 은진의 태도가 의아했지만 키스는 캐묻지 않았다. 이미 길드에 뿌리를 박은 이에게 잘못 보여봐야 좋을 것이 없다는 사실을 잘 알고 있었기에.

그런 이유로 인해 키스는 눈류에 관한 부탁을 진은이 아닌 라이트에게 한 것이었다.

"그런데 라이트 형은요?"

"아, 형님은 오늘 일이 있어서 접속 못한다던대."

"그래요?"

키스는 오히려 잘됐다고 생각했다.

당장이라도 눈류를 찾아 빨리 전직하고 싶지만, 게임 속은 물론 현실 속 자신도 졸음이 밀려오는 상황이기에 어차피 한 숨을 자야 했다.

그리고 내일은 일이 있어서 라스트 월드를 하기 힘든 상황.

"에휴, 전 피곤해서 이만 가볼게요. 그럼 두 분은 데이트 잘 하세요."

생각을 정리한 키스는 곧 자리에서 일어나 둘에게 인사를 한 뒤 술집을 빠져나왔고, 밖으로 나오자마자 인벤토리에서 무엇인가를 꺼냈다.

그런 키스의 손에는 나침반 같은 물체가 빛을 뿜어내고 있었다. 그것을 손에 쥔 채 지도를 소환시키자 무한의 대지에서 붉은빛이 번쩍거렸다.

'다행이야.'

사실 퀘스트를 하면서도 눈류를 어떻게 찾아야 할지 고민이 가득했다.

눈류의 아이디를 알기에 음성 채팅을 할 수 있었지만 문제는 어떤 핑계로 그를 만나냐는 것이었다. 솔직하게 퀘스트로 인해 당신을 죽여야 한다고 할 경우 눈류가 응해줄 수도 있지만, 항상 만약의 경우가 존재하는 법이니.

그래서 키스는 고민에 싸여 있었는데, 퀘스트가 끝나는 순간 받게 된 이 물건으로 인해 고민은 눈 녹듯 순식간에 사라졌다.

'기사의 위치를 알려주는 마법 도구라.'

키스의 입술이 차갑게 비틀어졌다.

그리고 곧 현실의 자신이 꾸벅꾸벅 졸기 시작한다는 것을 깨달으며 로그아웃을 하였다.

―부활을 선사하셨습니다. *995/1,000*
―축복을 선사하셨습니다. *996/1,000*

"크크크크."

눈류의 신형이 비틀비틀거렸다.

그와 동시에 눈동자는 풀렸으며, 입에서는 침을 질질 흘리고 있다.

현실에서 밀려오는 극악한 졸음과 함께 이제 얼마 안 남았다는 기쁨으로 인해 발휘된 짐승 모드!

그런 눈류의 두 눈동자에는 광기마저 번뜩거렸고, 정신이 깊은 나락으로 빠지는 것을 느끼며 더욱 빠르게 몸을 움직였다.

"크으으윽!"

타타타타탁!

"축복!"

―축복을 선사하셨습니다. *997/1,000*

"고, 고맙습… 커헉!"

"크크크."

갑작스런 힐에 그가 그 유명한 구원자란 사실을 알아차리고 고마움을 표하려던 한 유저는 온몸에 소름이 돋는 것을 느끼며 한 발짝 뒤로 물러섰다.

이제는 졸음으로 인해 눈에서 검은자위가 거의 사라진 눈류!

그 모습은 흘러내리는 침과 함께 조화되어 몬스터보다 더욱 큰 공포를 선사하였다. 유저는 결국 비명을 지르며 도망을 쳤다.

미친놈! 죽이기 위해 살려주는 것이 분명해!

"저기다!"

"컥!"

유저는 이젠 울상이 되어버렸다.

눈류가 바로 뒤에서 빠른 속도로 쫓아왔기 때문이다.

"사, 사람 살려!"

결국 주변 유저들에게 도움까지 요청하는 유저.

하지만 눈류는 전혀 신경 쓰지 않으며 그 유저를 스쳐 지나가 바로 앞에 있는 다른 유저에게 축복을 선사하였다.

—축복을 선사하셨습니다. *998/1,000*

'이제 남은 숫자는 둘!'

몇 발짝 뛰면 되는 거리였고, 하필이면 겁에 질린 유저가 그쪽으로 달려가는 바람에 생긴 오해! 그러나 유저는 오해를 풀기도 전에 로그아웃을 하였으며, 잠시 후 라스트 월드 게시판에는… 미친 구원자라는 제목의 게시물이 올라왔다.

Part 7
딸랑딸랑 진하

'으으으으윽!'

진하는 오랜만에 깊게 잠이 들었다가 깨어나면서 힘껏 기지개를… 켜고 싶었으나 무엇인가가 걸리는 느낌에 감겨 있던 두 눈을 떴다.

'왜 이렇게 몸이 무겁지?'

아프지도 않다. 그런데 무엇인가가 꽉 누르고 있는 듯 숨쉬기가 힘이 들었으며, 한 손을 겨우 움직여 두 눈에 붙은 눈곱을 떼고 자신의 몸을 바라보자 그 이유를 알 수 있게 되었다.

드르릉! 드르릉!

바로 곁에서 들리는 맑고 고은 소리.

진하는 길게 한숨을 내쉬며 자신의 배에 걸쳐진 은하의 다리를 쳐다봤다. 그리고 심각한 고민에 빠져들었다.

도대체 얘가 왜 내 몸 위에서 자고 있는 것일까? 그리고 내 입술에 닿은 이 새하얀 발은 왜 길을 잃고 방황하는 것일까.

어제 저녁 늦게 은하가 친구들을 만나러 간 사실을 떠올린 진하는, 그녀가 술에 많이 취해서 방을 착각했다는 것을 알아차릴 수 있었다.

'녀석… 살다 보면 그럴 수도 있지.'

동생이 방을 착각한 것도, 자신의 배에 다리를 올린 것도, 자신의 얼굴에 발을 문대는 것도 용서한다는 듯한 자비로운 표정!

진하는 얼굴 가득 웃음을 띤 채 은하의 다리를 조심스럽게… 집어 던졌다.

그리고 황급히 물티슈로 얼굴을 닦는다.

잠시 잊고 있었던 것이다. 얼마 전에 은하가 무좀에 걸렸다는 사실을!

철퍽!

"……."

무좀 테러 사건에 경악하며 자리에서 일어선 진하, 발밑에서 느껴지는 몰캉한 느낌에 조심스럽게 아래를 내려다본다.

아니겠지, 아니겠지… 그래, 아니야!

하지만 세상은 그에게 자비를 베풀지 않았고, 진하는 은하가 술을 마셨다는 증거물을 눈으로 확인할 수 있었다.

얼마 후, 진하의 방에서 괴로움 가득한 비명이 터져 나왔지만 은하는 여전히 달콤한 잠에 빠져 있을 뿐이었다.

지글지글, 타타타탁.
'이 못된 계집애.'
촉촉이 젖은 머리카락의 진하가 소시지와 달걀을 프라이팬
에 구우면서 연신 투덜거렸다. 열심히 방을 치우고 샤워까지
하고 왔지만 은하는 잠에서 깨지 않았고, 배나 채울 생각으로
요리를 하는 중이었다.
"으음, 냄새가 좋네."
노릇노릇하게 잘 구워진 소시지와 달걀을 보며 미소를 짓는
진하. 아직 음식을 먹기도 전이었지만 냄새만으로도 충분히
기분이 좋아졌다. 곧 푸른색 접시를 꺼내 먹음직스럽게 소시
지와 달걀 프라이를 담았다.
위에 바비큐 소스도 뿌렸다!
'아참, 젓가락!'
막 거실 테이블에 접시를 올려놓고 허겁지겁 먹으려던 진
하.
자신이 맨손이라는 사실을 깨달으며 다급히 주방으로 향해
젓가락을 챙겼다. 그런데……
'켁!'
진하는 눈을 비볐다.
없어졌다! 자신의 아침 식사가 감쪽같이 사라진 것이다!
휙! 휙!

황급히 고개를 이리저리 돌리며 범인을 찾는 진하. 곧 표정
이 굳어진다.

"으음, 맛있네. 아, 속도 안 좋은데 라면은 없어?"

"……."

"아니다. 이거 먹고 다시 자야겠다. 오빠, 수고해."

"……."

부들부들.

온몸이 사시나무처럼 떨리기 시작했다.

무좀 테러, 오바이트 지뢰, 그것도 모자라 이제는 음식 강탈
까지!

범죄로 쳐도 일급 범죄!

진하는 한 손에 젓가락을 든 채 은하의 방 앞으로 달려가 방
문을 벌컥 열었다!

"이 계집애야! 내가 네 봉……."

"……."

진하와 은하의 두 눈이 딱 마주쳤다.

그리고 속옷 차림의 은하는 말없이 간편한 옷으로 갈아입었
고, 예상 못한 상황에 아직도 얼어 있는 진하에게 다가가 웃는
얼굴로 거침없이 하이킥을 선사했다.

"변태."

"……."

당하고도 맞는 오빠의 인생이었다.

굳게 잠긴 은하의 방문을 서러운 눈으로 한참이나 쳐다보다, 재차 요리를 해 방으로 들어온 진하는 컴퓨터를 켜서 라스트 월드 홈페이지에 들어갔다. 게임만 플레이하는 것도 나쁘지는 않지만, 이렇게 가끔씩 접속해 여러 정보를 알아두는 것도 도움이 되기 때문이었다.

"으음, 이런 방법도 있었군."

진하는 고개를 끄덕이며 여러 팁들을 확인했다. 사냥, 그리고 퀘스트, 또 사냥을 하면서도 라르크를 많이 모으는 방법 등등. 그리고 공성전에 관련된 동영상 몇 개를 관람했고, 전직을 마친 후에 할 계획인 펫 퀘스트에 대한 정보들도 찾아봤다.

그러다가 나오기 직전, 문득 자신의 구원 퀘스트가 떠올라 제목+내용 검색에 무한의 대지를 쳤는데, 그것이 화근이었다.

무한의 대지와 관련된 글들은 참으로 많았다.

그런데 그중 진하의 눈을 사로잡는 것이 있었으니, 바로 미친 구원자!

진하는 이건 뭐냐? 란 생각과 함께 실소를 하며 글을 클릭했다.

그리고 내용을 하나하나 읽어보면서 급속도록 표정이 딱딱하게 굳었다.

아무리 보고 또 봐도 분명 자신에 관한 얘기!

진하는 다른 내용들도 빠르게 찾기 시작했다. 그 글로 인해 자신이 구원자라 불리는 것을 알았다. 그래서 검색으로 찾는 것도 더 쉬워졌다.

"커헉!"

시시각각으로 변하는 진하의 표정.

좋은 글도 있었지만 나쁜 글도 있었다. 억울하고 억울했다. 퀘스트로 인한 것이지만 그렇게나 많은 유저들을 구해줬는데 이런 취급을 받다니! 비록 어제 너무나 졸려서 남은 두 명은 자신이 직접 팬 다음 치료를 했지만, 그래도 억울했다!

'역시, 사람은 너무 착하게 살면 안 돼!

이전 가면의 기사 전직 때, 빛과 어둠 중 어둠을 선택한 진하였다. 강해져야 하는데 다른 이들에게 도움이 되는 능력은 불필요하다는 판단 때문이었다. 그런데 이번 일까지 겹치니 그런 생각이 확고해졌다.

"나는 이제 나쁜 놈이 되겠어!"

평소에도 그다지 착한 놈은 아니었다는 사실을 망각한 채 굳게 다짐하는 진하. 그때 휴대폰이 울려 전화를 받았다가 들려온 큰 목소리에 살짝 인상을 찌푸렸다. 바로 기적이었다.

"행님! 지금 뭐 하십니꺼?"

"이제 게임하려고."

"음, 그래예? 오늘은 쉬면 안 됩니꺼?"

"왜?"

"아, 짐 은정이하고 선예랑 스포츠 센터 왔지 않습니꺼. 행님도 오시면 좋을 텐데예."

문득 이유가 궁금했던 진하는 단번에 거절한다.

안 그래도 운동은 도장에서 꾸준히 하려고 노력하는 자신이었다.

물론 그 결심이 잘 지켜지지는 않았지만.

"난 그냥 게임이나……."

"음, 그래예? 그럼 어쩔 수 없지예. 근디 말입니더."

"어?"

"어제 몇 번 죽어봤는데 스텟 안 오르던디요?"

"쿠, 쿨럭……."

사색이 되는 진하의 얼굴.

설마 진짜로 실험해 봤을 줄이야.

"그리고 선예가 많이 힘들어하는디… 아무리 티 안 내려고 해도 저희 사랑이 워낙 넘치지 않습니꺼? 그리고 행님이 왔으면 하는 눈치이고예. 뭐, 선예가 상관없다면 안 오셔도 됩니더. 행님이 그리 냉정한 사람인지는 몰랐지만예… 그리고 은정이가 아는 언니에게 공짜 쿠폰을 받은 거라 한 장 남았는디… 그리고 오시면 어제 구.라. 치신 거 넘어가려 했는디……."

"……."

실소를 흘리는 진하.

둘 사이에서 괴로워하는 선예의 모습이 안 봐도 비디오였다.

더불어 공짜 쿠폰이 상당히 땡겼다. 스포츠 센터는 여러 운동을 종합적으로 할 수 있다는 장점도 있었지만 돈까지 내면서 하고 싶지는 않았기에 안 갔던 곳이다. 그리고 어제의 일도 그냥 넘어가준다고 하지 않는가!

'좋아.'

그럼에도 퀘스트를 빨리 깨고 싶어서 잠시 망설이던 진하는 자신의 몸을 한 번 쳐다보다가 결심을 굳혔다. 라스트 월드에 시간을 많이 투자한 만큼 몸의 상태가 이전보다 좋지 않았다. 가끔은 운동만 하면서 하루를 보내는 것도 나쁘지 않을 것이란 생각이 들었다.

"알았다. 간다, 가."

"알겠습니더!"

기적의 밝은 목소리를 들으며 전화를 끊은 진하는 외출을 하기 위해 옷을 갈아입었고, 운동복을 챙긴 다음 컴퓨터를 끄려다가 다시 로그인을 하였다. 그리고 미친 구원자란 게시물에 자신을 칭찬하는 코멘트를 남기고는 뿌듯한 얼굴로 밖으로 나섰다.

잠시 뒤, 진하가 남긴 코멘트에 댓글이 달렸다.

시니is: 네놈이 그놈이지?

쿠폰을 주기 위해 입구까지 내려와 있던 기적을 만난 진하는 계산을 하고 2층으로 올라갔다. 2층에는 찜질방도 있었는데, 선예와 은정이 그곳에서 기다리고 있기 때문이었다.

"오빠!"

진하를 발견한 선예가 반가운 얼굴로 그를 맞았다. 그리고

은정 역시 진하에게 인사를 한 뒤, 기적의 품에 찰싹 달라붙었
다.

만나자마자 심기를 불편하게 만드는 염장!

진하는 선예의 새하얀 두 손을 꼬옥 잡아주었다. 자신이 없
는 사이 저 눈과 정신에 피로를 주는 염장을 견딘다고 얼마나
힘들었을까! 왠지 얼굴이 수척해진 것 같다!

"이제는 나만 믿어!"

앞의 생각을 다 잘라 버리고 말하는 진하.

도통 무슨 뜻인지 알 수 없었지만, 어쨌든 듣기 좋은 말이었
기에 선예는 행복한 웃음과 함께 고개를 끄덕였다. 그리고 곧
기적의 제안에 모두는 지하 1층에 자리한 수영장으로 내려갔
다.

"행님, 이거 입으세예."

남자 탈의실에 들어온 진하는 일자 눈동자가 되어 기적을
빤히 쳐다본다.

기적은 물론 은정과 선예도 수영하고 싶다고 해서 오게 되
었지만, 진하는 운동복만 챙긴 터라 수영복이 없었다. 그렇다
고 팬티를 입고 수영할 수도 없었기에 일회용 수영복을 사려
고 하는데, 기적이 자신의 것까지 챙겨 왔다며 수영복을 내민
것이다.

"넌 이게 좋다고 생각하니?"

기적이 건넨 수영복을 입은 채 한참이나 기적을 노려보던
진하는 겨우 말문을 열었다. 그러자 전혀 사심 없는 얼굴로 엄

지손가락을 치커세우는 기적.

"하모예! 제 눈엔 최고인디예?"

"……."

진하는 거울 속의 자신을 바라봤다.

삼각형 수영복까지는 좋다. 그런데 너무 타이트하다!

정말 미성년자가 관람하면 안 될 만큼 딱 달라붙어 있었고, 그것도 모자라 핑크색!

"정말… 이게 멋지냐?"

진하는 끓어오르는 분노를 참으며 기적에게 재차 물었다.

기적과 수영장을 간 적이 한 번도 없기에 녀석이 어떤 수영복을 좋아하는지는 알 수 없다. 하지만 이 수영복은 완전히 자신을 놀리기 위한 것이 아닌가! 세상에, 이렇게 자극적인 핑크색이라니!

"이게 정말 멋……."

거울을 쳐다보다 화를 내며 뒤돌아선 진하는 말을 채 끝내지 못하며 한 걸음 주춤 물러섰다. 기적의 수영복을 봤기 때문!

'컥… 저, 저놈, 정말로 이게 멋지다고 생각하는 것인가!'

자신의 것과 차이가 없는 타이트함! 그리고 붉은색!

기적은 정말 영문을 모르겠다는 표정으로 되묻고.

"행님, 안 멋집니꺼? 지는 이런 게 좋던디예. 수영은 노출 아닙니꺼! 최대한 다 드러내야지예!"

'너무 드러내잖아!'

진하는 체념한 얼굴로 자신이 입은 수영복을 벗는다.

비록 현실의 기적이 덩치가 큰 편이고, 근육보다는 단단한 살로 이루어진 몸이라 썩 보기 좋지는 않았지만 자기가 이런 스타일을 좋아한다는데 뭐라고 할 수 없었다.

그러나 자신마저 이런 수영복을 입을 수 없었고, 결국 일회용 사각 수영복을 구입한 뒤 기적과 함께 수영장으로 향했다.

"아, 차가워!"

"히히. 나 잡아봐라!"

"야야, 너무 깊이 들어가지 마!"

수영장 안에는 많은 사람들이 있었다.

날씨가 쌀쌀한 계절이었지만, 운동을 위해 혹은 수영을 즐기기 위해 많은 이들이 찾은 상황.

"어머, 저 사람 좀 봐."

"웬일이야? 푸훗."

"워메, 저 총각 참 자극적이네."

"……."

선예와 은정이 아직 나오지 않았다는 사실을 확인한 진하는 기적과 함께 준비운동을 하다가 주변에서 들리는 말에 한숨을 내쉬었다. 자신은 살짝 헐렁한 사각 수영복을 입었기에 절대 자극적이지 않을 것이다. 그렇다면 원인은 단 하나! 진하의 눈빛이 곁에서 열심히 준비운동을 하고 있는 기적에게로 향한다.

열심히 허리를 돌리고 있는 기적!

그 모습에 많은 이들이 힐끔대며 수군수군거렸고, 일부의 아줌마들은 아예 대놓고 쳐다봤다. 몇은 박수도 쳤다!

슬금, 슬금.

결국 진하는 창피함을 이기지 못한 채 기적의 곁에서 조금씩 멀어졌다.

풍덩!

그러다 물에 뛰어들었고, 온몸을 감싸 안는 서늘한 감촉에 몸을 살짝 부르르 떨었다. 기분이 좋았다. 여름 때는 게임에만 빠져 있어서 제대로 된 휴가도 못 갔다. 평소 물을 좋아하면서도 말이다.

"행님! 비키소!"

그때 기적의 큰 외침이 들렸고, 진하는 뒤로 고개를 돌렸다. 그리고 볼 수 있었다. 자신을 잡아먹을 듯 날아오는 육중한 기적을!

푸우우우덩!

폭탄이라도 떨어진 듯 큰 물결이 일어났다.

"커헉!"

"어억!"

곧 수면 위로 고통스런 표정의 진하와 기적이 모습을 드러냈다.

진하는 기적에게 덮침을 당해, 기적은 물과 배치기를 해서!

"자기야!"

"오빠!"

진하는 주먹에 힘줄이 솟는 것을 느끼며 기적을 두들겨 패려다가, 마침 들려온 은정과 선예의 목소리에 애써 웃음 짓는 얼굴로 고개를 돌렸다. 그곳에는 붉은색 비키니를 입은 은정과 피부와 잘 어울리는 새하얀 비키니를 입은 선예가 있었다. 그 둘의 모습이 얼마나 아름다운지 기적은 침까지 질질 흘렸으며, 진하 역시 쉽게 눈을 떼지 못했다.

이런 반응은 둘을 쳐다보게 된 모든 남자들도 마찬가지였는데, 그 이유는 간단했다.

이 세상에 예쁜 여자는 많다. 그리고 몸매가 좋은 여자도 많다. 하지만 예쁘면서 몸매가 좋은 여자는 많지 않으며, 예쁘면서 몸매가 좋고 어린 여자는 더욱 적었다. 마지막으로 그런 여자들을 수영장에서 볼 수 있는 기회는 아주 드물었다.

그리고 가장 큰 이유는… 남자가 바로 본능에 충실하기 때문이다.

"어때요?"

그런 주변의 반응은 전혀 신경 쓰지 않으며 선예가 조심스럽게 진하를 향해 물었다. 처음 보여주는 비키니를 입은 모습. 부끄러움으로 인해 얼굴이 붉어졌지만, 진하가 좋아했으면 좋겠다고 생각했다.

"예쁜데."

"오빠도 멋져요. 헤헤."

진하는 솔직한 심정으로 대답했고, 선예 역시 자신의 생각을 전달했다. 비록 진하가 물에 들어가 있어 허리 위로만 보였지만, 세세하게 잘 자리 잡은 근육은 몸짱이 부럽지 않을 정도였다.

"내려와."

진하는 선예가 물속으로 들어올 수 있도록 손을 내밀어주었고, 진하의 큰 손을 잡은 선예는 발가락부터 밀려오는 시원함에 기분 좋은 표정을 지으며 물 안으로 들어갔다.

촤악, 촤악!

진하는 힘차게 손을 뻗으며 맞은편 벽까지 왕복을 한 뒤 고개를 들었다. 그러자 머리카락이 찰랑거린다. 옛날에는 수영장에 들어갈 때 항상 수영모를 써야 했지만 8년 전에 개발된 스프레이 때문에 이제는 그러지 않아도 됐다.

스프레이를 뿌릴 경우, 2시간 동안 머리카락이 빠지지 않게 해주는 효과가 있기 때문이었다. 그러면서도 머리카락이 부드러움을 그대로 유지하기에 불편함도 없었다.

"이야! 행님, 수영 잘하시네에!"

그런 진하를 보며 기적이 말하자 은정과 선예는 고개를 끄덕였다.

"그냥 하는 거지 뭐."

오랜만에 하는 수영에 기분 좋은 얼굴로 대답하는 진하.

사실 진하는 수영을 잘하는 편이었다. 운동으로 단련된 그였기에 튼튼한 육체에 다른 운동을 배울 때도 감각이 탁월했다. 물론 오래 배운 것이 아니기에 선수들만큼 잘하는 것은 아니었지만.

"행님, 지랑 내기할까예?"

"에?"

"자기?"

기적의 갑작스런 제안에 진하는 물론 은정 역시 놀란 표정으로 말문을 열었다. 수영을 하며 놀기 시작한 지 30분째였는데, 기적의 수영 실력은 그렇게 뛰어난 편이 아니었기 때문이다. 아니, 오히려 못하는 수준이었다. 그런데 누가 봐도 잘한다고 생각할 수 있는 진하에게 내기를 하자니?

"그냥 재미로 함 해보잔거지예. 지는 사람이 밥 쏘기 합시더!"

"그러지, 뭐."

자신의 입장에서는 전혀 손해 볼 내기가 아니었기에 승낙하는 진하. 그러나 은정은 100% 진다고 확신해서인지 잠깐 웃는 얼굴로 진하의 눈치를 살피더니, 고개를 돌려 기적을 구박하기 시작했다.

"왜 그래?"

진하가 듣지 못할 만큼 작은 목소리.

"히히. 나만 믿으라."

"어?"

은정은 기적의 표정을 바라보다 고개를 끄덕였다.

봤기 때문이다. 얼굴 가득 차 있는 자신감을!

"오빠, 힘내요!"

“응. 맛있는 것 사줄게.”

“네!”

선예의 응원을 받으며 진하는 바로 옆에 있는 기적을 쳐다 봤다. 원래 다른 라인에서 하려고 했지만 다른 사람들에게 피 해를 줄 수 있지 않겠냐는 기적의 말 때문에 한 라인 속에서 시 합을 하게 되었고, 기적이 미리 다른 사람들에게 큰 목소리로 양해를 구했기에 현재 둘이 대기를 하고 있는 라인은 텅텅 비 어 있는 상태였다.

“누가 이길까?”

“글쎄, 잘생긴 사람이 이기지 않겠어? 몸 보니까 운동도 많 이 한 것 같던데.”

“아냐. 저 덩치 큰 사람도 뭔가 있으니 하는 것이 아닐까?”

“그래? 우리 내기할래?”

“좋아!”

수영을 즐기던 사람들이 둘을 주시하며 대화를 주고받았다. 언제나 이런 내기는 사람들에게 즐거운 구경거리였다.

더군다나 꽉 끼는 수영복의 기적과 잘생긴 진하, 그리고 둘 을 응원하는 두 미녀! 수영장에 들어설 때부터 이성들의 관심 을 받던 그들이었기에 지금은 더 많은 이들이 지켜보고 있었 다.

“준비!”

은정의 목소리와 함께 진하는 ‘쉽’ 하며 호흡을 조절했다. 그러면서 기적을 힐끔 쳐다봤는데 뭔가 찝찝했다.

자신의 실력을 알면서도 도전하다니? 그렇다고 기적이 밥 사주는 것을 즐기는 놈도 아니었다. 그리고 저 자신만만한 표정!

'뭔가 있다!'

마치 내기 당구를 칠 때 자신의 점수를 속이고 치는 사람과 붙는 기분.

하지만 이제와 물리기에는 진하의 자존심이 용납하지 않았고, 곧 은정의 신호와 함께 둘은 물속으로 몸을 날렸다.

첨벙! 첨벙!

차악! 차악!

진하는 거침없이 손을 놀리며 빠르게 전진했다.

때에 맞춰서 호흡을 하였으며, 발 역시 가만있지를 않았다.

스스로가 생각하기에도 지금까지 수영을 한 것 중 가장 빠른 속도라고 믿어 의심치 않았다.

그러던 진하는 설마… 하는 생각과 함께 고개를 돌렸다. 그리고 두 눈이 동그래졌다.

'컥!'

기적은 예상과 달리 대단한 속도를 보여주고 있었다.

조금 전 개헤엄을 치던 기적의 모습은 온데간데없었고, 넓은 폐활량을 자랑하는 듯 단 한 번도 밖으로 고개를 들지 않은 채 오로지 잠수만으로 전진하고 있었다.

진하와 비슷비슷한 속도!

'이 자식!'

진하는 그때서야 기적이 왜 시합을 하자고 했는지 알 수 있었다.

저런 잠수 실력을 가지고 있으면서도 일부러 보여주지 않고 자신을 방심하게 한 뒤, 밥을 뜯어먹으려는 고단수 사기!

'질 수 없다!'

깜짝 놀라는 바람에 페이스가 잠시 흐트러졌지만, 진하는 이를 악물며 더욱 속도를 올렸다. 그때 기적은 고개를 내밀어 숨을 크게 들이마신 뒤, 재차 잠수로 반대편을 향해 가려는 순간이었고, 진하 역시 빠르게 턴을 했다.

차아! 차아!

지칠 줄 모르고 더욱 활발한 진하의 팔.

그러자 진하가 조금씩, 아주 조금씩 기적을 앞서기 시작했다.

이제 도착점까지 얼마 남지 않은 상황!

"오빠! 힘내요!"

"자기야, 지면 뒤져!"

"우아! 미남 파이팅!"

"덩치, 나 돈 걸었단 말이야!"

그 모습에 사람들의 응원 역시 뜨거워졌고, 조금씩 앞서가는 진하를 확인한 뒤 당황하던 기적의 눈빛에 결심이 서렸다!

덥썩!

'커억!'

진하는 거품을 꼬르륵 내며 기적을 쳐다봤다. 어이가 없었

다. 바로 옆에서 조금씩 뒤로 처지던 기적이 자신의 배를 부여
잡았기 때문이다.

'죽을래!'

눈빛으로 자신의 뜻을 날리는 진하.

그러나 기적은 그 시선을 외면했다. 자신만 믿으라고 했던
은정에게 승리를 주고 싶었다. 비록 반칙을 했다 할지라도.

"푸하!"

"푸하!"

호흡이 막힌 둘은 동시에 물 위로 올라와 숨을 한 번 크게
내쉬었다.

"야, 이거 안 놔!"

"행님, 반칙은 하라고 있는 겁니더!"

기적의 억지 가득한 발언!

그 순간 진하는 고개를 끄덕였다.

"오, 그래? 한번 해보자, 이거지?"

맷집으로는 밀리겠지만, 나머지 부분은 모두 자신있는 진하
였다. 그런데 힘으로 도전을 해? 그래, 죽여주마!

진하는 결심과 함께 기적을 덮쳐 버렸고, 수영에서 갑자기
레슬링으로 바뀐 둘을 보며 구경을 하던 사람들은 웃음을 터
뜨렸다.

만약 정식 시합이었다면 비난이 난무했겠지만, 아는 사이끼
리 반칙도 할 수 있지! 라는 생각이었고, 이 유치한 시합의 승
리자가 누가 될지 기대 가득한 얼굴이었다.

퍼어억!

"켁! 해, 행님, 반칙입니더!"

진하의 무릎에 급소를 공격당한 기적이 게거품을 물며 소리쳤다.

"반칙은 하라고 있다며?"

당한 대로 갚아준 진하는 웃음과 함께 얼마 남지 않은 도착점을 향해 몸을 날리려는데…….

풍덩!

고통을 참으면서 다시 진하의 허리를 잽싸게 끌어안은 기적.

둘은 물속으로 빨려 들어갔고, 진하는 발길질로 기적의 얼굴을 걷어찼다.

결국 기적은 뒤로 밀려났고, 진하는 웃는 얼굴로 선예의 뒤편에 있는 벽을 터치했다.

"헤엑, 헤엑. 힘들어."

"푸훗. 오빠, 잘했어요!"

선예는 둘의 어린아이 같은 모습이 귀여워 혀를 살짝 내밀며 괴로워하는 진하의 어깨를 토닥거리며 사랑스런 미소를 보냈다.

"으랍차!"

진하는 곧바로 난간 위에 몸을 걸친 뒤 올라갔다.

소시지와 계란으로 가볍게 배를 채운 상태였기에, 밥을 먹기 위해 수영장 밖으로 나가려는 생각이었다.

"해, 행님!"

"어, 어어어어!"

"왜, 웬일이야!"

"꺄아아아!"

진하는 밥 먹으러 가자고 말을 하기 위해 돌아서다 기적의 외침과 함께 갑작스런 소란에 고개를 갸웃거린다.

선예는 얼굴이 새빨개진 채 자신과 눈이 마주치자 물 안으로 들어가 버렸고, 은정은 양손으로 얼굴을 가리고 있었지만 눈동자 부분은 살짝 손가락을 벌려 자신을 바라보고 있었다. 그러면서도 비명을 지른다!

그 외 다른 사람들의 반응도 대체적으로 비슷한 상황.

일부 아줌마들은 엄지손가락을 치켜세우며 감탄한 표정!

찰나의 순간에 재빠르게 둘러본 진하, 그의 얼굴이 급작스럽게 일그러졌다. 그와 동시에 설마 설마 하며 기적을 쳐다봤다.

살랑… 살랑…….

애써 시선을 외면한 채 무엇인가를 흔들고 있는 기적.

그것은 바로 진하의 헐렁하던, 그래서 마지막 발길질과 함께 밀려나던 기적의 손에 의해 벗겨진 사각 수영복이었다!

"……."

많은 사람들은 반 시체가 되어 풀장을 둥둥 떠다니는 기적을 볼 수 있었다.

"행님, 기분 푸세예! 밥 지가 살게예!"

"오라버니, 기분 푸, 푸세요!"

1층 식당으로 올라가 자리를 잡고 앉은 기적과 은정은 아직도 까칠한 표정으로 노려보는 진하의 기분을 풀어주기 위해 노력했다.

그것은 선예도 다르지 않았고, 진하는 한숨을 내쉬었다.

몇 명인지 세기도 힘들었다.

그 많은 사람들 앞에서, 더군다나 선예와 은정도 보지 않았던가!

정말 쥐구멍이라도 있다면 숨고 싶은 마음이었고, 둘을 쳐다보기도 민망했다. 비록 남다른 자신감(?)이 있는 곳이었지만 창피한 것은 어쩔 수 없다.

"하아, 됐다. 밥이나 먹자."

결국 진하는 체념하며 손을 저었다.

이미 벌어진 일, 화내봐야 뭐 하겠는가.

착한, 그래서 항상 손해 보고 사는 자신이 참으면 되는 일!

기적의 얼굴을 가득 채운 검버섯 같은 멍들이 이미 그가 충분히 화냈다는 것을 보여주고 있었지만, 진하는 자신의 이해심은 노벨 이해상을 받아야 된다 생각하며 수저를 들었다.

그런 진하의 모습에 모두는 안도의 한숨을 내쉬었다.

겉으로 내색하지는 않지만 충분히 알고 있었다. 소심함의 지존!

그런데 생각보다 빨리 풀게 되었으니 천만다행.

하지만 그 순간이었다.

30대 중반쯤으로 보이는 한 여자와 이제 막 5살이 된 것 같은 꼬마가 식당 안으로 들어왔다. 그런데 진하와 일행들 옆을 스쳐 가던 꼬마가 고개를 갸웃거리다가 밝은 표정이 되어 큰 목소리로 외쳤다.

"우와, 딸랑딸랑 아저씨다!"

식당에 있던 손님들은 피투성이가 되어 진하의 손에 질질 끌려 나가는 기적을 볼 수 있었다.

Part 8
지옥

"오늘 공성전이 있다던데 관람이나 할까?"

"아, 맞다. 오늘이지. 어디더라?"

"라츠 길드가 도전하잖아."

"그냥 새 성 먹으면 좋을 텐데, 사서 고생이네."

"음, 기존 길드들이 좋은 성을 먹었으니 자기들도 노른자위를 먹고 싶은 거지."

공성전의 경우, 각 마을마다 존재하는 거울의 관리인에게 돈을 내면 직접 참여하지 않아도 생생한 현장을 느낄 수 있었다.

비록 소정의 돈이 들어가지만 관리인을 통해서 보는 공성전은 인터넷의 동영상과는 비교가 되지 않는 수준이다. 자신이 직접 유령과 같은 존재가 되어 현장을 지켜보는 것이기 때문이다.

오늘은 라츠 길드가 지라크 길드에게 공성 신청을 한 날이었기에 많은 유저들이 관심을 가지고 있었다.

체제가 바뀐 이후 레벨 300이 넘는 길드 마스터를 필두로 한 여러 길드들이 공성전을 하였지만 NPC들이 관리하는 성이 아닌, 기존 길드들이 장악하고 있는 성에 도전을 하는 경우가 몇 없었기 때문이다. 게다가 성의 장악에 성공한 경우는 단 한 번도 없었다.

그렇기에 대부분이 조금 더 쉬운, 아직 그 누구에게도 점령당하지 않아 NPC들이 지키고 있는 성을 노리지 강력한 힘을 자랑하는 기존 길드에 도전하지 않았다.

물론 기존 길드들이 차지하고 있는 성들이 대부분 많은 유저들이 왕래하는 곳이기에 얻게 될 경우 조금 더 큰 혜택을 가질 수 있겠지만, 넘기에 힘겨운 산임은 분명했다.

그런데 라츠가 기존 길드인 지라크에게 도전장을 내민 상태였고, 잠시 후 시작을 앞두고 있었다.

'후우, 할 수 있을까?

라츠 길드의 마스터 히에리는 불안한 마음을 감추며 대기하고 있는 길드원들을 바라봤다. 현재 공성전을 위한 준비로 자신을 포함 300명의 라츠 길드원들과 동맹 길드 300명, 그리고 용병 300명을 모집한 상태였다. 그리고 용병 중에서 일반 유저는 100명이었다.

마음 같아서는 일반 유저들로 300명의 용병을 채우고 싶었지만, 도움이 되고 필요한 레벨일 경우 높은 몸값을 불러서 쉽지 않았다.

NPC용병의 경우 레벨은 200이었으며 몸값은 3만 라르크였다. 한 명당 3만 라르크. 어찌 보면 큰돈이 아닐 수 있다. 하지만 300명을 모은다면? 900만 라르크였다. 그것도 최소로 계산할 경우였다. 다행스럽게 자신은 동맹 길드를 구할 수 있었지만, 만약 동맹 길드도 구하지 못했다면 용병 비용으로만 1,800만 라르크가 드는 것이다.

그렇다고 용병을 안 쓸 수도 없었다. 공성전에서 특별한 전략은 존재하지 않는다. 이곳은 현실이 아닌 게임이기 때문이다. 한쪽은 공격, 한쪽은 방어. 그것이 전부였다. 물론 조를 꾸릴 때 직업들의 조합 등등 간략한 전술은 존재하지만 전체적인 틀은 공격과 방어라는 것이다.

그런데 수가 부족하다면? 밀리는 것이 당연했다. NPC용병으로 가득 채워도 불안함은 감출 수 없었다. NPC용병의 경우 레벨은 200이지만 보통 일반 레벨 200의 유저보다 약한 편이기 때문이다. 그나마 길드원들의 도움으로 일반 유저 100명을 용병으로 모은 상태였다.

라츠는 자신의 손과 발이 될 이들을 바라보다 성을 향해 고개를 돌렸다. 그는 허공에 뜬 카운트다운을 노려보며 이를 악물었다.

이제 공성전 시작까지 남은 시간은 1분.

가슴이 두근거리고 피가 끓어오른다.

"모두 버프를 시작해라!"

히에리의 큰 외침!

그러자 수많은 마법사들이 자신들의 조에 편성된 이들에게 버프를 선사하였다.

'히야, 대단하군.'

라츠 길드 진영에서 버프를 시작하자, 그곳에 서 있던 한 남자가 눈앞에서 펼쳐지는 멋진 광경에 속으로 감탄을 했다.

바로 앞에서 900명이 버프를 주고 받고 있다.

버프의 빛들로 인해 눈도 뜨기 힘들 지경!

온통 붉은색 일색인 남자는 바로 눈류였다.

'좋아.'

눈류는 자신의 몸에 들어오는 버프를 확인하며 검을 힘주어 잡았다. 이제 곧 12시간 동안의 기나긴 전쟁이 펼쳐질 것이고, 수많은 유저들이 죽었다가 부활할 것이다. 그것이 바로 눈류가 노리는 것이었다.

눈류는 기적을 반 살해한 뒤 집으로 돌아와 퀘스트에 관한 많은 고민을 했었다.

유저들을 죽여야 하나, 그래서 악성을 쌓이게 놔둬야 하나.

그러던 어느 순간 눈류는 공성전을 떠올리고는 바로 결심했다.

공성전!

사람을 죽여도 악성이 생기지 않는다. 아니, 오히려 명성이 1 쌓이게 된다. 물론 죽이지 못하고 죽으면 명성 2가 떨어지지만 자신이 조심하면 될 문제.

생각을 마치자마자 눈류는 게임에 접속해서 라츠 길드의 용병으로 가입을 희망했다. 지라크 길드가 더 승산이 높아 보였지만 이미 모집이 끝난 상황이었다. 하지만 자신에게 중요한 것은 공성전의 승리가 아닌 1,000명을 죽이는 것이기에 상관없었다.

그리고 혹시나 갓 레벨 200이라 뽑히지 않을까 봐 요금을 3만 라르크로 책정하였다. 공성전에서 용병으로 지원할 수 있는 레벨이 200부터이기 때문이다.

공성전에 용병으로 참여하고 싶은 유저는 스스로 몸값을 결정하여 통보를 하게 되는데, 3만 라르크면 지금까지 단 한 번도 나오지 않은 최하의 액수! 그 누가 NPC용병과 똑같은 가격에 공성전을 하겠는가?

더불어 눈류의 장비는 B급의 고급 세트였다. 그것만으로도 충분히 10만 라르크를 받을 수 있음에도 불구하고 3만 라르크로 신청한 눈류는 바로 뽑히게 되었고, 지금 이 자리에 참석한 것이다.

"우아아아아!"
"우리는 할 수 있다!"
온갖 큰 함성이 사방을 쩌렁쩌렁하게 울렸다.

그것은 라츠 측뿐만이 아니라 지라크 측에서도 마찬가지였다.

시간이 다 되자 높고 넓은 성벽 위로 수많은 유저들이 나타났다. 그들은 활을 들고 있었다. 전쟁에서 가장 큰 위력을 발휘한다는 데미지 딜러들이었다.

일 대 일에서도 데미지 딜러의 역할이 중요하겠지만, 공성전에서는 활 캐릭터와 공격 마법사들이 큰 활약을 하게 된다. 그들은 적이 성벽에 접근하기도 전에 죽여 버릴 만큼 뛰어난 위력과 긴 사정거리를 갖고 있었다.

그때 공성, 수성을 준비하는 모든 이들의 귀에 알림 말이 들렸다.

드디어 공성전의 시작이었고, 눈류의 입가에 미소가 걸렸다.

스파아아앗!

트트트트특!

공성전의 시작과 동시에 라츠 길드의 진영 앞쪽에서 마법진 다섯 개가 형성되더니 거대한 존재들이 나타났다. 각기 다른 모양과 빛깔의 존재들은 로봇을 닮은 것도 있었고, 동물과 새를 닮은 것도 있었다. 바로 소환수였다.

공성이 시작되면 가장 먼저 수성 측의 성문을 파괴해야 한다. 그런데 이 성문의 생명이 장난 아니었다. 그래서 공성전에는 소환수가 필요했다. 소환수들의 경우는 공격도 공격이지만 방어가 주목적이며, 그들 사이로 격수조가 파고들어 문을 부수는 것이다.

만약 소환수를 사용하지 않는다면 격수들의 희생이 적지 않기 때문이었다. 물론 죽으면 다시 부활을 해서 참여할 수 있지만, 부활에는 시간이 걸린다. 대신에 소환수를 사용하면 피해를 최대한 줄일 수 있기에 필수적이었다.

차차차차차차!

쾅쾅쾅쾅!

허공에서 온갖 빛과 스킬이 난무했다.

수성 측의 수많은 화살들과 스킬들이 공성 측을 공격하면, 공성 측에서는 마법사들이 전체 실드를 사용해서 방어를 한다. 마찬가지로 활 유저들과 공격 마법사들이 맞대응하였고, 힐러들은 힐을 줌과 동시에 공격 마법사들의 마나를 채워주며 뒤를 보조했다.

격수조들은 다급히 자신들이 발휘할 수 있는 최대한의 스킬을 사용하여 커다랗고 넓은 성문을 파괴하기 위해 노력했다. 소환수들은 문을 공격하면서도 자신들의 몸으로 수성 측의 공격을 대신 받으며 격수들을 최대한 보호하였다.

물론 소환수들이 있다고 해서 격수들이 모두 안전한 것은 아니기에 항상 격수조에도 힐러들이 있어 힐을 난사하기에 바빴다.

우르르르릉!

20분의 기나긴 성문 앞에서의 접전!

드디어 성문이 무너지자 공성 측은 함성과 함께 파고들기 시작한다.

무조건 들이미는 것이 아닌, 조들의 특성에 맞게 순서를 살려 들어가는 것이었다. 1차 방어선이 무너진 수성 측과 2차 방어선을 돌파하기 위한 공성 측의 치열한 접전이 시작되었다.

촤아아악!

피가 튀어 벚꽃처럼 사방으로 흩날렸다.

"으아아아악!"

"크으윽!"

비명은 전주곡이 되어 참여 유저들의 투지를 불태운다.

죽이지 않으면 내가 죽는다!

그 사실이 모두를 필사적으로 만들었다. 일천을 가볍게 넘는 이들이 서로를 베고 또 베며 자신들의 승리를 위해 움직였다.

그리고 그 속에 눈류가 있었다.

주르르르륵.

검이 자신의 팔을 스치고 지나갔지만 눈류는 신경 쓰지 않으며 빈틈을 보이는 자의 목을 베어버렸다.

현재 눈류에게는 큰 핸디캡이 존재했다.

그것은 바로 스킬을 사용할 수 없다는 것!

가면의 기사인 것을 숨기기 위해 구원 퀘스트 때의 우스꽝스러운 투구까지 착용하며 지냈는데, 이제 와서 스킬을 사용한다면 모든 노력이 허사가 되어버리기 때문이다.

그래서 눈류는 아군들의 뒤에 숨어 있다가 지쳤거나 상처가 난 이들, 혹은 빈틈이 생긴 자들의 급소를 공격해서 처리하는 방법을 쓰고 있었다. 그로 인해 퀘스트의 진행이 순조로운 상황이었다.

―*죽음을 선사하셨습니다. 37/1,000*

―*죽음을 선사하셨습니다. 38/1,000*

―*죽음을……*.

눈류의 인상이 살짝 찌푸려진다. 유저를 죽인다는 사실이 반갑지 않은 자신이었다.

그렇지만 꼭 해야만 한다면 망설이지 않기에 쉬지 않고 적들을 죽이고 있었다.

그런데 자꾸 들리는 알림이 귀에 거슬렸다.

'내가 살인자가 된 것 같군.'

쓴 미소를 짓는 눈류.

그때 자신 쪽으로 날아오는 마법을 발견하곤 다급히 옆으로 굴러 공격을 피했다.

콰콰콰쾅!

거대한 폭음과 함께 먼지가 휘날렸다.

공성전은 격수들만의 전쟁이 아니었다. 사방에서 화살과 스킬들이 날아왔으며, 마법들이 하늘에서 떨어졌다. 그래서 언제나 긴장을 유지해야 했다.

'방심하지 말자.'

아직까지 단 한 번도 죽지 않은 눈류.

온몸에 신경을 곤두세우며, 재차 적들을 베기 시작한다.

"진격! 들어간다!"

공성전의 진행은 순조로웠다.

공성 측에서 소환사를 조금 더 많이 확보한 상태였으며, 그들의 존재는 큰 도움이 되었다. 그와 함께 1/3 인원을 남겨둔 채, 남은 인원들이 2차 진격을 하였다.

공성의 승리를 결정하는 요인은 점수였다.

참가 인원 한 명을 죽일 때마다 점수는 올라가고, 12시간 동안 전쟁을 치른 뒤 그 점수를 합산해서 높은 이가 승리를 취하는 방식이었다.

그런데 여기서 변수가 있었으니, 최후의 방어선이었다.

보통 1차 방어선에서 1/3의 인원을 놓아두고 2차 방어선에도 1/3의 인원을 놓아둔다. 그럼 그들은 수성 측의 인원들과 그곳에서 계속 전투를 하는 것이다. 그리고 3차 방어선에서 100명을 제외한 200명의 인원이 남아 전투를 치르고, 100명은 3차 방어선을 지나 최후의 방어선에 도착한다. 그곳에서 방어선을 무너뜨리면 90명이 남아 전투를 치르고, 마지막 10명이 전쟁의 방으로 들어갈 수 있다.

전쟁의 방은 또 다른 방어선의 개념인데, 그곳에는 수정탑이라는 것이 존재하며, 수성 측에서 가장 강한 10명이 수정탑을 보호한다. 그럼 10:10, 총 20명의 전투가 쉬지 않고 반복되는 것이며, 그 와중에 수정탑을 부수느냐 못 부수냐는 결과에 큰 영향을 미친다.

수정탑을 부수게 되면 추가적으로 얻게 되는 점수가 1만이기에 공격하는 쪽, 방어하는 쪽 모두 필사적일 수밖에 없었다.

차아아악!

눈류의 온몸으로 시뻘건 피가 비가 되어 내린다.

그러자 죽임을 당한 유저는 몸이 흐릿해지더니 사라졌다. 하지만 완벽하게 죽은 것이 아니었다.

공성을 하다 죽게 되면 게임 시간으로 10분이 지난 뒤 각 방어선에서 부활을 하게 된다. 그러니 1차 방어선에 있는 눈류가 죽는다면 1차 방어선 안에서 부활을 하게 되는 것이다.

현재 눈류는 일부러 1차 방어선에 남은 상황이었다. 왜냐하면 보통 1차 방어선이 전력 중 가장 약하기 때문이었다.

눈류의 목적은 오로지 천 명을 죽이는 것!

그런 눈류에게 1차 방어선은 퀘스트를 완수하기 위한 최적의 장소였다.

사아아악!

검이 눈류의 머리카락을 살짝 스치며 지나갔다.

눈류의 움직임이 눈에 띄게 느려졌으며, 공격 역시 집중력을 잃은 모습이었다.

'지치는군.'

눈류는 거친 호흡을 진정시키기 위해 노력했다.

공성의 문제는 바로 이 점이었다. 포션과 음식을 먹을 수 없었다. 그렇기에 자의로 생명을 회복할 수도 없었으며, 피로도 역시 몸으로 이겨내는 방법밖에 존재하지 않았다.

그나마 공성 시작 전에 마법의 물을 먹음으로써 배고픔과 갈증은 느껴지지 않았고, 마법사들이 있기에 버프와 힐을 받을 수 있다는 것이 다행이다. 하지만 피로도는 마법사라 할지라도 어쩔 수 없는 부분이었다.

비틀, 비틀.

오랜 시간 쉬지 않고 싸워온 눈류.

생명도 어느새 1,000밖에 남지 않은 상황.

힘겹게 적들을 해치우고 해치우지만 뒤에서 기습을 노리는 눈류의 꼼수도 한계가 존재하는 법이었다. 결국 적의 검에 무너질 수밖에 없었다.

촤아아아악!

'젠장…….'

자신의 피가 분수처럼 솟아오르고, 온몸이 흐릿해져 가는 것을 쳐다보며 눈류의 얼굴에 미소가 맺힌다.

분노, 슬픔, 두려움?

아니었다.

처음에는 찝찝했지만 피가 튀고 튀는 상황이 반복되다 보니 어느덧 익숙해졌다.

눈류는 현재 공성전이라는 죽고 죽이는 치열한 상황을 즐기고 있었다.

"후아아아! 언제 오시려나?"

키스는 술집에 앉아 술이 아닌 안주만 연신 먹으며 누군가를 기다리고 있었다.

그렇게 홀로 기다린 지 30분 정도가 지났을까? 낡은 문이 삐거덕거리며 열렸고, 일부 유저들의 경악한 목소리가 들렸다.

"헉, 라, 라이트!"

"라이트다. 진짜 라이트야!"

"이야, 랭커를 이런 곳에서 보다니!"

유저들은 이런 낡은 술집에 고레벨의 유명한 존재 라이트가 나타났다는 사실이 믿기지 않는 듯 계속해서 탄성을 흘렸다.

라이트는 이런 상황이 익숙한지 웃는 얼굴로 고개를 한 번 숙여준 다음, 키스를 향해 걸어갔다.

"내가 조금 늦었지?"

"괜찮아요."

키스는 상관하지 않는 듯 생글생글 웃으며 음성 채팅으로 말했다.

"문제가 좀 생겼어요."

"문제?"

라이트의 얼굴에 의문이 담긴다.

이제 키스의 마지막 퀘스트를 해결하러 가면 되는데 문제라니?

"위치가 좀 이상해요."

"위치가 어떤데?"

키스가 한숨을 길게 내쉰다.

라스트 월드에 들어오자마자 접속해 있는 라이트에게 귓을
한 뒤, 조금 전에 위치를 확인했다. 그런데…….

"현재 공성전에 참여한 것 같아요."

"뭐?"

키스의 발언에 라이트 역시 당혹한 표정이 되었다. 정말 공
성전에 참여한 것이라면, 그 공성전이 끝나기 전까지는 눈류
를 공격할 수 없는 것이다.

"음. 어떻게 하죠?"

"어쩔 수 없지. 공성전 끝날 때까지 로그아웃을 할 것이 아
니라면, 일단 사냥을 하다 시간을 맞춰서 가는 수밖에."

"그래요."

둘은 의견을 통일하자마자 자리에서 일어나 술집을 빠져나
갔다.

'지금이다!'

뒤에서 동료들을 응원하던 눈류는 기회가 생기자마자 동료
를 제치고 앞으로 달려나가 상대의 목에 검을 쑤셔 박았다.

푸드직!

괴이한 소리가 귀를 적셨고, 살을 찢고 뼈를 부수는 느낌이
검을 타고 손으로 흘러들어 왔다.

　―죽음을 선사하셨습니다. 252/1,000

　―죽음을 선사하셨습니다. 253/1,000

'크윽!'

눈류는 황급히 바닥을 굴렀다.

목 부근을 살짝 베였지만 뒤를 돌아볼 여유따위는 존재하지 않았다.

오로지 피하고 본다!

그것이 생존의 법칙이었고, 눈류가 구르는 순간 바닥에 검이 꽂혔다.

“하아… 하아…….”

거친 호흡이 턱밑까지 치고 올라와 심장을 압박했다. 숨을 쉰다는 것 자체가 고통스러웠다.

차라리 죽는다면 멀쩡한 상태로 다시 부활할 수 있겠지만, 눈류는 그러고 싶지 않았다. 아니, 그것은 공성전에 참가한 모든 이들 또한 마찬가지일 것이다.

공성전의 경우 고통을 스스로 조율할 수 없었다. 공성에 참가하는 순간부터 끝날 때까지 유저가 느끼는 고통의 수치는 20%!

말이 20%지 개선되기 전의 고통 수치와 똑같기에 별것 아닌 듯 보이지만, 12시간 동안 수없이 죽는 공성전에서는 견디기 힘들었다. 그래서 정말 독한 마음을 먹어야 할 수 있는 것이 공성전이었다. 최대한 얍삽하게 플레이하며 킬 위주로 활약하던 눈류의 경우만 해도 벌써 죽은 횟수가 일곱 번이었다.

‘떨린다, 떨려.’

눈류는 부들부들거리는 자신의 신체를 느끼며 황급히 주변을 둘러본다.

적은 눈앞에만 있는 것이 아니다. 뒤에도 있었고, 옆에도 있었으며, 하늘에서 갑자기 마법이 떨어지기도 했다. 그래서 언제나 주의를 기울여야 했다.

눈류는 스텟으로 인해 오감이 극도로 발달된 것을 감사했다. 이런 다수 대 다수의 전쟁에서는 특히 큰 도움이 되었기 때문이다.

샤아아아악!

'젠장!'

콰아아아앙!

"크하아악!"

철퍼덕!

눈류의 등에서 큰 폭발이 일어났다. 그와 동시에 눈류의 신형이 나뭇잎처럼 힘없이 하늘 높이 솟구쳤다가 바닥에 떨어졌다.

흐트러지던 정신을 바짝 잡아주며, 뼈를 깎는 듯한 통증!

눈류의 붉은 눈동자에 핏발이 섰다.

뒤에서 위기가 느껴졌지만 몸의 반응이 한발 늦었다.

"크크큭!"

화가 나자 입에서 웃음이 새어 나온다.

생명이 3,500밖에 남지 않았지만 이대로 죽을 수는 없는 노릇!

눈류는 재차 이어지는 마법사의 공격을 다급히 피하며 동료들의 곁으로 파고들었다.

'스킬, 스킬, 망할!'

동료들의 등 뒤에서 애써 정신을 차리며 자신을 노린 마법사를 차갑게 주시하던 눈류는 속으로 욕을 내뱉었다.

스킬만 발휘할 수 있다면 저 정도 마법사는 아무것도 아니었다. 지금도 가득 차 있는 마나로 단번에 없앨 수 있다. 하지만… 사용할 수 없다.

현재 자신은 공성전을 하고 있기 때문이었다.

일반 필드라면 상대가 알아차리기 힘든 다크 쉐도우를 발휘해서라도 효율적 전투를 치를 수 있을 것이다.

그러나 공성전은 하나부터 열까지 모든 것이 촬영된다. 그리고 라스트 월드 홈페이지에 공개된다. 그렇다면 다크 쉐도우만 사용한다 할지라도, 진은 자신과 붙은 적이 있거나 혹은 고레벨의 유저일 경우 정체를 알아차릴 수도 있었다.

'참자, 참자.'

눈류는 극도의 인내심을 발휘한다.

이제 얼마 남지 않았다. 분명 3차 전직과 함께 새로운 스킬을 배울 것이다.

그럼 가면만 착용하지 않는다면 자신이 맨얼굴 상태에서 스킬을 사용하더라도 알아보는 사람이 없을 것이다!

물론 이미 성형한 얼굴을 알아버린 이들은 어쩔 수 없지만, 그들은 극소수. 그리고 리더인 세라와 월하가 떠벌리고 다닐 인물도 아니었다.

‘후우, 후우.’

심호흡과 함께 눈류는 마법사의 힐과 치료를 느끼며 고마움의 표시로 고개를 끄덕여 주고는 재차 치열한 전장 속으로 파고들었다. 물론 항상 자신의 위치를 동료들 뒤로 감추는 것을 잊지 않았다. 그렇게 눈류는 한 발 한 발 자신을 공격했던 마법사를 향해 내딛고 있었다.

서걱!

팔이 허공으로 솟구치더니 피를 토해냈다.

촤촤촤!

부서진 수도관처럼 팔이 잘려 나간 부위에서 사방팔방으로 피를 뿌려대는 적.

눈류는 검과 함께 팔을 잃은 그의 목을 잡은 뒤 빠르게 앞으로 달려간다. 일부는 홀로 움직이기도 하지만, 자신이 노리는 마법사는 몇몇 격수들의 호위를 받고 있었다.

“허리케인 소드!”

그런 눈류를 발견한 격수가 다급히 스킬을 사용했다. 하지만 팔이 잘린 자신의 동료를 벨 뿐이었다. 그리고 눈류와 함께 접근했던 전사들이 나머지 격수들과 부딪쳤다.

“파, 파이어 볼!”

적 마법사는 황급히 미리 주문을 외웠던 마법을 발휘했다.

화르르륵!

불꽃의 구가 눈류를 노리며 달려든다. 그러나 눈류의 얼굴에는 여유가 가득했다.

치료로 인해 상처는 물론 생명도 가득 찬 상태!

자신이 누구인가? 마법 방어력은 최고인 존재 중 하나였다.

콰아아아앙!

"꺼… 꺼억……."

마법사는 경악한 눈으로 눈류를 쳐다봤다. 파이어 볼을 피하지 않고 몸으로 맞으며 달려들 것이라고는 상상하지 못했다. 그리고 그 결과는 죽음이었다.

츠츠츠츠츠.

상대의 잘려진 목에서 튀는 피가 눈류의 얼굴을 적신다.

구원 퀘스트 때 봉투 모양의 투구를 착용했기에, 여기서 또 그것을 착용한다면 오히려 미친 구원자라는 의심을 받고 화제가 될 수 있었다. 그래서 투구를 벗고 문신을 착용했기에 맨얼굴로 전투 중이었다.

B급의 고급 세트가 아무리 비싸다 할지라도 착용한 고레벨들은 적지 않으며, 이곳 공성전에서도 여럿이 착용을 한 상태였다. 또한 알려지지 않은 맨얼굴이었기에 쉽사리 의심을 받지 않았다. 그리고 지금은 기사의 건틀렛도 착용해 맨손이 아니었다.

그러나 불안감은 내재된 상태였다. 사실 구원 퀘스트 때 자신이 그렇게 화제가 될 것이라고는 예상하지 못했었다. 만약 그럴 줄 알았더라면, 차라리 기존 갑옷을 팔지 않고 구원 퀘스트를 마쳤을 것이다. 하지만 이미 엎질러진 물. 만약 갑옷과 눈동자 색으로 의심을 하는 이가 있다면 아니라고 우기자고 다짐했다.

이런 이유들로 인해 눈류의 얼굴은 갑옷처럼 붉은색이 된 상태였다.

눈류는 심호흡을 깊게 하였다. 그러자 지독한 피비린내가 코를 찔렀다.

가라앉은 눈동자로 주변을 둘러본다.

이곳저곳 모두 피로 가득 찼으며, 사지가 허공으로 솟구치거나 잘려 나갔다. 육체가 마법으로 인해 부풀어 오르더니 '뻥!' 하고 터지기도 했다. 그럼 길 잃은 장기들이 사방으로 추락했다가 사라졌다. 그리고 끊이지 않는 비명과 때로는 적을 죽인 자의 웃음소리가 들렸다.

지옥! 지옥! 지옥!

눈류는 이곳이 또 다른 지옥이라는 생각이 들었다.

비록 게임 속 세상이지만… 인간들이 만들어낸 또 다른 지옥이라고 생각했다.

그리고 자신은… 그 지옥의 일부였다.

눈류의 신형이 빠르게 움직였다.

검이 피를 원하고 있기에.

"이야, 재미있는데?"

"그러게! 완전 전쟁이야, 전쟁."

"어디가 이길까?"

"뭔 상관이야? 이기는 놈들은 어차피 똑같이 배불릴 텐데.

아무나 이겨라!"

"그래, 그래!"

각 마을에서는 많은 유저들이 공성전을 관람하고 있었다.

그들은 치열한 전쟁의 현장에 혀를 내둘렀다. 때로는 징그러운 장면에 눈을 감기도 했지만 전율을 느끼는 이들도 있었다.

그러나 한 소녀만은 관람하면서도 즐기지를 못한 채 안절부절이었다.

'오빠…….'

그녀는 바로 라일라였다.

라일라는 눈류가 공성전을 치른다는 말을 들었기에 시작할 때부터 관람을 하고 있었다. 그리고 끔찍한 광경들에 몇 번이나 눈을 감아야 했다. 눈류가 죽을 때는 안타까움에 짧은 비명도 내질렀다.

'아!'

라일라는 재차 눈류가 죽는 모습을 마지막으로, 결국 관람을 포기하고 자리에서 일어나 로그아웃을 했다.

"선예야!"

"응?"

게임에서 막 로그아웃을 한 뒤, 캡슐에서 빠져나온 선예는 은정의 부름에 고개를 돌렸다.

그러자 조금 전 게임을 할 때와는 달리 어느새 외출복으로 갈아입은 은정이 보였다.

"나, 기적 오빠 좀 만나고 올게. 친구들을 소개해 준다고 해서. 히히."

기적의 친구는 처음 만나기에 은정은 한껏 들떠 있었다.

"혼자 있어야 되는데 괜찮겠어?"

"응."

오늘은 은정의 가족들도 다 외출을 한 상황이었기에 걱정스러운 얼굴로 물었지만 선예는 활짝 웃으며 대답했다.

"나, 음식 만들어서 진하 오빠 집에 가 있을게. 오면 연락해."

혼자 있는 것을 싫어하기는 하지만 은정을 불편하게 하고 싶지 않았다. 어차피 자신도 나갈 생각이었다.

"그래, 알았어. 그럼 나 갔다 올게."

선예는 웃으며 은정을 보낸 뒤, 컴퓨터를 켰다.

선예가 로그아웃을 한 이유는 진하의 죽음을 더 이상 볼 수 없는 것도 있었지만, 음식을 만들어 주기 위함이었다.

공성전을 다 끝내고 캡슐 밖으로 나왔을 때, 자신이 음식을 만들어서 기다리고 있다면?

'분명 좋아하시겠지?

얼굴에 웃음꽃이 핀 선예는 인터넷을 이리저리 둘러보았다.

무엇을 해줘야 할지 고민하는 것이었다.

'고기로 하자.'

평소 진하가 한식과 고기를 좋아한다는 사실을 떠올리며 선예는 고기 요리 위주로 찾아보았다.

잠시 후, 통장에서 돈을 뽑은 뒤 시장에 다녀온 선예는 커다란 봉지를 낑낑거리며 들고 왔다.

띠리링!

새벽까지 술로 광란의 밤을 지새웠던 은하는 초인종 소리가 들리자 잠이 덜깬 눈으로 깨어나 비틀거리며 일어났다.

“누구세요?”

“언니, 저예요!”

인터폰으로 상대가 선예라는 사실을 확인한 은하는 고개를 갸웃거리며 문을 연다. 선예가 혼자 찾아오는 경우가 없었기 때문이다.

“무슨 일… 컥!”

“언니, 헤헤.”

은하는 온통 땀범벅인 선예의 모습에 황급히 달려나갔다.

무엇인지는 모르겠지만 거대한 냄비를 들고 나타난 선예였다. 상당히 무거웠는지 땀은 물론 얼굴까지 붉게 달아오른 상태였다.

“이게 도대체 뭐야?”

집 안으로 냄비를 옮긴 은하는 잠이 확 깨는 것을 느끼며 물었다.

그러자 은하가 주는 캔 음료수를 손에 쥔 선예가 쑥스러운 얼굴로 대답한다.

“오빠랑 언니, 아버님 드시라고요.”

"응?"

선예의 말에 은하는 냄비의 뚜껑을 열었다.

집 안으로 들고 오는 내내 맛있는 냄새가 풍겨서 입에 군침이 돌았는데, 냄비 안에 가득 담겨 있는 것은 바로 소갈비찜이었다.

"이야, 소갈비네? 네가 만든 거야?"

"네……."

"으음, 오빠가 나와야 먹을 수 있겠지?"

은하가 짓궂은 표정으로 말하자 선예는 고개를 푸욱 숙였다. 물론 은하가 먼저 먹겠다고 해도 말릴 선예가 아니었지만 기왕이면 진하가 가장 먼저 맛을 봐주길 바라는 마음이었다.

"일단 주방에 갖다 놓자. 오빠는 게임하고 있고, 아빠는 조금 있다가 도장에서 내려올 것 같으니."

"네!"

대답과 함께 진하가 있는 방문 쪽을 쳐다보는 선예.

이제 현실 시간으로 공성전이 얼마 남지 않은 시점이었으니, 곧 볼 수 있다는 생각에 가슴이 콩닥콩닥거렸다.

"그런데 오빠가 그렇게 좋아?"

진하의 방문을 빤히 쳐다보는 선예를 발견한 은하가 실소를 흘리며 물었다.

그러자 화르륵 순식간에 얼굴이 달아오르는 선예.

"그, 그게……."

말까지 더듬는다. 이런 질문은 너무 부끄러운 것이었다.

“음, 아무리 생각해도 장점이 없는 인간인데?”

“아, 아니에요!”

은하의 계속되는 장난에 자신도 모르게 소리친 선예.

곧 당황하며 사과를 한다.

“죄, 죄송해요…….”

“괜찮아. 선예가 은근히 터프하네. 히히.”

그런 선예의 머리를 쓰다듬으며 은하는 아이스 커피로 목을 축인다. 그리고 진지하면서도 부드러운 표정으로 입술을 연다.

“비록 다혈질에 단순하지만, 자신에게 소중한 사람한테는 하염없이 작아지는 인간이야. 물론 남자는 빼고.”

“풉!”

그러고 보니 진하가 여자에게만 약한 것 같다고 생각하며 웃음을 터뜨리는 선예.

“어쩌면 저 인간의 마음은 피투성이일지도 몰라. 부서지고 부서져서 다시는 복구하기 힘든 유리 조각처럼… 그런데 억지로 웃으며 살려고 하는 것인지도 몰라. 그래서 네가 더 힘들 수 있어. 텅 빈 마음에 들어가는 것은 쉽지만, 채 복구되지 않아 유리 파편이 가득한 곳에 들어가기는 아프거든.”

선예는 아무런 대답도 하지 않았다.

은하가 말하는 뜻을 잘 알기 때문이었다.

“이렇게 예쁜 선예를 놔두고 참… 하여튼 주제 파악을 못 해요.”

"어, 언니……."

평소 선예를 안쓰러워하던 은하가 혀를 쯔쯧 차며 말하자 선예는 당황하다가 자신의 손에 따스한 감촉을 느끼며 은하를 쳐다본다.

은하가 손을 잡은 것이었다.

"필요한 것 있으면 말해, 내가 도와줄 테니. 나는 언제나 선예 편이라는 것 알지? 못난 오빠지만 잘 부탁해."

"언니……."

선예의 눈시울이 뜨거워진다.

사랑하는 사람의 가족에게 인정을 받는다는 것은 당사자에겐 표현하기 힘든 감정을 선사하기 때문이다.

"뭐, 저런 오빠지만 그래도 좋은 면도 많……."

"으아아악!"

"……."

"……."

말을 채 끝마치지 못한 은하와 애기를 듣고 있던 선예. 갑작스런 괴성에 침묵을 지킨다.

"아아악! 젠장! 치사하게 숨어서 공격해? 아… 내 명성 두 개!"

죽자마자 로그아웃을 한 진하는 자신도 그렇게 하고 있었다는 것을 잊은 채 분노를 토해내면서 방문을 열고 나와 냉장고로 향했다.

벌컥! 벌컥!

목이 말랐는지 탄산음료임에도 불구하고 원샷을 하는 배짱!

"커어억!"

곧 목구멍에서 찢어질 듯한 통증을 느끼며 바닥을 뒹군다.

"아, 아냐! 내가 이렇게 괴로워할 시간이 없어!"

눈가에 눈물이 맺히고, 바닥까지 펑펑 치며 괴로움을 표현하던 진하는 황급히 일어서더니 입에 샌드위치를 하나 문 채 화장실로 달려갔다.

타앙!

곧 밖으로 나온 진하의 양 볼은 한번에 다 넣은 샌드위치로 인해 부풀어 오른 상태였고, 냉장고에서 탄산이 아닌 이온 음료를 꺼내더니 힘겹게 샌드위치를 넘겼다.

"헤에, 헤엑. 컥! 시간이 다 됐다!"

시계를 쳐다보더니 방으로 달려들어 갔다.

게임 속 부활의 시간은 10분이지만, 현실에서는 3분 20초밖에 되지 않기 때문이었다. 그래서 그 안에 모든 볼일을 마치기 위해서는 미친놈처럼 움직여야 했다.

그로 인해 거실에 앉아 있는 은하와 선예조차 보지 못한 진하는 빠르게 캡슐로 들어가 접속을 했다.

"……."

"……."

"풉!"

"푸웁!"

한 편의 모노드라마를 감상한 은하와 선예.

서로의 두 눈이 마주치자 동시에 웃음을 터뜨렸다.

'라이트라…….'

기사의 문신과 건틀렛, 가면까지 착용한 눈류가 크로티아 성 근처의 인적은커녕 몬스터조차 없는 숲 입구에 모습을 드러냈다.

눈류가 이곳에 온 이유는 바로 라이트 때문이었다.

지옥과 다름없는 처절한 살육의 현장인 공성전을 끝낸 눈류였다. 비록 자신이 도움을 주려 했던 길드가 패배했지만 350명이나 죽였다는 사실에 만족했다. 그리고 부수입으로 330의 명성을 얻게 되었다. 유저를 죽인 수로만 치면 350의 명성을 얻어야 했지만 10번을 죽었기에 20이나 깎인 것이다. 그러나 330이란 명성을 올린 것도 대단한 일이었다.

눈류는 흡족한 마음으로 로그아웃을 한 뒤, 집에 와 있는 선예를 비롯해 가족들과 갈비찜을 먹고, 선예를 데려다 주었다.

그리고 라스트 월드 홈페이지에 접속해 다른 공성전을 찾아 신청했다. 오늘의 성과가 나쁘지는 않았지만 아직 650명을 더 죽여야 했기 때문이다.

그렇게 신청까지 마친 눈류는 게임에 접속해 사냥이라도 하려고 했는데, 루크가 얼굴도 볼 겸 소개해 줄 사람이 있다고 해서 바람이 머무는 곳에 갔다.

그때 음성 채팅 신청이 들어왔다.

처음에 눈류는 그냥 무시하려고 했다. 이전 대회 이후 자신의 아이디가 알려졌기에 하루에도 수많은 음성 채팅이 들어왔기 때문이다. 그래서 눈류는 얼마 전부터 아예 무시를 하고 있었다. 그냥 놔두면 제한 시간이 흘러 알아서 거절과 같은 효과를 보이기에.

그런데 이번 음성 채팅은 쉽게 무시할 수 없었다. 상대의 아이디가 바로 라이트였기 때문이다.

라이트!

다른 이들에게는 단지 고레벨 랭커일 뿐이었지만, 눈류는 달랐다.

자신의 적인 진은이 있는 길드의 길드 마스터가 아닌가. 그런 이가 전혀 모르는 자신에게 음성 채팅을 신청했다면 분명 진은과 관련된 일이라 판단되었다.

잠시 고민을 하던 눈류는 결국 음성 채팅을 수락했다.

그 결과, 지금 이 자리에 오게 된 것이다.

'무슨 속셈이냐?'

달빛에 의지해야 겨우 사물을 볼 수 있는 어두운 밤.

눈류는 바닥에 아무렇게나 주저앉아 조금 전 라이트의 말을 떠올렸다.

"당신이 술집 안에 있다는 것을 알고 있습니다. 꼭 만나야 할 일이 있으니 제가 말하는 장소로 나와주시기를 바라겠습니다. 만약 나오시지 않겠다면, 많은 유저들이 가면의 기사의 새 얼굴을 알게 될 것입니다."

라이트가 눈류의 바뀐 얼굴을 알게 된 것은 키스 때문이었다. 키스에게는 눈류를 추적할 수 있는 장치가 있었고, 공성전이 끝나자마자 추적을 한 결과 술집 안이라는 사실을 알게 됨과 동시에 지도에서 눈류의 위치가 사라졌다. 그것은 바로 근방에 있다는 뜻.

키스는 라이트에게 기다려 달라는 부탁과 함께 술집 안으로 들어갔다. 그리고 눈류가 성형을 했다는 사실을 알 수 있었다.

붉은빛! 처음 보는 남자의 전신에서 붉은빛이 반짝반짝 거렸기 때문이다.

그렇게 눈류의 새로운 모습을 확인한 키스는 만족스러운 미소와 함께 밖으로 빠져나왔다. 그리고 이전에 한 번 음성 채팅을 한 적이 있지만 자신의 음성 채팅 시도를 수락 안 할 수도 있다는 생각에 라이트에게 모든 것을 알려준 뒤, 대신 음성 채팅을 하도록 한 것이다.

'도대체 나를 어떻게 안 것이지?

눈류는 자리에서 벌떡 일어서며 한숨을 내쉬었다.

자신이 라스트 월드 홈피를 가끔 들르면서 확인해 본 결과, 성형 이후의 얼굴은 공개되지 않았다. 그런데 얼굴을 알고 있다니?

바스락.

그때 누군가의 발자국 소리가 들렸다.

너무 깊은 생각에 잠겨 있다가 미처 기척을 느끼지 못한 것이다.

"처음 뵙겠습니다."

30대로 보이는 남자의 중저음 목소리가 들렸다. 바로 이전에 우연히 스쳐 만난 적이 있던 라이트였다.

"저를 부른 용건이 뭡니까?"

"아, 그 부분에 대해서는 제가 말해야겠군요."

가면 속 눈류의 인상이 살짝 찌푸려졌다.

또 다른 누군가가 다가오면서 말했기 때문이다.

"혼자 오신 것이 아니었군요?"

라이트를 향한 눈류의 질문에 키스가 웃음을 머금으며 대신 대답했다.

"눈류님을 만나야 할 사람은 저입니다. 라이트 형은 따라와 준 거지요."

"누구시죠?"

눈류의 차갑게 가라앉은 눈.

생각지 못한 인물에 의해 기분이 좋지 않았다.

"저는 키스라고 합니다. 이전에 한 번 대화를 나눈 적이 있죠?"

"키스?"

눈류는 잠시 기억을 헤집었다.

쉽게 기억나지는 않았지만 누구인지 알 수 있었다.

고대의 산에 가기 전, 크샨에게 들렀을 때 음성 채팅을 계속 시도했던 유저!

“그런데 무슨 일입니까?”

“아, 퀘스트 때문입니다.”

“퀘스트요?”

영문을 모르겠다는 눈류의 표정.

왜 다른 유저가 퀘스트 때문에 자신을 만나야 하는 것인가? 그것도 라이트라는 위협적인 존재와 함께.

“좋습니다. 저도 눈류님의 정체를 알게 되었으니, 제 정체 역시 알려드려야겠군요.”

“무슨…….”

“저는 대마법사입니다. 가면의 기사와 적이었던 마르크 공작의 후예.”

“…….”

“그리고 제가 온 이유는 바로 3차 전직 마지막 퀘스트가 눈류님의 죽음이기 때문입니다.”

여전히 웃음을 머금은 채 말을 마친 키스, 차갑게 굳어버린 표정의 눈류.

둘의 시선이 허공에서 마주쳤다.

Part 9
빛과 어둠의 조화

스팟! 쾅쾅쾅!

눈류의 마나가 모든 것을 잘랐고, 키스의 마법이 파괴했다.

자신의 능력을 최대로 끌어올리며 치열한 접전을 펼치는 그들.

그 모습을 지켜보는 라이트의 입에서는 연신 감탄이 흘러나왔다.

레전드 대 레전드!

자신 역시 진은과 겨뤄봐서 그 능력을 알고 있었지만, 아직 3차 전직도 못한 것을 감안한다면 둘의 능력은 실로 놀라운 수준이었다.

‘내가 한 수 위다.’

눈류는 다크 소울을 키스를 향해 날린 뒤, 빠르게 다크 쉐도
우를 발휘하며 속으로 확신했다. 분명 키스는 강했다. 동 레벨
마법사와는 비교가 안 될 정도였다. 그러나 아직 경험이 부족
한 탓인지 전체적으로 자신에게 밀리는 양상을 보이고 있었
다.

눈류는 대마법사의 능력을 파악하며 쉬지 않고 몰아붙였
다.

눈류와 키스가 싸우게 된 이유는, 눈류가 죽어주지 않았기
때문이었다. 물론 퀘스트로 인한 피할 수 없는 상황이었기에
죽어줄 마음도 존재했다. 그러나 라스트 월드 스토리로 인해
부딪치는 가면의 기사와 마르코 공작이었다.

그리고 라이트와 함께 온 것으로 봐서 키스 역시 지배자의
길드원이라 추측할 수 있었다. 그렇다면 진은을 노리는 자신
과 퀘스트가 아니더라도 또 부딪칠 수도 있을 것이다.

그래서 눈류는 일부러 키스의 전력을 알아내기 위해 순순히
죽어주지 않으며 전투를 선택한 것이었다.

스파앗!

“크윽!”

눈류의 검이 키스의 팔을 스치고 지나가자, 키스의 입에서
고통이 가득한 신음이 새어 나왔다.

‘5,800.’

눈류는 자신의 남은 생명력을 확인하며 키스를 향해 빠르

게 파고든다. 그런 눈류의 검에는 무시무시한 마나가 담겨 있었다.

그런데 그때⋯⋯.

'위, 위험하다!'

눈류는 황급히 자신의 몸을 틀었다.

샤아아아악!

바람을 가르는 소리가 귀 옆에서 들리는 듯 생생했고, 온몸에서 피하라고 소리쳤다!

그러나 상대는 더욱 빨랐다.

"커어억!"

퍼퍼퍼펑!

"쿠, 쿨럭!"

갑작스런 공격에 미처 반응을 하지 못한 눈류는 팔에 커다란 충격을 받으며 뒤로 나가떨어졌고, 연이어 폭발성이 섞인 스킬을 받으며 땅에 파묻혔다.

주르르륵.

눈류는 몸속에서 끊이지 않고 흘러나오는 피를 손으로 틀어막으며 일어섰다.

비틀비틀.

하지만 서는 것조차 힘겨운지 중심을 가누지 못했다.

"라, 라이트⋯⋯."

은연중에 분노가 서린 눈류의 눈동자가 자신을 공격한 라이트를 응시한다.

“죄송합니다. 저희의 목적은 눈류님의 죽음이라서요. 구경만 할 수 없더군요.”

정중한 발언. 그러나 결과는 죽어달라는 것이었다.

“하아… 하아… 제 생각 이상이시군요.”

눈류의 시선이 소리가 난 곳으로 움직인다.

위급한 상황에서 벗어나게 된 키스가 지친 얼굴로 말한 것이다.

사실 키스는 자신이 이길 수 있다고 생각했었다. 그런데 결과는 속이 쓰렸다. 비록 자신의 최대 스킬을 발휘하지 않은 상황이었지만, 만약 라이트가 도와주지 않았더라면 부정할 수 없는 패배였다.

“죄송하지만, 이제 끝내야겠습니다.”

키스는 그 말과 함께 남은 마나를 확인하더니 마지막 스킬을 준비했다.

“또 뵙지 않기를 바랍니다.”

키스의 그런 행동을 지켜보던 눈류가 씁쓸한 표정으로 말했다. 만약 이유도 없이 자신을 죽이려는 것이었다면 어떻게 해서든 갚아줄 것이다.

그런데 이것은 전직을 위한 필수적인 퀘스트였기에 화를 낼 수도 없었다. 화를 낸다 할지라도 그것은 키스가 아닌 퀘스트를 이렇게 만든 자들에게 내야 하는 것이다.

그래서 차라리 더 이상 연관되지 않기를 바라는 마음이었다.

적은과 진은, 월하, 세라만 해도 충분하기 때문이다.

"저도 그러기를 바라겠습니다."

키스의 대답과 동시에 눈류는 두 눈을 감았다.

거대한… 너무나 거대하고 밝은 빛의 광선이 자신을 잡아먹기 위해 달려드는 것을 봤기 때문이다.

콰콰콰콰쾅!

'으음……'

백색의 방에 앉아 있는 눈류의 이마에 식은땀이 맺혀 흘렀다.

눈류는 무엇을 하는지 가부좌를 튼 상태로 움직이지 않았다.

키스, 라이트와의 만남이 있은 지 5일. 그동안 눈류는 용병이 필요한 곳은 어디든지 달려갔다.

좋은 장비빨! 싼 가격! 마음껏 부려달라는 눈류의 각오!

그런 눈류는 어디에서도 환영받았고, 빠른 시간 안에 죽음 퀘스트마저 완수했다. 그러나 기쁨도 잠시, 그것이 끝이 아닌 새로운 시작이라는 사실을 알게 되었다.

그리고 수련의 방으로 이동된 눈류는 이틀째 또 다른 퀘스트를 수행하고 있었다.

일명 조화의 퀘스트!

지금까지 눈류의 몸에는 어둠의 마나만이 존재하는 상황이었다. 그런데 조화의 퀘스트가 시작됨과 동시에 정반대의 성향을 가지고 있는 빛의 마나가 생겨났고, 그 둘을 하나로 만들어야 했다.

'쉽지 않아.'

단전에서 마나를 움직이는 눈류의 얼굴이 일그러진다.

조금이라도 흐름이 어긋나면 상상을 초월하는 통증이 전신을 압박했다.

'조금씩, 조금씩.'

눈류는 일단 어둠의 마나의 흐름을 먼저 진정시켰고, 곧 날뛰는 빛의 마나도 진정시켰다. 그리고 남북전쟁이라도 하듯 갈라진 둘을 한곳으로 뭉치기 시작했다. 언제나 이곳에서 고비를 맞았지만, 포기할 수는 없었다.

우우우웅…….

단전에서 하나가 되어가는 상극의 마나들.

그러자 마나의 울음이 눈류의 귀에 들렸고, 더욱더 신경은 곤두섰다.

한순간이라도 방심했다가는 어떻게 될지 잘 알기 때문이었다.

'아, 안 돼!'

마음속으로 비명을 지르는 눈류.

조금씩 조화가 되어가던 어둠과 빛의 마나에서 균열이 생겨버린 것이다.

그들이 서로를 밀어내는 힘보다 눈류가 조합하는 능력이 부족해서 일어나는 현상!

퍼퍼퍼퍼펑!

"으, 으아악!"

눈류가 배를 잡고 뒹굴기 시작했다.

"크아아악!"

그렇게 참을성이 뛰어나고 고통에 익숙한 눈류마저 비명을 내지르게 만드는 통증!

투툭!

입과 코, 귀에서 피가 흘러나왔다.

단전에서 마나들이 폭발하면서 생긴 충격파 때문이었다.

"하아… 하아……."

5분 정도의 시간이 지났을 때, 눈류는 겨우 비명을 멈추며 숨을 헐떡였다.

생각보다 너무 어려웠다.

며칠째 퀘스트에 매달렸지만, 돌아오는 것은 고통뿐이었다.

그나마 위안을 삼으라면 도전하면 할 때마다 조금씩, 정말 아주 조금씩 융합되는 양이 늘어난다는 점이었다.

으드득!

누워서 멍한 눈으로 눈이 부신 흰색 천장을 쳐다보고 있던 눈류가 이를 꽉 깨물었다. 계속되는 실패로 인해 나태해지는 자신을 발견한 것이다.

찰싹!

정신을 차리기 위해 누운 상태에서 자신의 뺨까지 때리는 눈류.

곧 자리에서 벌떡 일어서더니 다시 가부좌를 틀고 집중하기 시작했다.

쓰러지고 또 쓰러지는 그 순간, 그때부터 시작이라는 말을 떠올리며…….

시간은 빠르게 지나갔다.

어느덧 눈류가 조화의 퀘스트를 시작한 지도 라스트 월드 시간으로 한 달째였다. 그동안 눈류는 여섯 시간의 잠, 두 시간의 운동, 그리고 게임에만 모든 시간을 투자했고, 그로 인해 라일라가 심심해했지만 어쩔 수 없었다.

'좋아!'

석상처럼 표정 하나 움직이지 않던 눈류의 얼굴에 미소가 맺혔다.

드디어 90% 이상 조화를 이룬 것이다.

'조금만 더 힘내자.'

이제 얼마 남지 않았기에 눈류는 더욱더 조심했다.

방금 전 시도에서 거의 성공 직전에 갔던지라, 이제 성공할 것이라는 확신이 가득했다.

'조금만 더… 됐다!'

―조화의 퀘스트를 완료하셨습니다.

―가면의 기사 3차 전직 퀘스트를 완료하셨습니다.

―가면의 기사 3차 스킬을 배우실 수 있습니다.

—성향이 중립으로 변화되며, 신성 치료를 비롯해 어둠의 치료도 받을 수 있게 됩니다.

눈류의 얼굴에 반가움이 물든다.

그동안 신성력이 가미된 치료를 받을 수 없어서 얼마나 불편했던가.

'라일라가 좋아하겠군.'

특히 신성력에 특화된 직업이라 속상해했던 라일라를 떠올리자 절로 미소가 지어졌다.

—추가 스텟, 빛이 생성되었습니다. 스킬 포인트를 부여할 수 없으며 레벨 업과 함께 상승됩니다.

—추가 스텟, 조화가 생성되었습니다. 스킬 포인트를 부여할 수 없으며 레벨 업과 함께 상승됩니다.

—패시브 스킬, 빛의 가호가 생성되었습니다.

—패시브 스킬, 조화의 빛이 생성되었습니다.

—패시브 스킬, 다크 파워가 조화의 검으로 한 단계 상승되었습니다.

—생명이 4,000 증가됩니다.

—마나가 3,000 증가됩니다.

—명성이 300 상승하였습니다.

—전체 스텟이 200 상승하였습니다.

—최고 스텟이 200 상승하였습니다.

—스텟 포인트가 300 주어집니다.

—전체 패시브 스킬이 50 상승하였습니다.

―스킬 포인트가 100 주어집니다.

―전투 숙련치가 6% 상승하였습니다.

'대, 대단하다.'

눈류는 보상 내용에 흥분을 감추지 않았다.

사실 기사의 아이템도 받지 못했고, 추가 스텟과 패시브 스킬이 이전과 마찬가지로 두 개씩이라 아쉬움을 느끼고 있었다. 그런데 다른 보상들이 이전보다 뛰어났다.

지이이잉.

―스킬 수련의 방으로 이동됩니다.

이전과는 달리 가면의 기사를 만나지 않은 채, 스킬 수련의 방으로 이동한 눈류는 한 달이라는 시간동안 수련을 한 다음에야 모든 스킬을 마스터할 수 있었다.

"스킬창."

[액티브 스킬]

파멸의 검 Lv.350: 빛과 어둠이 하나가 되어 모든 것을 파괴한다. 소모마나: 4,500 제한: 조화를 이룬 자.

극한 Lv.100: 생명이 50% 이하일 때 사용 가능하며, 공격력을 22% 증가시킨다. 소모마나: 3,000 제한: 조화를 이룬 자.

그림자조각 Lv.50: 육체가 조각나는 착각을 일으키며 잔상과 함께 이동한다. 소모마나: 1,500 제한: 조화를 이룬 자.

바람의비명 Lv.100: 검을 휘둘러 마나의 폭풍을 일으킨다. 소모마나: 2,500 제한: 조화를 이룬 자.

더블 소울 Lv.250: 마나와 혼을 검에 실어 십자 형태로 발휘한다. 소모생명: 3,000 소모마나: 3,000 제한: 조화를 이룬 자.

카리스마 Lv.48: 마나를 목을 통해 발휘해 상대를 제압한다. 적에게는 스턴 효과와 함께 일정 데미지를 입히며, 아군은 10분 동안 전체 스텟이 5 상승된다. 소모마나: 1,000 제한: 조화를 이룬 자.

소드스피릿 Lv.100: 순간적으로 극대화된 스피드로 적을 7번 벤다. 콤보가 이어질수록 위력이 증가한다. 소모마나: 4,000 제한: 조화를 이룬 자.

마나실드 Lv.50: 1분 동안 마나로 몸을 보호한다. 방어력이 20% 상승되며, 공격을 받을 시 10%의 데미지를 적에게 돌려준다. 소모마나: 2,000 제한: 조화를 이룬 자.

스킬들을 확인한 눈류의 얼굴이 안타까움으로 물든다.

그 이유는 블러드 밤이 없기 때문이었다.

성향이 어둠일 때만 사용 가능한 스킬인지, 중립이 되는 순간 사라져 버렸다.

블러드 밤!

몇 번이나 위기에서 자신을 구해줬던 스킬이 아닌가!

그러나 소드 스피릿이라는 새로운 스킬과 함께 업그레이드된 스킬들을 배웠기에 애써 아쉬움을 떨쳐냈다.

"정보창."

생명: 26,020 마나: 21,350

이름: 눈류

레벨: 200

성향: 중립

길드: 레전드

칭호: 없음

명성: 2,062

직업: 가면의 기사

근력: 2,093(+1159) 체력: 419(+708)

민첩: 318(+708) 지식: 18(+700)

재치: 38(+703) 정신: 560(+707)

예술: 13(+703) 상술: 19(+705)

검폭: 191(+700) 신속: 258(+700)

투혼: 417(+650) 가호: 197(+650)

심안: 167(+620) 마나: 283(+620)

가면: 293(+620) 암흑: 111(+370)

저항: 114(+370) 조화: 0(+200) 빛: 0(+200)

공격력: 9,756(+601) 방어력: 2,254(+1,050)

마공력: 2,151(+410) 마방력: 2,534 (+510)

스텟포인트:0 스킬포인트:0 전투숙련치:25.68%

[조화]
조화의 마나를 발휘할 시 위력이 증가된다.
[빛]
암흑 속성 몬스터들에게 추가 데미지를 입힌다.

"호호호."
정보창을 확인하자 이전처럼 짐승 모드가 되어가는 눈류!

전직을 하게 되면 능력치의 증가가 컸고, 더군다나 공성으로 인해 명성까지 2,000이 넘었으니 짐승이 되지 않을 수가 없었다.

눈류는 몇 번이나 더 정보창을 확인하며 즐기다가 발걸음을 옮겼다.

테아르 협곡.

뾰족하게 솟은 바위들로 이루어진 곳으로, 길이 위태롭고 만약 실수로 떨어지기라도 하면 바로 죽을 수 있는 곳이었다.

그러나 레벨 대에 비해 고가의 마법서와 장비들을 드랍하기에 그런 위험도 무릅쓰며 많은 유저들이 찾았다.

그런 테아르 협곡의 가장 명당이라는 정상에서는 놀랍게도 한 유저가 열심히 사냥을 하고 있었다.

테아르 협곡에서 사냥을 할 수 있는 레벨은 200까지였는데, 200이 넘어서면 몬스터를 공격할 수도 없었으며, 공격 역시 받지도 않았다. 그런데 문제는 레벨 200을 딱 찍었다 하더라도 솔로 플레이가 힘든 곳이 바로 8마리가 빠르게 리젠되는 정상이었다. 그래서 정상에서 플레이를 하려는 유저들은 파티를 하는 것이 정석인데, 남자는 솔로 플레이를 하고 있으니 놀라울 수밖에 없었다.

물론 포션을 쉬지 않고 마신다면 가능할 수도 있겠지만 대박 아이템이 나오지 않으면 큰 손해를 보고, 몬스터가 몰릴 경우에는 포션을 사용해도 위험할 수 있기에 대부분 기피하는 방식이었다.

"타합!"

검은 머리카락을 어깨까지 기른, 살짝 마르고 날카로운 인상과 눈빛을 가진 남자가 손에 쥔 단검을 몬스터에게 박는다.

퍼어어엉!

"좋아!"

스킬이 제대로 발휘됨과 동시에 배를 찔린 몬스터의 등 부분이 폭죽처럼 터졌다.

단검!

일반적으로 공격 속도가 빠르지만 데미지가 부족한 무기였다. 그러나 스킬의 위력이 무시무시한 데미지 딜러였기에, 파괴력만큼은 그 어떤 무기에도 밀리지 않는다. 하지만 단검의 스킬은 100% 확률로 적용되는 것이 아니기에, 만약 스킬이 제대로 들어가지 않는다면 위험할 수도 있는 양날의 검과 같은 존재였다.

"역시 경험치는 좋군."

남자는 얼굴 가득 여유만만한 미소를 지으며 재차 빠르게 움직였다.

자신이 이곳에 온 이유는 대박 아이템도 이유의 하나였지만, 그보다는 빠른 업이 더 큰 비중을 차지하고 있었다. 떨어뜨리는 라르크의 양과 잡템들은 좋지 않았지만 경험치를 많이 주기에 레벨 업만 생각한다면 최적의 장소였다.

그런데 그때였다. 남자의 얼굴이 살짝 찌푸려졌다. 그는 정상으로 올라오는 입구를 쳐다보더니 큰 목소리로 외쳤다.

"자리 있습니다!"

이곳은 자리가 인정되는 필드였다.

그래서 남자는 기계적으로 말한 것이다.

이미 몇 번이나 파티들이 찾아왔다가 돌아갔기에 이번 역시 그럴 것이라 생각한 남자는 곧 관심을 끄며 몬스터에 열중했다.

비록 자신이 레벨에 비해 강해서 포션의 소비 없이 무한 사냥이 가능했지만, 방심을 하다가는 위험할 수 있기 때문이었다.

'뭐야?'

남자의 인상이 확연히 보이도록 일그러졌다. 자신이 외쳤음에도 불구하고 여자가 정상에 올라와 이리저리 걸어다녔기 때문이다. 비록 아직까지는 몬스터를 잡지 않았지만, 신경이 거슬리는 것은 어쩔 수 없었다.

"이봐, 자리 있다고 했잖아?"

비매너 유저라고 판단한 남자는 바뀐 어투로 여자에게 소리쳤다.

그럼에도 불구하고 이마에는 문신, 등에는 날개를 단, 갈색 머리를 가슴까지 기른 여자는 아무런 대꾸도 하지 않은 채 무엇인가를 찾는 듯 이리저리 기웃거렸다.

파아앙!

키에에엑!

그것도 모자라 바로 옆에서 리젠되어 자신을 공격하는 몬스터를 스킬을 이용해 죽여 버렸다.

결국 남자는 머리끝까지 화가 치밀어 올랐다. 이것은 누가 뭐라 해도 엄연한 스틸이었다.

'몬스터를 공격하고 날개를 찬 것을 봐선 레벨 200. 그러나 난 일반 유저가 아니다. 감히 나를 만만히 봤다, 이거지?'

상대가 자신을 무시해서 저러는 것이라 생각한 남자는 실소를 흘렸다.

자신이 누구인가? 최고의 직업이라 불리는 레전드 중 한 명이었다!

"이봐! 죽고 싶어?"

눈앞에 나타난 몬스터를 스킬로 해치운 남자가 여자에게 다가가며 외쳤다.

그러자 그 순간 여자가 귀찮다는 표정으로 말한다.

"퀘스트 중이니 방해하지 마라."

"허."

남자는 기가 찼다.

퀘스트 중이라면 자신에게 먼저 양해를 구해야 하는 것이 아닌가? 이렇게 말도 없이 자신의 자리를 뒤집고 다니다가 이제 와서 인상을 찡그리며 방해하지 말라고? 정말 적반하장도 유분수였다.

"여자라서 참으려고 했더니 정말……."

남자는 그녀의 바로 눈앞에 다가가 멱살을 부여잡는다.

바로 죽여 버릴 수도 있지만 최대한 배려심을 발휘한 것이다.

"죽는다."

하지만 여자의 말은 남자의 배려심을 산산 조각내 버렸고, 결국 남자는 단검을 쥔 손에 힘을 주며 빠르게 공격을 시도했다.

이런 인간은 죽여도 된다는 판단!

씨이익!

그 순간… 세라의 얼굴에 차가운 미소가 어렸다.

짹짹짹.

참새들이 울어대고, 푸른 초목들이 자신들의 자태를 뽐내고 있었다.

하늘은 푸르고 맑았다. 일곱 빛깔 무지개가 은은히 깔려 있었으며, 여러 귀여운 동물들이 이리저리 뛰어다녔다.

또옥, 또옥.

어디에선가 들려오는 물방울 소리는 귀를 맑게 해주었다.

그런 천국과 다름없는 곳에 들어온 눈류는 입 안 가득 행복의 미소를 지으며 두리번거렸다.

눈류가 이런 알 수 없는 곳에 오게 된 것은 바로 펫 퀘스트 때문이었다.

펫은 빨리 얻으면 얻을수록 좋다는 생각에 눈류는 전직을 마치자마자 펫 관리인을 찾아가 퀘스트를 신청하게 되었는데 마법진이 발동되더니 이런 곳에 떨어진 것이다.

'정말 아름답군.'

눈류는 길게 숨을 들이마신다.

그러자 맑고 청량한 공기가 더럽혀졌던 몸속을 깨끗하게 씻어주는 느낌이었다.

눈류는 어린아이처럼 해맑은 표정으로 눈앞의 동물에게 다가갔다.

토끼 모습의 분홍빛 털이 너무나 귀엽고 사랑스러웠다.

부비적, 부비적.

토끼 역시 눈류의 순수한 마음을 알았는지 손바닥에 얼굴을 비비며 순수한 눈동자를 더욱 반짝거렸다.

'그냥 걸어가면 되는 것인가?'

토끼의 머리를 쓰다듬어 주던 눈류는 알을 찾으라는 말을 떠올리며 자리에서 일어섰다. 펫에 따라 다른 퀘스트 공간이 나오기에 정보를 미처 입수하지 못한 상태였다. 그렇다면 무조건 이 신들의 숲과 같은 곳을 뒤져 보는 것이 최선. 그런데…….

씨이이익!

'커억!'

눈류는 황급히 뒤를 쳐다봤다.

끼잉, 끼잉.

하지만 그곳에서는 토끼가 귀여운 소리를 내며 여전히 순수한 눈빛으로 자신을 쳐다볼 뿐이었다.

고개를 갸웃거리는 눈류.

분명 느꼈었다. 등 뒤를 엄습해 오는 살기를!

'내가 착각한 것인가?'

아무리 정신을 집중해도 조금 전 느꼈던 살기를 찾을 수 없자 눈류는 결국 토끼에게 웃으며 손을 흔들어 준 뒤, 재차 등을 돌렸다.

찌리리릿!

'……'

그러자 또다시 살기가 느껴졌지만 눈류는 애써 모른 척하며 걷는다.

찌리리릿!

살기가 점점 가까워지기 시작했다. 그리고 무엇인가가 바로 등뒤에 접근했다는 것을 느낄 수 있었다.

휘익!

그때가 되어서야 눈류는 인벤토리에서 검을 소환하며 뒤를 쳐다봤다.

후다다닥!

"…어이."

눈류가 가자미 눈이 되어 토끼를 불렀다.

하지만 토끼는 영문을 모르겠다는 듯 반짝반짝거리는 눈빛으로 눈류를 바라봤다. 화가 났더라도 웃어버릴 만큼 귀여운 모습!

하나 눈류는 놓치지 않았다. 짧은 앞다리를 뒤로 돌리려고 노력하는 중이었는데, 뾰족한 칼끝이 보였다!

툭툭!

끝까지 예쁜 척하는 토끼로 인해, 결국 눈류는 가까이 다가가 토끼가 들고 있는 단검 같은 것을 손가락으로 치며 멍하니 바라봤다.

삐질, 삐질.

얼굴 쪽 털이 젖는 토끼… 식은땀을 흘리는 것이다!

키에에에!

카르르르르!

그 순간이었다.

등 뒤에서 갑작스런 괴성과 함께 기척이 느껴졌다.

그러자 눈류는 미소를 지었다.

펫 퀘스트!

분명 무엇인가 어려움이 있을 것이라 생각했는데, 이제야
적들이 나타난 것이기 때문이었다.

『가면의 기사』 5권에 계속…

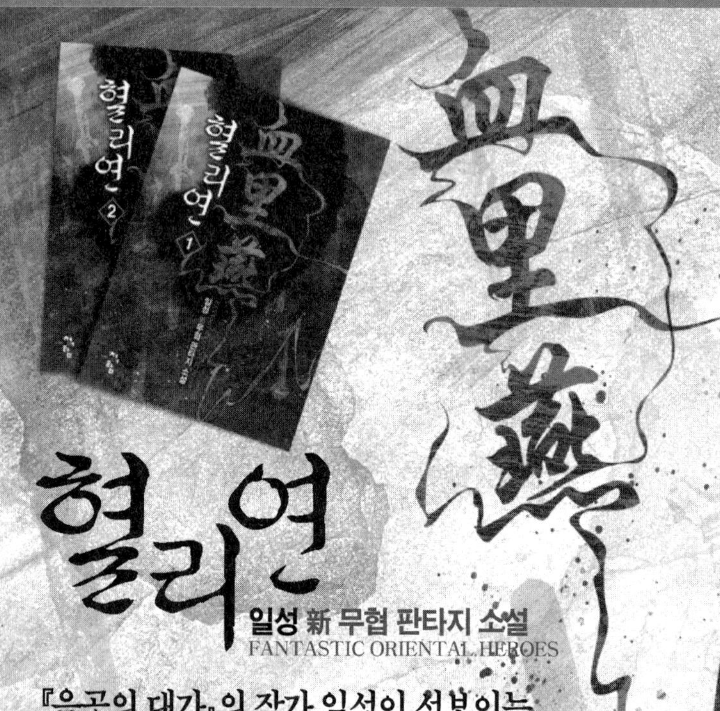

혈리연

일성 新 무협 판타지 소설
FANTASTIC ORIENTAL HEROES

『음공의 대가』의 작가 일성이 선보이는
기발한 상상력과 압도적인 재미!

"우리 문파는 강한 고수도 없을뿐더러, 자금은 바닥에, 경영 능력 또한 미천합니다.
이런 제가 문파를 다시 살리려면 어찌해야 합니까?"

대답은 명쾌했다.

"그를 찾아가게!"

무림에도 대리 경영인이 나타났다! 전문적으로 고수를 양성하고, 자금을 관리하며,
문파 내의 모든 대소사를 문주의 대리로 이행하는 자들!

그들은 외친다.

"헐벗고 굶주린 문파여, 내게 오라!"

유행이 아닌 자유추구 –
WWW. chungeoram.com

유행이 아닌 자유추구 –
WWW.chungeoram.com
Book Publishing CHUNGEORAM

ORC wizard
ORC
마법사

정민철 판타지 장편 소설
FANTASY FRONTIER SPIRIT

사상 최강의 오크마법사가 되어라!
과거의 영광이 깃든 오크학파의 마법사,
그들을 일컬어 오크마법사라 칭한다!

기사의 재능도 마법사의 재능도 없었던 아론
그에게 20년 만에 찾아든 마나로 인해
30살 늦은 나이에 드레이얼 마법 아카데미에 입학하다!
그리고 그곳에서 네크로맨서 계열 오크학파의 계승자가 되고 마는데…

위대하고 영광된 오크마법사의 위명을 되살리기 위한
그만의 독특한 학파 살리기 프로젝트는 시작되었다!!

Book Publishing CHUNGEORAM

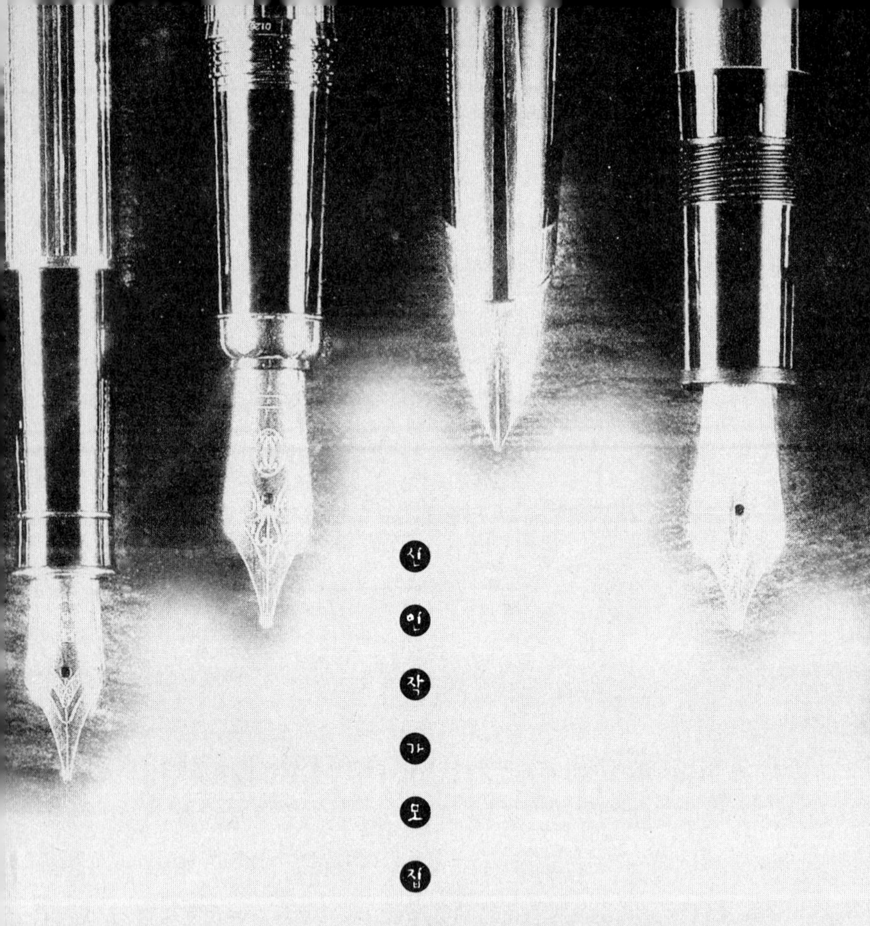

신인 작가 모집

시작이 반이라고 했습니다.
작가의 길에 대한 보이지 않는 벽을 과감히 깨뜨리십시오!
청어람은 작가 지망생 여러분들의
멋진 방향타가 되어드리겠습니다.

저희 도서출판 청어람에서는
소설 신인 작가분들을 모집합니다.
판타지와 무협을 사랑하시는 분들의 많은 참여를 바랍니다.
소정의 원고(A4용지 150매)를 메일이나 우편으로 보내주시면
검토 후 출판 여부를 알려드리겠습니다.

주소:경기도 부천시 원미구 심곡1동 350-1 남성B/D 3F 우편번호420-011
TEL:032-656-4452 · **FAX**:032-656-4453
http://www.chungeoram.com
e-mail:chungeoram@chungeoram.com

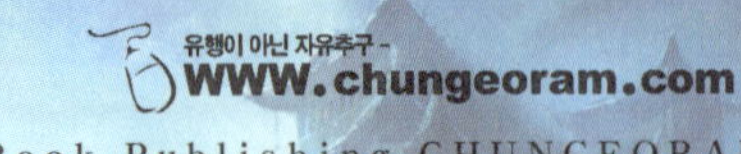

낭狼
왕王

별도 新무협 판타지 소설

살내음 나는 이야기에 여러분은 가슴 졸인 적이 있는가?
남들이 볼까 두려워하며 책을 가리면서 읽었던 구절을 몇 번이나 반복하며
읽은 적이 없는가?

구무협의 향수를 그리워하던 별도가 결국은
〈무협의 르네상스〉를 부르짖으며 직접 자판 앞에 앉았다.

"제가 무협을 쓰기 시작한 이유는 더 이상 읽을 책이 없었기 때문입니다."

모든 일은 4년 전부터 시작되었다.
살인사건을 배경으로 펼쳐지는 음모와 배신, 사랑과 역공작,
그리고 정사!

우리 시대의 이야기꾼, 별도의 새로운 글, 〈낭왕狼王〉!
〈천하무식 유아독존〉, 〈그림자무사〉, 〈검은여우黑心狐狸〉에
이은 그의 또 하나의 역작!

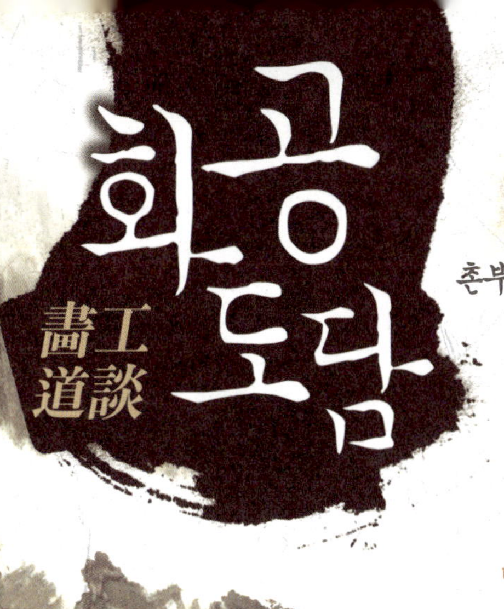

촌부 新무협 판타지 소설

예(禮)와 법(法)을 익힘에 있어
느리디 느린 둔재(鈍才).
법식(法式)에 얽매이기보다 마음을 다하며,
술(術)을 익히는 데는 느리지만
누구보다 빨리 도(道)에 이를 기재(奇才).

큰 지혜는 도리어 어리석게 보이는 법[大智若愚]!

화폭(畵幅)에 천지간(天地間)의 흐름을 담고
일획(一劃)에 그리움을 다하여라!

형식과 필법을 익히는 데는 둔하나
참다운 아름다움을 그릴 수 있게 된
화공(畵工) 진자명(陳自明)의 강호유람기!

유행이 아닌 자유추구 —
WWW.chungeoram.com
Book Publishing CHUNGEORAM

미친 바람이 동해에서 불기 시작했다!
둥지를 떠난 광룡(狂龍)이 강호에 나타났다!

내가 가고 싶은 때로 간다.
내가 하고 싶은 때로 한다.
누구도 내 앞을 막지 마라!

한겨울, 마침내 광룡의 전설이 시작되고,
천하가 광룡과 빙심에 뒤집어졌다!